Queria que fosse você

EVA DES LAURIERS

Queria que fosse você

Tradução

Raquel Nakasone

Publicado mediante acordo com Rights People, London.

Publicado originalmente por Henry Holt, um selo da Macmillan Publishing Group, LLC.

Título original: *I Wish You Would*

Editora responsável **Paula Drummond**
Editora de produção **Agatha Machado**
Assistentes editoriais **Giselle Brito e Mariana Gonçalves**
Preparação de texto **Júlia Ribeiro**
Revisão: **Ana Sara Holandino**
Diagramação e adaptação de capa **Renata Zucchini**
Projeto gráfico original **Laboratório Secreto**
Ilustração de capa **© 2024 by Fevik**
Design de capa original **Abby Granata**

Texto fixado conforme as regras do Acordo Ortográfico da Língua Portuguesa (Decreto Legislativo nº 54, de 1995)

CIP-BRASIL. CATALOGAÇÃO NA PUBLICAÇÃO
SINDICATO NACIONAL DOS EDITORES DE LIVROS, RJ

D487q

Des Lauriers, Eva

Queria que fosse você / Eva Des Lauriers ; tradução Raquel Nakasone. - 1. ed. - Rio de Janeiro : Alt, 2024.

Tradução de: I wish you would
ISBN 978-65-85348-66-9

1. Romance americano. I. Nakasone, Raquel. II. Título.

24-91417 CDD: 813
CDU: 82-31(73)

Gabriela Faray Ferreira Lopes - Bibliotecária - CRB-7/6643

1ª edição, 2024

Direitos de edição em língua portuguesa para o Brasil
adquiridos por Editora Globo S.A.
R. Marquês de Pombal, 25
20.230-240 – Rio de Janeiro – RJ – Brasil
www.globolivros.com.br

Para Justin,
que ama com um amor
que é mais que amor.

CAPÍTULO UM

Natalia

Noite do baile de formatura, 2h08

Posso pensar em cerca de dezenove motivos para não seguir Ethan até o quarto dele neste instante.

Um: treino de corrida pela manhã. Dois: grupo de estudos para as provas finais depois disso. Três: aquela coisa de "evitar sentimentos a todo custo".

Mas então ele ergue os cantos da boca naquele meio sorriso e, com uma voz rouca por conta da hora, pergunta:

— Duelo de *bluetooth*?

E todos os motivos vão pelos ares de uma só vez.

Todos à nossa volta estão apagados *de verdade* na confusão mental pós-baile, então a coisa mais inteligente a fazer seria dormir também.

Abro um sorriso e eu o sigo pela escada.

Fecho a porta e finalmente ficamos a sós. É meu momento favorito.

Ou melhor, era.

Olho ao redor, procurando por mudanças que acabei perdendo nos meses que evitei vir aqui. Nada muito drástico. Como sempre, o lugar está organizado, mas habitado. As paredes azul-celeste são tão familiares quanto as do meu próprio quarto. Há pilhas de livros ao lado da cama. Dispositivos eletrônicos e copos em cima da escrivaninha enorme. Olho para o porta-retratos que dei a ele ano passado com uma foto da gente rindo na praia, de olhos fechados, ombros colados e cabelos ao vento. O quarto de Ethan é acolhedor, aconchegante e silencioso. Assim como ele.

— Aqui — diz, jogando um moletom na minha direção.

Disfarço um sorriso. Não precisei nem pedir.

— Espero que esteja limpo — murmuro.

Ele revira os olhos e se estica na cama gigante para colocar uma música. Seu corpo esguio e seus músculos definidos foram moldados na quadra de basquete.

Visto o moletom, que tem o cheiro dele, pela cabeça, desarrumando alguns grampos do meu penteado. Ajeito os fios que se soltaram e seguro as mangas longas demais.

Quando me viro, os olhos de Ethan estão fixos em mim, me encarando. Ele volta a atenção para o celular.

Tirei meu vestido preto e barato mais cedo e senti vergonha ao pendurá-lo ao lado do terno perfeito de Ethan, feito sob medida. Eu já tinha aceitado que meu vestido não seria nada comparado às peças de grife que o resto da escola usaria hoje. Estou acostumada. Mas não esperava me *sentir* um nada. Isso é novidade.

Mundos diferentes.

As palavras ecoam na minha mente. O alerta sobre o qual não comentei com Ethan. Faz um tempo que não conto várias coisas para o meu melhor amigo.

Nós nos acomodamos na cama na posição de sempre, deitados lado a lado, com os braços esticados, apoiados nos cotovelos, um de frente para o outro. Nossos corpos sabem a coreografia da nossa amizade, mesmo que eu não saiba mais.

Pego o celular para escolher algo para o duelo de *bluetooth*, que consiste em ver quem vai conseguir emparelhar primeiro com a caixinha de som. É bobo, mas é um clássico Ethan-e-Natalia-melhores-amigos. E precisamos exatamente disso para aliviar a tensão que se instalou entre nós recentemente.

— Já sei, você vai colocar a playlist Sad Girl Indie? — pergunta ele.

Meu dedo fica pairando no ar, porque é exatamente o que eu ia escolher. Mas me recuso a dar esse gostinho a ele.

— Vai ter que esperar eu ganhar pra saber.

Ele abaixa a cabeça para me olhar nos olhos.

— Faz tanto tempo que você não vem que a caixinha de som provavelmente nem vai se lembrar de você.

Ele está me zoando, mas tem alguma... *coisa* no jeito como fala. Mágoa, talvez. Confusão, sem dúvida. Ignoro o comentário me virando de barriga para baixo e cruzando os tornozelos como se fossem a cauda de uma sereia.

Ethan olha para os meus pés, piscando, e depois para mim.

— Natalia — começa ele com uma voz monótona —, você está de sapatos na minha cama?

Olho por cima dos ombros para os meus pés, que estão se balançando.

— Não. Chinelos não contam.

— Qualquer coisa que traga areia pra cama conta — retruca Ethan, me encarando.

— Lá vem o virginiano — digo, chutando os pés para provocá-lo.

— Disse a controladora — resmunga ele, balançando a cabeça.

Ethan estica o braço. Ele envolve meus tornozelos com suas mãos grandes com facilidade, me impedindo de continuar chutando. Devagar, ele tira meus chinelos, que caem no carpete grosso com um baque suave. Meu estômago dá uma cambalhota quando ele paira os dedos pelas minhas pernas antes de me soltar.

— Você é uma monstrinha quando ninguém está vendo.

Dou uma piscadinha.

— É parte do meu charme.

— Sei disso — responde ele com carinho.

Enquanto ele volta à posição de antes, não consigo evitar ficar olhando as linhas acentuadas da sua mandíbula e maçãs do rosto. Os ângulos e as curvas que conheço de cor. Pela centésima vez, meus dedos se coçam para traçar suas feições, então cerro os punhos para me conter.

Apesar de ter ficado constrangido, não me surpreende que ele tenha sido eleito o rei do baile. E ainda nem está no último ano. Esse cabelo escuro e bagunçado, esses olhos penetrantes... Ele é tipo um príncipe sombrio e fantástico que ganhou vida.

— Por que está me olhando assim? — pergunta ele, semicerrando os olhos com curiosidade.

— Sei lá. Assim como? Cala a boca — falo depressa.

— Tá... certo.

A caixinha de som faz um barulho, indicando que um celular emparelhou. Esperamos. Quando uma batida lo-fi começa a tocar, eu resmungo, e Ethan comemora. Talvez ele esteja certo e o aparelho não se lembre mais de mim. O que me deixa mais triste que o normal.

— Sabia que... — começa ele, mas depois para. Então, pigarreia. — Esquece, é idiota.

— Duvido — falo.

Ethan nunca se achava idiota antes da galera popular passar a prestar atenção nele, e isso me irrita profundamente. Eu gosto das suas digressões cheias de fatos, curiosidades e citações. São pistas do que ele está pensando. Olho-o cheia de expectativa.

— Sabia que "virgem" veio do latim?

— Óbvio — respondo.

Tipo, *dã*. Todo mundo tem que fazer um ano de latim na Liberty Prep. Falo com meu tom maldoso porque já é bem difícil bloquear esses sentimentos quando não é a noite de baile e não estou sozinha com ele. Mas agora está aí todo cabisbaixo sob o luar falando sobre virgindade? O que ele quer? Conversar sobre aquele pacto ridículo que fizemos na primeira série do ensino médio?

Ethan puxa um fio solto da camiseta, enrolando-o no dedo e desenrolando-o só para repetir o movimento no dedo seguinte.

— Historicamente, a palavra também podia ser usada pra "donzela", o que é bem cagado, pois implica que é um status que só garotas podem ter.

Espera aí.

Eu me sento com os olhos bem abertos.

— Ethan Forrester, você está me dizendo que transou com alguém?

Ele arregala os olhos.

— O quê? Não!

Meu alívio é irritantemente palpável. Não quero pensar em Ethan desse jeito com ninguém, mas eu estaria mentindo se dissesse que não cogitei a possibilidade. Ele sempre foi lindo, mas *todo mundo* percebeu quando Ethan Desengonçado virou Ethan Gostoso. Não é como se eu fosse imune ao fato também.

— Então você ainda é um virginiano *virgem*? — brinco.

— Ah, depende da sua definição — fala, sem olhar para mim. — Mas sim, tecnicamente, sim.

Sinto um calor subindo pelo pescoço.

— Ah. Que… específico — consigo dizer. — Quando é que decidimos falar sobre essas coisas?

— Você literalmente acabou de perguntar!

Garotas como você fazem garotos fazerem coisas ruins. Será que se trata disso? Eu preciso mesmo mudar de assunto.

— Além disso… — Ethan me encara. — A gente sempre fala de tudo.

Sinto uma pontada de culpa no peito. Nem tudo.

Aff, o que estou fazendo? Eu não devia estar deitada com Ethan no meio da madrugada falando sobre nossas vidas sexuais. Ou sobre a inexistência dela, no meu caso. Mas… não consigo me mexer. Mordo o lábio. Todo os nervos do meu corpo estão alertas.

— Tipo, você sabe que pode falar comigo se… quiser me contar qualquer coisa — diz ele.

O silêncio entre nós é breve, mas pesado. Como quando a onda recua antes de retornar com um estrondo.

— E quem disse que eu não tenho?

Com certeza esse tom é só meu lado competitivo falando.

Ele se senta bruscamente, fazendo alguns cachos caírem sobre a testa e os afasta. Sua pele pálida está corada na penumbra, e estamos tão perto que vejo a pulsação no seu pescoço.

— Você tem? Foi com Tanner?

— Não — admito. — Ele queria, mas... não.

É por isso que acabei indo sozinha ao baile que organizei. Tanner Brown me deu um fora no último minuto dizendo que "não valia a pena". Não sei se estava falando do tempo dele, do baile ou do fato de eu não querer ir para um motel com ele depois. Mas a gente só estava junto fazia três semanas. Eu não ia perder minha virgindade com alguém que não durou nem um tanque de gasolina. Não importa quão curiosa eu esteja em relação à coisa toda.

Ethan se joga no travesseiro ao meu lado, nitidamente aliviado.

— Que bom. Não acredito que você chegou a sair com aquele cara.

Para falar a verdade, eu também não. Só que ninguém mais me convidou para o baile e seria patético se a presidenta aparecesse sozinha. O que foi o que aconteceu. Pois é, é a vida.

— Nem todo mundo tem uma fila de pretendentes como você — falo.

Ethan revira os olhos como se não estivesse sempre sendo bombardeado de mensagens. Ele foi convidado para o baile por *três* garotas diferentes. Disse que não aceitou porque percebeu que elas só fizeram isso por causa do seu pai. É possível, mas também é possível que elas gostem dele. Todas gostam agora.

— Isso não significa que você precisa aceitar qualquer um. Tanner é um babaca. Você merece coisa melhor.

— Tipo quem?

Ele me dá um empurrãozinho com o ombro.

— Eu teria te convidado.

— Por pena? Não, obrigada — digo.

Estou empurrando os *sentimentos* para longe, longe, bem longe.

Ele franze as sobrancelhas.

— Você teria aceitado na primeira série.

Arregaço as mangas do moletom porque me deu calor.

— É o quê?

— Esqueceu? Do nosso pacto? — pergunta ele, enfim me olhando nos olhos.

Ele realmente mencionou o pacto. A tela na minha mente brilha em tons de rosa. Florescente, vibrante e rosada.

— Eu me lembro — respondo com cuidado.

Como se eu pudesse esquecer. Naquela época, juramos com os dedos mindinhos que nossa primeira vez seria um com o outro, caso ainda fôssemos virgens na última série do ensino médio, porque eu não queria perder a virgindade com um babaca, e Ethan tinha tanto medo de garotas que pensou que morreria virgem se não fosse assim.

— Mas eu também era o único membro do seu Clube dos Admiradores de Waluigi. Não era como se eu estivesse fazendo boas escolhas. — Faço piada para conter o frio na barriga.

Ele olha para longe com uma expressão pensativa.

— Se você não me amava na fase Waluigi, não me merece como rei do baile.

Dou risada e coloco uma mecha de cabelo atrás da orelha. Ele fica me observando.

— Ainda não acredito nisso. Acho que nunca ninguém da penúltima série ganhou — comento.

Ele volta a atenção para o teto e franze as sobrancelhas.

— Essa eleição deve ter sido fraudada.

— Que grosseria. Eu mesma contei os votos. — E como se estivesse dando más notícias, digo: — Você vai ter que aceitar que ganhou os votos de ironia.

Ele também ri, mas dá para ver que essa história o deixa desconfortável. As únicas luzes de que Ethan gosta sobre ele são do seu videogame e da sua luminária de leitura. Ele é tímido e não entende por que alguém prestaria atenção nele se não fosse pelo fato de que seu pai babaca é só um *pouquinho* famoso. Ethan não faz ideia de como ele próprio é legal.

Uma brisa forte traz o cheiro salgado da maresia pela janela. Fecho os olhos e inspiro profundamente. Dedos quentes começam a tracejar um caminho preguiçoso no meu braço. Não sei se Ethan sabe que faz isso quando está pensando, mas eu sempre adorei. Seu toque deixa um rastro de arrepios sobre a minha pele. Suspirando, me ajeito melhor na cama.

Ficamos assim por um tempo em um silêncio contemplativo. A colcha azul é macia e tão aconchegante que o cansaço me domina. Meus olhos ficam pesados com o carinho de Ethan.

Estou quase dormindo quando ele diz:

— Acho que você é minha pessoa favorita, Natalia.

Abro os olhos e nos encaramos.

Odeio o quanto quero beijá-lo.

Não acredito no que estou dizendo, mas as palavras escapam da minha boca mesmo assim:

— E se a gente cumprisse o pacto?

A mão dele congela.

— O quê?

— Tipo, por que não? Estamos quase na última série, estamos solteiros e gostamos um do outro. E até que você não é *tão* feio.

— Obrigado?!

— Nunca vou me sentir à vontade com um cara aleatório como me sinto com você.

Sempre que os caras estão me conhecendo, todos me dizem versões da mesma coisa: sou intensa demais, estressante demais, preciso relaxar. Eles acham que estão saindo com a garota que eu finjo ser: legal, confiante, alegre. Só que ninguém quer a verdadeira eu, o desastre que eu sou por dentro.

Aí está a garota que levou um fora na véspera do baile.

Mas aqui está meu melhor amigo, que é… prismático. A luz brilha através dele, e ele cria as cores para mim. Ethan é exatamente como ele quer ser. E me permite ser exatamente quem *eu* sou. Sem armadura, sem sorriso forçado. Sou a pessoa favorita dele. E ele é a minha.

Não consigo decifrar sua expressão.

— Você está brincando.

Eu me sento, a ideia ganhando força na minha cabeça.

— Não estou. Sei que é… um pouco esquisito…

— Hum, é, *um pouco* — diz ele, com as bochechas coradas. — Somos só amigos.

Ignoro o nó no estômago, que se contorce de repente.

— Eu sei. Não estou, tipo, te pedindo em casamento. Seria só uma tentativa. O objetivo do pacto era aprender como seria fazer com alguém… que a gente conhece, certo?

Digo a mim mesma que, se fizermos desse jeito, nossa amizade vai sobreviver. Vamos tirar o que quer que seja *isso* do nosso caminho e continuar sendo amigos como antes. Nada de sentimentos. Tudo vai ficar bem de novo. *Nós* vamos ficar bem de novo.

— Você que mencionou o pacto. E *hoje* é a noite do baile — continuo.

— Espera aí, você está querendo dizer *hoje*? Agora? — pergunta ele num tom mais alto.

Dou de ombros, o coração acelerado.

— Não? Talvez? O que acha?

— Hum. Que… reviravolta surpreendente.

Quanto mais nervoso Ethan fica, mais formal ele se torna. Então paro de falar. E durante essa pausa, ouço tudo o que acabei de dizer sob a perspectiva dele e meio que quero morrer.

— É verdade. Esquece. Essa foi a pior ideia que já tive.

Ele tenta conter o sorriso.

— Não, esse título ainda é do Dia da Lagosta.

Escondo o rosto nas mãos.

— Ah, meu Deus. Não me lembre disso.

— Ei, se não fosse por você, eu nunca saberia o *quão* alérgico eu sou a crustáceos.

Eu o observo por entre as frestas dos meus dedos e caímos na gargalhada. Presumo que esse seja o fim da conversa estranha que puxei obviamente possuída pela Demônia Natalia louca por sexo, pronta para ficar pelada com o cara em quem ela teve que injetar uma caneta de epinefrina no verão passado depois de desafiá-lo a comer sanduíches de lagosta.

Mas quando me recosto no travesseiro, Ethan volta a fazer carinho no meu braço. E na minha clavícula, que é um território novo. Nossos olhares se encontram. E então tudo muda no instante em que ele coloca a mão na minha cintura e me puxa para perto. Ele está apoiado no cotovelo, olhando para mim, estudando meu rosto. A música parou. O único som vem da nossa respiração cada vez mais acelerada.

— Você… quer mesmo fazer isso? — pergunta ele.

Sem perder tempo, com mãos trêmulas, arranco o moletom e a blusa pela cabeça. Ele arregala os olhos quando vê meu torso nu. Ainda estou de sutiã, mas não consigo não corar sob o olhar de Ethan.

Forço minha voz a soar calma e digo:

— Fala sério, a gente já se viu com menos roupa na praia.

— É diferente.

Engulo em seco.

— Eu sei. — Sei que é diferente pela maneira como o olhar dele incendeia minha pele. — Tudo bem se não quiser.

— Não, eu… — A voz de Ethan vacila e ele pigarreia. — Eu quero.

Com um movimento suave, ele tira a camiseta e a joga no chão. Pensei que aguentaria vê-lo assim. Mas quando o cara que te deixa mais segura no mundo é lindo e a pele dele toca a sua, aparentemente isso desbloqueia… tudo.

— Você tem camisinha? — pergunto.

Ele engole em seco e faz que sim.

Garotas como você…

O comentário desaparece quando ele se aproxima. Apoiando a testa no meu ombro, com o hálito quente no meu pescoço, ele murmura:

— Não acredito que isso está acontecendo.

— Não acredito que você está falando — digo secamente.

Seu peito se sacode enquanto ele ri, e eu sorrio com o rosto no seu cabelo. Um pouco hesitante, levanto a mão e entrelaço os dedos em suas mechas devagar. Sinto-o tremendo. Ele se afasta para me olhar, me encarando com seus olhos castanhos.

— Meu Deus, Natalia — sussurra ele.

Então meu melhor amigo se inclina e me beija.

CAPÍTULO DOIS

Natalia

Senior Sunrise, dois meses e meio depois, 7h07

O céu está cheio de segredos hoje. Detesto segredos.

Faixas de neblina costeira serpenteiam entre os cedros que ladeiam minha rua. Que vibe assustadora para uma manhã de final de agosto. Se eu acreditasse em sinais, seria quase como se a porcaria da atmosfera estivesse tentando me dizer algo sobre hoje. Então ainda bem que não acredito, porque o evento tem que ser perfeito. *Vai* ser perfeito.

Mesmo se eu tiver que ver Ethan.

A porta da frente se abre atrás de mim, e minha mãe desce os degraus da varanda de chinelos, quase tropeçando no cartaz gigante que apoiei em minhas pernas. Saio do caminho enquanto ela encerra a ligação com uma das minhas tias, falando em um espanhol acelerado. Ao terminar, ela para ao meu lado, se envolvendo firmemente no suéter cor-de-rosa com uma das mãos e segurando uma xícara de café fumegante com a outra. Seus expressivos olhos castanhos estão cansados, e seu cabelo preto e liso, nada parecido com minha juba ondulada e bagunçada, está preso em um rabo de cavalo elegante.

— Nada ainda? — pergunta ela.

— Nada — murmuro.

Verifico o relógio. Estou esperando Ethan nesta manhã sombria e melancólica na frente de casa — quer dizer, acho que agora é a casa do meu *pai* — há sete minutos. Porque, não importa como nem onde, parece que estou sempre esperando por Ethan. Se eu pudesse pagar o conserto do meu carro, não precisaria pedir carona para o meu melhor amigo, para começo de conversa.

Se é que ainda somos melhores amigos.

Não acredito que não nos falamos durante todo o verão. Certo, claro, conversamos no grupo com Rainn e Sienna, mas sempre tomamos cuidado para nunca responder o que o outro disse, então não conta. Só sabemos que estamos vivos.

Minha mãe solta um suspiro pesado, e tenho um mau pressentimento.

— Eu queria muito que você não tivesse planejado passar a noite de hoje fora. Justo hoje.

De algum jeito, consigo não revirar os olhos.

— Não é uma conspiração contra você. É o Senior Sunrise.

O Senior Sunrise é uma tradição sagrada da Liberty Prep. Todas as turmas da última série do ensino médio se reúnem no nascer do sol no fim de semana que antecede o início das aulas para definir metas e intenções e começar o último ano juntas escrevendo as infames Cartas do Leão. Estremeço só de pensar em realmente colocar no papel tudo o que estou passando.

— Quando seu pai estudou lá, não teve que passar a noite fora.

Ela tem razão. O evento geralmente só dura algumas horas, mas eu sugeri que o transformássemos em um acampamento de uma noite para torná-lo mais especial. É meu trabalho como presidenta do corpo discente deixar todos empolgados com o ano letivo, mesmo que eu mesma não esteja me sentindo assim.

Como não falo nada, ela suspira de novo.

— *Mi hija*, sei que o verão não foi dos mais fáceis, mas seu pai e eu achamos que…

Olho para o céu escuro, me desligando do que ela está dizendo e mergulhando na minha cabeça para pintar mentalmente.

Imagino o céu tomado pela luz da manhã. A explosão de cor se espalhando pela turma. Dourados, vermelhos, roxos, se tivermos sorte. Os novos começos que o nascer do sol promete. Seria bom ter um desses agora.

— Está me ouvindo? — A voz cansada da minha mãe corta meus pensamentos.

— Sim — minto.

Ela suspira mais uma vez.

— Vamos sair dessa situação. Vamos mesmo.

Situação. A palavra que meus pais escolheram representa meu mundo desmoronando. "Situação" significa divórcio. Significa a escolha impossível que tenho que fazer no fim dessa semana: minha mãe ou meu pai.

Se eu ficar com meu pai, tenho zero chances de seguir na arte, já que é "uma vida insegura e perigosa". Se ficar com minha mãe, vou ter que abdicar da Liberty e de toda a minha vida aqui. Da praia, da presidência. De Ethan.

Finalmente, faróis baixos atravessam a neblina antes de um carro parar abruptamente na frente de casa.

Ele chegou.

Mas tem alguma coisa errada. O carro de Ethan é velho e inclassificável, ostentando um adesivo que diz "Preciso de espaço — NASA" de um lado e um adesivo desbotado do time de basquete Golden State Warriors do outro. Mas essa coisa — esse carro elétrico todo elegante e sofisticado que só as pessoas mais ricas e imbecis da escola dirigem — é o exato oposto de Ethan.

— Parece que Roger finalmente conseguiu convencê-lo — fala minha mãe.

Sinto um nó no estômago. O pai de Ethan adora ostentar seu dinheiro como se fosse a única coisa que importa no mundo. Ethan sempre resistiu. Ou, pelo menos, costumava resistir.

A porta do motorista se abre feito uma maldita asa de morcego e tudo fica em câmera lenta quando Ethan sai.

Dois meses e meio de distância não foram suficientes para tornar esta parte mais fácil.

Os cachos dele estão levemente domados com algum produto, e o dia cinzento deixou seus olhos castanhos ainda mais brilhantes, suas sobrancelhas escuras mais marcantes. Ele está usando jeans cor de ferrugem justos nos tornozelos, mostrando seu All Star preto de cano alto, e um moletom preto que molda seu corpo magro.

Ethan está aqui todo lindo, em carne e osso, e *atrasado*.

Ele vem correndo através da neblina densa, e seu olhar penetrante faz meu frágil coração se apertar.

Sou tomada por uma vontade louca de jogar os braços em volta dele e respirar as longas semanas que perdi. Mas não posso fazer isso. E também não temos tempo.

Pego a barraca e a enfio nos braços dele, cortando sua chance de falar qualquer coisa. Ele grunhe com o impacto, e eu empilho o saco de dormir em cima, bloqueando seu rosto perfeito só para garantir.

— Tá… certo — fala Ethan, atrás das coisas, com uma voz ainda rouca de sono.

Que bom que ele não vê meu sorriso.

Dou um abraço rápido na minha mãe e pego o cartaz nos degraus da varanda antes de sair correndo para o carro. Só que não consigo abrir o negócio porque não vejo nenhuma maçaneta. Fico olhando para a coisa. Há uma faixa prateada e brilhante onde deveria estar a maçaneta, e não há sinal da trava. Será que esse treco quer minhas impressões digitais? Uma amostra de cabelo? Sou uma garota inteligente, mais do que capaz de abrir uma porta. Mas mesmo assim…

Quando levanto a cabeça, noto Ethan me observando com olhos cintilantes e divertidos. É uma expressão tão familiar que amoleço um pouco.

— Oi — digo.

A palavra simplesmente surge, desejando puxá-lo de volta para mim. É como se ele soubesse.

— Oi — responde Ethan, enquanto os cantos da sua boca se curvam.

Algo faz um bipe, e a porta do passageiro se abre.

— Finalmente…

Congelo, porque Claire Wilson está sentada no banco do passageiro. No *meu* lugar.

— Oi, Natalia — diz ela, com um sorrisinho.

Meus pelos se eriçam. Se eu fosse um gato, estaria com o dobro do tamanho. Mas abro meu melhor sorriso presidencial para disfarçar. Tenho muita prática em fingir que estou bem. Pelo visto, hoje não será diferente.

— Oi!

Mas, falando sério, desde quando levamos Claire Wilson — com sua pele sardenta e viçosa e seu cabelo brilhante com mechas azuis — para qualquer lugar? Principalmente para o evento que passei o verão todo planejando e que vai marcar o último ano? Depois de praticamente uma década sem ver Ethan?

— Ethan me ofereceu uma carona — diz Claire. Como se fosse uma coisa perfeitamente normal.

Eles moram um de frente para o outro desde que Ethan se mudou para Cliffport Heights no ano passado. O bairro é famoso por suas mansões e vistas incríveis para o mar. Mas Claire nunca esteve no radar dele. Até agora, pelo visto. A pontada nas minhas costelas deve ser de frio.

— Que ótimo! Quanto mais, melhor — falo, animada. — Acho que isso explica o atraso.

— Não, foi culpa minha — proclama uma voz queixosa do banco de trás. — Meu alarme não tocou.

Rainn está esparramado, ocupando todo o espaço com suas pernas compridas dobradas de um jeito estranho. Seu cabelo loiro e brilhante está todo bagunçado. Ele está usando uma camiseta com uma imagem serigrafada de um lobo uivando para a lua e calças *tie-dye* de moletom.

Dou a volta no carro, me sento atrás de Ethan e fico brigando para fazer meu cartaz gigante caber ali. Sou instantaneamente atingida pelo cheiro dele — amadeirado, inebriante e reconfortante —, e tenho que fechar os olhos enquanto as lembranças da noite do baile inundam minha mente. A pegada forte na minha cintura, o hálito quente no meu pescoço...

Rainn apoia as pernas no meu colo e volto ao presente. Normalmente, eu as afastaria, mas fico grata pela distração e pelo calor do contato.

Ele aponta para o cartaz.

— Nossa, são fotos da primeira série?

Assinto e digo:

— Pra mostrar quão longe chegamos.

Levei três noites escolhendo fotos de cada aluno de três anos atrás, cortando-as e decorando-as. Fiz questão até de procurar dos poucos estudantes que entraram na Liberty depois. Rainn aponta para o nosso grupo e dá risada. Eu com meu cabelo cheio de frizz e usando aparelho. Ele com o pescoço esguio e cabelo de surfista na altura dos ombros. Sienna com seu sorriso largo e óculos de armação grossa, antes de encontrar outros mais elegantes. E Ethan com aquele corte infeliz, bem curtinho, porque não tinha ideia do que fazer com seu glorioso cabelo. Isso foi logo antes da série do pai dele estrear.

Apesar de muita coisa ter mudado depois disso — a casa de Ethan ficou maior; e suas coisas, mais caras —, *ele* nunca mudou. Ainda quero acreditar que a única coisa que está diferente é que agora ele sabe *exatamente* o que fazer com o cabelo.

Mas se estamos em um carro que mais parece uma nave espacial dando carona para Claire Wilson, está na cara que as coisas mudaram.

Pressiono as mãos nas saídas do aquecedor, fazendo meus dedos voltarem à vida. Olho novamente para a camiseta ridícula de Rainn e para seus braços bronzeados de surfista, todo arrepiado.

— Não está congelando?

Sem abrir os olhos, ele responde:

— O frio é um estado mental, Natalia.

— Também é um estado factual de temperatura, mas beleza.

Pego um moletom na mochila e o atiro para ele. A blusa cai no seu peito e ele abre um olho.

Com um sorriso de agradecimento, ele faz uma bola com o moletom e o coloca debaixo da cabeça, apoiando o travesseiro improvisado na janela, e escorrega mais ainda no banco.

— Sempre pensando em mim.

Balanço a cabeça e verifico o celular. Percebo com um leve pânico que Sienna não respondeu nenhuma das minhas mensagens para acordá-la.

— Se Sienna ainda não tiver acordado, juro que vou fazer *picadinho* dela.

Ethan bufa.

— Você está mal-humorada hoje, hein? — murmura Rainn.

— Deve estar com fome — comenta Ethan, me encarando pelo retrovisor.

Ele está me olhando fixamente, como se estivesse nos observando. É isso o que ele vai fazer depois de dez semanas me ignorando?

Minha barriga ronca, me traindo, e ele me olha cheio de expectativa. Preciso desviar o olhar, e fico observando meu bairro com suas casinhas e prédios ficarem para trás enquanto seguimos para a praia.

— Vou esperar pra comer porque Sienna ficou de levar rosquinhas e café.

— Te garanto que ela ainda não saiu — comenta Rainn com os olhos ainda fechados.

— Não fala isso. Já estamos treze minutos atrasados. Juro que se Prashant começar sem mim…

— Você vai fazer picadinho dele? — Ethan sugere.

Olho para a sua nuca. O que é uma péssima ideia, porque meus dedos se lembram de que seu cabelo é mais macio ali, no ponto em que seus cachinhos encontram a pele.

— Prashant é tipo o cara mais inteligente da turma. Por que ele não pode começar? — Claire se intromete.

Comprimo os lábios. Será que ela é tão sem noção assim? Prashant pode até ser inteligente. Pode ser o vice-presidente da turma e estar no caminho certo para ser o orador, me deixando para trás graças à minha maldita nota em economia no ano passado. Só que ele é inteligente e calculista e vem tentando usurpar minha posição de presidenta da turma nos últimos três anos.

Como se eu fosse deixar isso acontecer agora que sou presidenta do corpo discente e finalmente tenho algum poder para fazer a diferença. Principalmente para os estudantes bolsistas. É a única coisa que me mantém firme.

— Quem convidou ela? — brinca Rainn, falando baixinho para que só eu escute. Disfarço a risada com uma tosse.

Apesar de Ethan e eu sempre termos sido mais próximos, formamos um grupo com Rainn e Sienna desde o oitavo ano. Eles nos equilibram. Rainn é mais chegado a Ethan, assim como eu sou mais chegada a Sienna. Mas, neste verão, Rainn e eu nos aproximamos mais por conta da ausência de Ethan.

Esfrego as mãos e as assopro para me esquentar.

— Pode aumentar o aquecedor? Espera, Ethan, não vá pela Main Street... os semáforos... *aff*!

Ele entra na Main Street, e agora ficaremos presos em uma interminável série de sinais vermelhos, quando a avenida Maple nos levaria na metade do tempo. Faço uma careta para o reflexo dele no retrovisor.

— Você está tão estressada que tive que fazer isso.

Bato no banco da frente.

— Você fez de propósito? Qual é o seu problema?

— Tenho muitos.

— Não tem graça, Ethan.

— Não estou rindo.

Mas está sorrindo. Um daqueles sorrisos que são como uma punhalada e me aquecem toda.

— Por que você faz tanta questão de me torturar?

— É meu passatempo favorito.

— Te odeio.

— Você me ama.

O clima fica tenso, e Claire nos lança um olhar estranho. Toda garota que é a fim de Ethan uma hora nos olha desse jeito, querendo perguntar:

Eles estão flertando?

Eles se gostam?

Será que Natalia Diaz-Price é uma ameaça?

Respostas:

Às vezes.

É complicado.

Ameaça nenhuma, a noite do baile já provou.

— Ainda mais porque eu trouxe petiscos — anuncia Ethan.

Levanto a cabeça. Paramos em mais um torturante sinal vermelho, e ele se estica por cima de Claire para abrir o porta-luvas. Ele pega um punhado de barrinhas de cereal secas e levemente amassadas. *Fuén.* Até parece que isso se compara a um petisco.

Olho para ele por um tempo.

— Quase morri de hipotermia te esperando e agora isso?

Ethan resmunga e diz:

— Hipotermia? Está doze graus lá fora.

— Boa tentativa. Vou esperar as rosquinhas.

Ele balança a cabeça.

— Não estou sentindo muita gratidão da sua parte por levar você, que está sem carro, pra um evento escolar que não somos obrigados a comparecer e *ainda* te oferecer comida, sabe?

Reviro os olhos.

— Peraí! — Levanto os dedos, abaixando um por um enquanto discorro: — Como presidenta do corpo discente, eu *sou* obrigada a organizar, participar e preparar o Senior Sunrise. Só estou sem carro porque o meu está no mecânico, e *isso* não se qualifica como comida. — Lanço um olhar de desdém para a pilha de barrinhas.

Ethan franze a testa.

— O que aconteceu com o seu carro?

Me mexo, desconfortável.

— Rolou um acidente semana passada. Nada de mais.

— Sério? Você está bem?

Odeio o jeito como voz dele se suaviza. Jogo o cabelo para um lado e fico brincando com as pontas.

— A hipotermia foi pior.

Ele revira os olhos, mas vejo que está segurando um sorriso.

— Vocês dois são tão fofos — intervém Claire, toda confiante.

— Não são? — provoca Rainn, cutucando minha perna com o pé.

O carro para em mais um sinal vermelho.

Ela se vira para mim e sorri.

— Ethan falou que vocês são próximos.

Eu me obrigo a alargar o sorriso. Ela está agindo como se não soubesse que Ethan e eu somos melhores amigos desde o fundamental. Liberty Prep não é tão grande, todo mundo sabe de tudo.

Claire é uma daquelas garotas populares do teatro que acha que vai ser uma estrela. Ela não olha para além da sua própria bolha. E é por isso que não faz sentido ela estar nessa nave espacial.

E sabe o que faz menos sentido ainda? Ethan claramente passar o verão falando com ela, em vez de conversar comigo.

Nossos celulares apitam ao mesmo tempo com uma notificação, me arrancando da minha ruminação.

— É, parece que Sienna acabou de acordar — anuncia Rainn.

Ethan cai na gargalhada. Faz muito tempo que não ouço sua risada em alto e bom som desse jeito. Tudo nele é tão... avassalador. Diferente. Por outro lado, Sienna é exatamente a mesma. Para alguém que consegue resolver equações complexas de cabeça, ela é a tesoureira da turma mais desmiolada de todos os tempos.

— Aaaaffeee — resmungo.

Então o braço de Ethan aparece por cima do banco, sacudindo uma barrinha de cereal de um jeito provocador. Pego-a. Quando nossas mãos se tocam, meus dedos congelados contra os dedos quentes dele, Ethan me faz carinho — suave como um sussurro, mas eu sinto. Algum tipo de sinal. Nunca consegui decifrar direito a linguagem dele, apesar de passar tantos anos tentando me tornar fluente. Ele pode estar me dizendo "oi". Ou "relaxa".

Ou "também não consigo parar de pensar naquela noite".

Paramos em mais um sinal vermelho, e as pernas de Rainn escorregam do meu colo. Ele se alonga, estalando o pescoço com um sonoro barulho, e depois coloca o braço comprido em volta de mim, me puxando para perto daquele jeito sedutor que ele demonstrou durante todo o verão.

— Este ano vai ser incrível. Estou sentindo.

Eu me aconchego mais perto do calor e do otimismo de Rainn e retribuo seu sorriso. Torço que seja assim para todos, mesmo sabendo que não me sinto desse jeito. Não importa onde vou morar. Mas não posso falar disso, porque ninguém sabe.

Ethan me olha de novo pelo retrovisor.

Sim. Segredos são uma merda.

CAPÍTULO TRÊS

Ethan

Senior Sunrise, 7h19

Legal. Muito legal. Tipo, hiperlegal. Detesto acampar, montar barracas e dormir no chão. Só topei vir para o Senior Sunrise para tentar consertar as coisas com Natalia, e agora parece que ela e Rainn estão... o quê? Juntos? A fim um do outro?

Depois do que ele me disse no baile, acho que é possível.

Quer dizer, eles nunca foram aquele tipo de amigos que ficam se *tocando*, e não é alucinação que o braço dele *ainda* esteja nos ombros dela, e ela *ainda* esteja sorrindo para ele. Agarro o volante com tanta força que meus dedos ficam brancos.

Que desastre.

Quando a vi parada na frente da casa dela, juro que seus olhos azuis se iluminaram tanto quanto eu me sentia por dentro. Mas claramente devo ter imaginado tudo, já que ela mal olhou para mim depois.

A frase "Às vezes, não conseguir o que se quer é um maravilhoso golpe de sorte" me vem à mente. Acho que é do Dalai Lama. Mas nem isso ajuda. Abro uma barrinha de cereal com os dentes e a enfio de uma vez na boca, mas o gosto é quase ofensivo. Ela está certa, como sempre. Isso é uma merda.

Tenho que manobrar o carro quando perco a entrada do acampamento na praia, e mal registro o resmungo de irritação de Natalia no banco traseiro. Por que ninguém me contou sobre ela e Rainn, porra? Por que *ela* não me contou?

Ah, é, porque ela passou o verão todo me ignorando.

Torci para que o verão nos acalmasse, para que ela estivesse pronta para conversar sobre o que aconteceu, mas fiquei só na torcida mesmo. Afinal, é Natalia. A Maior Guardadora de Rancor do Mundo. As pessoas pensam que ela é legal, mas ela não é. Ok, sim, ela é gentil, atenciosa, generosa, mas *legal*? Não. É só sua armadura. Por dentro, é resmungona, grossa e brava. Meu Deus, ela é uma das pessoas mais confusas que conheço.

Ela é a melhor.

Eu não devia ter ficado surpreso por ela ter desaparecido. Ela já estava se distanciando bem antes do baile. Ela sempre faz isso, se escondendo no seu mundinho ou na sua arte ou nas suas listas de afazeres para não ter que conversar de verdade. Mas, na noite do baile, ela estava presente. Parecia que tinha engolido a lua; ela estava brilhando de dentro para fora. Eu finalmente tive Natalia só para mim depois de meses de afastamento, e depois... sei lá, meu cérebro imbecil teve que mencionar aquele pacto.

Em um minuto, estávamos conversando na minha cama, e no minuto seguinte, a blusa dela estava no chão enquanto eu explorava sua pele com os dedos. Quando nossos lábios se tocaram, uma barreira se quebrou dentro de mim. Eu mal consegui entender o que estava acontecendo, só sabia que estava adorando e não queria que acabasse. Era *Natalia*. Deveria ser estranho, engraçado ou errado. Mas nada nunca pareceu tão certo.

E esse é o problema.

Eu mal pude saboreá-la direito antes de ela deixar muito claro que não sentia o mesmo.

— Assim é melhor — disse ela quase para si mesma depois que nos beijamos como se o mundo estivesse acabando, logo quando arranquei aquele som trêmulo e frágil dela quando meus lábios encontraram aquela fenda entre as suas clavículas. — Se fizermos assim, nada vai mudar.

Eu congelei. Estava na cara. Ela não me queria de verdade. Ela jamais me tocaria se não fosse aquele pacto.

— Talia… — Seu apelido saiu arranhando minha garganta. — Eu… não acho que eu… que isso é idiota. Eu não… com *você*… não assim.

E então tudo desmoronou.

Ela se afastou e se levantou da cama depressa, pegando a blusa.

— Com certeza. Você tem razão. Desculpa… Ai, *sai da frente*.

— Eita, calma, Natalia, espera aí — pedi.

Estiquei o braço, mas só alcancei o ar.

— Está tudo bem, Ethan.

— Você tá puta.

Ela arrancou os grampos do cabelo freneticamente, enquanto suas mechas caíam em ondas exuberantes pelas suas costas. Eu queria enroscar meus dedos ali de novo, me enterrar ali. Mas era tarde demais.

— Estou bem. Eu só… vou pra casa — respondeu ela.

Eu a segui pelas escadas conforme ela percorria minha casa pegando suas coisas, sem olhar para mim. Nem uma vez *sequer*.

— Espera, não vai embora… — falei da varanda, mas ela já estava entrando no carro.

A última coisa que ela me disse antes de desaparecer durante o resto do verão foi:

— Por favor, esquece isso.

Fiquei observando-a sumir na escuridão, levando consigo a possibilidade de acontecer algo entre nós.

Olho para ela. Ela está brincando com a camiseta de Rainn, provocando-o e dizendo o quanto é horrível. Ele dá risada, e ela segura um sorriso.

É tudo culpa minha. E se eu a tiver mesmo perdido porque estava morrendo de medo de falar a verdade naquela noite?

— Obrigada de novo pela carona — diz Claire, interrompendo meus pensamentos.

Eu tinha esquecido que ela estava aqui.

— Ah, sim.

— Faz sentido virmos juntos, deveríamos repetir mais vezes. — Ela abre um sorriso meigo.

— Claro — respondo.

Claire é linda, mas ela literalmente nunca tinha olhado para mim até pouco tempo atrás. As coisas começaram a mudar depois do Showdown de basquete da temporada passada e daquele negócio estranho de rei do baile, mas ainda não faz sentido para mim.

Quando voltei das férias em Seattle na semana passada, ela apareceu em casa com um livro que tinha pegado emprestado comigo na escola que eu tinha esquecido completamente. Ficamos conversando e daí, do nada, ela me beijou. Tipo, eu não odiei, mas não pensei muito nisso depois. Natalia e tudo o que aconteceu em casa tomou cada centímetro quadrado do meu cérebro.

Nossa, como eu sinto saudade de Natalia. Não importa o que aconteceu naquela noite, eu devia ter mandado no mínimo uma mensagem. Este verão foi uma merda tão grande que eu só poderia contar o que aconteceu para ela. As mensagens que encontrei no celular do meu pai, a dificuldade de Adam com a recuperação...

Pensei que a visita ao meu irmão mais velho durante as férias fosse me ajudar a aliviar a mente de tudo isso — Natalia, meu pai, a escola, o time, *Natalia* —, mas acabou que só ficou mais claro que eu não consigo falar nada. Toda vez que eu quis contar para Adam sobre nossos pais, sobre como as coisas estão agora que tanto ele quanto meu pai foram embora, *por que* meu pai foi embora, as palavras ficaram presas. Não posso estressá-lo com o que sei. Não quero comprometer a recuperação dele.

Meu irmão perguntou de Natalia, eu cedi e contei tudo. Tudo o que ele disse foi:

— Cara, para de mentir pra você mesmo. Você *sempre* gostou dela.

— Não gostava, não — retruquei automaticamente.

Ele só revirou os olhos, depois arrancou a bola das minhas mãos e girou para fazer um lance.

Triiim!

O carro explode quando meu celular toca. O rosto do meu pai surge na tela do painel multimídia com o qual eu não consigo me acostumar. Maldito carro. É só mais uma das muitas coisas pelas quais nunca vou ser capaz de perdoá-lo.

Rejeito a ligação. Não, obrigado. Alguns segundos depois, *triiim*! Rejeito de novo.

Ele liga pela terceira vez, e tenho que respirar fundo algumas vezes. Que parte do "Me deixa em paz, caralho" ele não entende?

— Você não vai atender? — pergunta Claire.

Minha mandíbula dói de tanto que estou apertando-a.

— Não.

— Pode ser importante — diz Rainn.

— Não é.

E mesmo se for, não estou nem aí. Percebo Natalia e Rainn trocando olhares, o que me dilacera, me fazendo conhecer um novo tipo de dor. Eles têm um código agora. Como a gente tem. Ou tinha.

Passo a mão na mandíbula, sentindo a barba áspera contra a minha palma.

— Ele está gravando agora? — pergunta Claire com uma voz animada. — Li que a nova temporada se passa em Nova York.

Eu me mexo, desconfortável.

— Hum…

— Aff, está tão nublado! Tomara que não esteja assim amanhã — comenta Natalia, me cortando.

Observo-a pelo retrovisor, mas ela não me olha de volta. Sei que fez isso de propósito, e tento lhe agradecer telepaticamente. Ela sabe que eu detesto falar sobre meu pai e o trabalho dele.

Eu já era amigo de Rainn, Sienna e Natalia muito antes da estreia da série dele, *The Beltway*. Eles estavam ao meu lado quando meu pai passou a estar… em todos os lugares. Sienna foi a única que comentou sobre essa mudança, quando meu PC gamer pifou.

— Fala para o Tio Patinhas comprar um Alienware para você. Agora ele pode pagar.

Posso ser sincero? Achei demais que eles não dessem a mínima para essa coisa de fama.

Mas nem todo mundo é assim.

— Acha que a gente vai conseguir ver o sol nascer amanhã? — pergunta Claire, olhando para a janela.

— Sim — responde Natalia, com um tom determinado.

Parece até que ela tem controle total sobre o tempo. Adorável.

— Mesmo se não rolar, ainda vai ser um novo começo. Todos os dias são, na verdade — fala Rainn.

Natalia lhe dá um empurrãozinho com o ombro.

— Que profundo, Rainn.

Ele sorri.

— Não fique tão surpresa.

Ela dá risada, e o som suave faz meu peito doer.

— Sabia que os astronautas da Estação Espacial Internacional enxergam dezesseis auroras orbitais por dia? — solto. Como ninguém fala nada, continuo: — A primeira arte criada do espaço foi um desenho de uma aurora orbital. Pesquisem aí, é bem legal.

— Você é tão inteligente — diz Claire, fazendo carinho no meu braço.

Por um segundo, tenho certeza de que ela está tirando sarro de mim. Mas não vejo nenhum brilho sarcástico em seus olhos. Apenas um sorriso largo e fofo enquanto ela franze o nariz. Então retribuo com um sorrisinho tímido.

— Não temos dezesseis chances, Ethan — responde Natalia, com um tom gélido de novo. — Só temos uma.

Tenho a impressão de que não estamos mais falando de auroras.

CAPÍTULO QUATRO

Natalia

Senior Sunrise, 7h25

Claro que ele sabe qual foi a primeira arte criada no espaço. Porque Ethan é legal para caramba. Droga, que saudade dele. Quase digo em voz alta, mas então Claire abre um sorriso — daquele tipo que normalmente o deixa desconfiado. Ele desconfiou de todas as garotas que o convidaram para o baile. Sinto um aperto no peito ao observá-lo sorrindo de volta para ela. Um sorriso meigo e tímido.

Primeiro a carona, e agora isso? Será que tem alguma coisa rolando mesmo entre eles?

Recebo uma mensagem provocadora de Prashant assim que estacionamos no acampamento da praia de Ventoso.

A srta. Perfeita está atrasada??? Não é um bom começo...

Cerro os dentes e vejo pela janela que, exceto Sienna, todos os outros membros do conselho discente já estão ali, incluindo Leti Mitchell, secretárie da turma e a única obsessão de Sienna no último ano.

Por sorte, parece que eles não avançaram muito. Nada que eu não possa desfazer.

Descarregamos o carro depressa, e enquanto nos aproximamos do grupo, Rainn coloca o braço em volta de mim de novo. Não ligo, porque está congelando e ventando muito, mas definitivamente não é nosso estilo. Nos últimos tempos, ele tem agido assim todo sedutor, e tenho que admitir que às vezes é bom sentir que sou desejada por alguém.

— O que está rolando entre você e o Forrester? — pergunta ele, passando a mão livre pelo cabelo bagunçado, prendendo-o entre os dedos para não voar.

— Nada. Como assim? — pergunto, soando desesperada até para os meus próprios ouvidos.

Ele dá de ombros.

— Só senti uma vibe estranha.

— Acho que é porque não nos vimos durante todo o verão.

— Ah, pensei que talvez fosse... por causa dele e de Claire.

Dele e de Claire. Inspiro dolorosamente. Parece que Rainn sabe de algo que não sei. Eu me recolho à tela na minha mente, que rapidamente assume um azul profundo e melancólico. Quero me deitar ali até que a tinta penetre minha pele. Até que eu possa me esconder ali dentro.

Mas agora não dá. Preciso ser a Presidenta Natalia.

Abro um sorriso e uso minha melhor voz de conselheira de acampamento:

— Beleza, galera! Precisamos nos apressar antes que o resto da turma chegue. Será que vocês podem arrumar os bancos da fogueira? — Faço um gesto para Ethan e Rainn. — Mason, você é fortão, por que não ajuda Ethan?

Ethan lança um olhar revoltado para mim, e eu tento manter uma expressão inocente. Fazemos de tudo para evitar Mason Hartman porque o cara é tipo um energético ambulante. Ele é o competitivo quarterback da Liberty, é todo musculoso e tem uma pele branca e macia e um cabelo castanho-claro que quase ultrapassa o território dos mullets. O cara não para de falar.

Com sua mão grande e amigável, ele dá um tapa no ombro de Ethan, fazendo-o estremecer.

— Uau, andou malhando durante o verão, rei do baile? — pergunta ele, apertando o ombro de Ethan.

Mas Mason não espera a resposta para começar uma longa e sinuosa história sobre seu suplemento favorito. Posso ver a alma de Ethan deixando o corpo conforme a história vai se alongando.

As conversas vão virando barulhos de fundo, e eu começo a trabalhar. O Senior Sunrise sempre aconteceu no campo de futebol da escola, só que isso nunca fez muito sentido para mim. Somos uma cidade praieira e a escola fica a dez minutos deste lindo camping, que está a alguns passos da água. Dá até para dormir ouvindo as ondas quebrando.

Mas, enquanto tento colocar pela terceira vez a toalha de mesa que não para de ser levada pelo vento, finalmente entendo por que nunca fizemos o evento aqui. Está uma ventania e um frio do caralho e é possível que eu tenha cometido um enorme erro com meus colegas — tudo na tentativa de evitar a mudança da minha mãe. A toalha voa e cobre meu rosto, e Leti vem correndo para me ajudar.

Elu está vestindo um moletom curto que mostra um pedaço da sua barriga bronzeada e jeans largos que engolem seus pés. Seu cabelo preto é bem curto na parte de trás e nas laterais, todo bagunçado na parte superior.

— Obrigada, esse vento é uma doideira — digo.

— É por isso que chamaram essa praia de Ventoso, né? — comenta Leti, rindo.

Olho para elu sem entender, então Leti continua:

— Ah, é. Esqueci que você está no francês. Significa vento forte em espanhol.

Minhas bochechas esquentam.

— Ah, saquei. É, eu provavelmente devia ter escolhido espanhol... mas sonho em um dia conhecer o Louvre na França, então...

Como Leti é a única outra pessoa latina da minha sala, penso que elu vai me julgar por não falar espanhol. Tipo, *eu* mesma me julgo um pouco. Sei apenas o básico e palavras aleatórias como "guapo", porque minha *abuela* a usa o tempo todo para me provocar, dizendo como Ethan ficou gato. Mas isso é tudo.

De vez em quando, tenho certa dificuldade para me sentir uma Diaz, já que o DNA Price realmente tomou conta de tudo com o combo pele-clara-olhos-azuis. Ter uma ascendência multiétnica e ser lida apenas como branca é bem confuso. Parece que não *pertenço* a nenhum dos grupos.

No entanto, o único julgamento na expressão de Leti parece ser sobre minhas preferências sobre museus de arte.

— Visitei o Louvre no ano passado e é legal, mas superlotado. Você deveria procurar uns lugares mais alternativos. Descobri uma galeria inspiradora chamada Douleur Peinte. Minha arte nunca mais foi a mesma depois que fui lá.

Sorrio. Leti é aquele tipo de artista selvagem que eu queria ser, com uma personalidade ousada e atrevida. Elu não se limita à própria mente ou aos papéis e às expectativas que os outros lhe impõem. É uma pessoa livre.

— Vai manter nosso acordo? Sobre a escola de arte? — pergunta Leti.

No ano passado, eu mostrei a elu algumas das minhas artes, e fizemos um acordo discreto de nos inscrevermos este ano. Mas não sei por que topei. Não vai rolar. Como bolsista, preciso me concentrar na minha vida acadêmica, e não no meu "pequeno hobby", como meu pai diz.

Lembro a última vez que ele me viu pintando. Ele pegou meu cronograma escolar para ver por que eu tinha tanto tempo livre. Meu sorriso vacila.

— Meus pais nunca concordariam com isso.

Leti franze o cenho.

— Mas você vai conseguir. Você é boa.

Congelo por um momento, surpresa. Tento não classificar minhas pinturas como boas nem ruins — elas são minhas entranhas, emoções reprimidas e explosivas. Cores, sentimentos e palavras que não consigo colocar para fora. Gritos silenciosos.

— Obrigada.

Posicionamos os cadernos para as Cartas do Leão, e minhas mãos começam a suar de ansiedade. As cartas são o coração do Senior Sunrise. A fundação que sustenta todo o evento. Todo mundo vai escrever uma carta anônima para si mesmo sobre o nosso último ano na Liberty, dizendo o que queremos e o que faríamos se fôssemos mais corajosos feito um leão, o mascote da escola. No ano passado, ouvi dos colegas mais velhos do conselho que algumas pessoas *choraram de verdade* escrevendo essas cartas.

Mas o que é que eu poderia escrever na minha carta? Já sei que não posso ter tudo o que quero.

Leti olha para algo atrás de mim e percebo que está observando Sienna, que *finalmente* chegou. Ela está tirando uma barraca do porta-malas.

— Acha que ela precisa de ajuda? — pergunta Leti com um tom tão esperançoso que até *eu* quase fico corada.

Elu nem espera minha resposta e vai correndo até Sienna. Minha amiga se ilumina toda.

Ethan passa perto e, ao ver a cena, me lança um olhar cúmplice — porque, caramba, Sienna está vermelha feito um tomate. E então parece que nos damos conta ao mesmo tempo como é estranho *a gente* não estar se falando. Sinto uma vontade desesperada de me aproximar.

Mas ele se aproxima primeiro.

— Oi — diz Ethan.

É doloroso olhá-lo assim de perto. Tudo o que vejo é o jeito como ele se afastou de mim naquela noite. E como ele mudou — nós mudamos — desde então.

Ele passa a mão pelo cabelo.

— Eu só queria… hum, agradecer. Por antes. Quando meu pai ligou — começa ele, hesitante.

Aff. O pai dele. Tento me controlar, porque Ethan não sabe a repulsa que sinto toda vez que alguém fala desse homem. Independentemente de qualquer tensão entre nós, eu sempre vou apoiá-lo.

— Sem problemas — digo.

Ainda assim, tenho zilhões de perguntas sobre por que ele não quis atender as ligações. Posso não gostar mais do pai dele, mas os dois sempre se deram bem. Pode ter sido porque Claire estava lá, mas e se fosse porque… *eu* estava lá? Só de pensar nisso já sinto um novo nó se formando dentro de mim.

— Então… estamos de boa? — pergunta ele.

A pergunta parece simples, mas, nas entranhas dessas palavras, é impossível responder. Eu diria a verdade se soubesse a resposta. Então dou a resposta padrão:

— Claro — digo, abrindo logo meu sorriso presidencial, sem querer me demorar em seus olhos castanhos ou em seu cabelo bagunçado pelo vento um segundo a mais que o necessário.

Mas percebo seu cenho franzido.

— Então, você e Claire…? — começo, mas vacilo. A pergunta sai muito mais acusatória e dura que eu queria.

Respira fundo, Natalia.

Ele esfrega a nuca e responde com aquela voz aguda de quando está desconfortável:

— Ah, hum, é, parece que… estamos indo?

Por um segundo, realmente sinto que meus pulmões param de funcionar. Dava para saber pelo tom possessivo que ela usou, pelos olhares e sorrisinhos que eles trocaram no banco da frente. Ele está esperando que eu diga alguma coisa. Mas não falo nada. Não consigo. Talvez tudo o que eu *possa* fazer seja fugir. Tudo isso vai desaparecer para sempre se eu escolher minha mãe.

Sinto um redemoinho turbulento e cinzento dentro de mim.

Pelo menos o atraso de Sienna me serve de algo. Ela chega com uma pilha de caixas nos braços, me salvando de ter que responder com o coração na boca.

— Eu sei, eu sei! Estou superatrasada. Desculpa! É culpa do Ethan — exclama Sienna.

Ele pisca, perplexo.

— Hã? Como assim?

Ela lança um olhar intenso para ele.

— Fiquei acordada a noite toda jogando *Dwarf Fortress*.

Ethan cai na gargalhada.

— Você precisa urgentemente desistir desse jogo.

— Jamais! É muito caótico, assim como eu — diz ela, abaixando as caixas.

Ela empurra o longo cabelo ruivo para trás e arruma a alça do macacão preto um pouco desbotado, depois se aproxima de mim.

— Como vai o reencontro? — pergunta ela, abaixando a voz para que só eu a escute.

Olho para Ethan.

— Mal.

— Hum... mal esquisito ou mal você-já-está-pensando-numa-pintura?

Minhas bochechas ficam quentes.

— Os dois.

— Putz.

Rainn se aproxima. Ele me pega pela cintura e me empurra para o lado para poder alcançar uma rosquinha na caixa. Sua mão se demora na minha lombar, e então ele diz:

— Ficaram sabendo que Jackson Ford foi demitido da Liberty durante o verão?

Sienna revira os olhos.

— Ele nunca foi muito confiável nem quando estudava com a gente.

— Verdade — murmuro.

Jackson Ford estava na última série quando estávamos na primeira. Todos do departamento de teatro ficaram animados com a sua contratação para dirigir o musical da Liberty no ano passado, mas nunca entendi o motivo. Ele é aquele tipo de cara com quem eu jamais gostaria de ficar sozinha.

— Tá todo mundo falando como se fosse algo chocante. Fala sério, eu devia ter apostado que isso aconteceria quando ele publicou aquelas fotos — diz Sienna.

— Você tem problemas com jogos de azar — responde Ethan.

— Não, é um problema de probabilidade — corrige ela, pegando uma rosquinha.

Rainn aponta para Sienna.

— Falando nisso, você me deve dez contos.

Ela o encara e depois ergue as mãos, exasperada.

— Tá bem, beleza, *tecnicamente* eu perdi a hora. Mas, só pra elucidar, quando fiz aquela aposta, meus cálculos não levaram em conta *Dwarf Fortress*!

Rainn me abraça por trás, me puxando para o seu peito. Pisco, surpresa com a proximidade repentina. Sinto a voz grave dele entre as escápulas quando ele pergunta para Sienna:

— E de quem é a culpa?

— Pelo visto, minha — declara Ethan. Ele observa os braços de Rainn em mim e então me encara. — Como todo o resto ultimamente.

Ficamos nos encarando, meu coração martelando contra o peito.

Sienna olha para nós algumas vezes antes de dizer:

— Era brincadeira…

— Preciso ajudar Prashant — falo depressa, escapando do abraço de Rainn.

Sigo até a mesa do outro lado do acampamento e abro um saco de marshmallows gigantes. Só que a embalagem parece se desintegrar nas minhas mãos e os doces se espalham pelo chão. Claro.

— Ótimo, ela já está dando uma de Hulk — dispara Prashant. — Tadinhos dos marshmallows. O que é que eles fizeram contra você, Natalia? Pode me contar.

Olho para ele de soslaio enquanto me abaixo para pegá-los.

— Tô com fome — digo, enfiando três marshmallows limpos na boca.

Eu que não ia ficar parada ali comendo rosquinha enquanto Ethan comentava baixinho como eu sou péssima.

— Bem, se recomponha logo. Está todo mundo aqui e, segundo o cronograma… — começa ele, mas o interrompo.

— Estou ciente do cronograma, Prashant. Eu que fiz o planejamento.

Ele cruza os braços.

— Não venha descontar seu drama ethaniano em mim. Já tenho que lidar com um monte de coisa hoje.

— Drama ethaniano? Não tem drama nenhum rolando aqui.

As coisas "estão indo" com ele e Claire Wilson. Ele se esqueceu completamente da noite do baile e do beijo que me fez passar dois meses obcecada. Tudo bem. Estou bem.

— Eu tenho olhos — retruca Prashant, seco.

— E eles não estão vendo que não tem drama nenhum? Ethan e eu... Ah, meu Deus, isso não é da sua conta.

Ele ajeita os óculos pretos e retangulares de um jeito exagerado.

— Que seja. Quanto mais bagunçada você estiver, mais cedo vou poder assumir a presidência.

Atiro nele uma caixa de biscoitos que ele infelizmente pega no ar no momento em que a sra. Mercer e o sr. Beckett aparecem.

— Está na hora — anuncia ela.

A sra. Mercer é professora de psicologia e orientadora do conselho discente. Ela tem uma pele brilhante e bronzeada e o cabelo curtinho. Todas as suas roupas exalam sálvia, e ela está sempre falando sobre *energia*, mas gosto que ela não nos trata como crianças.

— Isso mesmo — concorda o sr. Beckett.

Ele é nosso professor de estudos avançados de história e é um hippie total, ostentando uma barba preta e volumosa e um sorriso maroto. Ele vive dizendo para a gente, tipo, o tempo todo, que há regras demais nas escolas, então ele é flexível e distraído.

Eles são a dupla perfeita de tutores.

A sra. Mercer observa o camping como se estivesse lendo sua aura. Ou talvez ela esteja mesmo fazendo isso.

— Vamos começar com as Cartas do Leão.

O pânico me domina. Estou sentindo coisas demais para ser capaz de escrever qualquer coisa coerente nessa carta. Ainda não tive tempo para saber o que posso querer.

— Mas... — Pego o cartaz de Prashant e mostro para ela o cronograma que eu meticulosamente digitei, colori e imprimi para todos. — As cartas estavam programadas pra noite... pra antes da fogueira.

Precisamos de uma preparação. *Eu* preciso.

O sorriso místico da sra. Mercer se alarga.

— Ah, mas você deve estar sentindo.

Prashant e eu trocamos um olhar.

— Sentindo o quê? — pergunto.

Ela inspira profundamente, revirando os olhos em uma espécie de êxtase enquanto solta um gemido superconstrangedor.

— A *energia*.

Olho em volta e não percebo nada além de rostos entediados. Nada bom. Ela me olha cheia de expectativa.

— Não é que eu *não* esteja sentindo... — digo, hesitante.

Prashant revira os olhos e fala:

— Vai bagunçar todo o cronograma.

— Então vamos bagunçar todo o cronograma! — exclama a sra. Mercer. — A ideia do Senior Sunrise não é viver com coragem e ousadia?

— Mas a gente precisa de um cronograma...

— Nada a ver. Vocês não são *trens* — responde ela com tanto desdém que parece que alguém realmente disse isso.

Prashant e eu trocamos mais um olhar, nos esforçando para não rir.

— Mas...

Ela coloca a mão no meu ombro.

— Seja corajosa, pequena leoa. O ritual está implorando para ser realizado. Está na hora.

Um vento sopra bem nesse momento, e meus braços ficam arrepiados. Não acredito em sinais, mas... talvez a sra. Mercer saiba do que está falando. Observo o cronograma mais uma vez, lutando contra a ansiedade latejando sob a minha pele.

Acho que se fizermos agora, não vou ter que ficar me preocupando o resto do dia. Podemos acabar logo com isso.

— Certo, então vamos.

CAPÍTULO CINCO

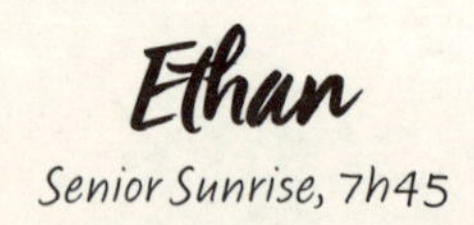

Senior Sunrise, 7h45

Sinto como se meu peito pegasse fogo enquanto observo Natalia se afastar. De novo. Será que algum dia ela vai ficar tempo suficiente para falar comigo direito?

Claire interrompe meus pensamentos enlaçando o braço no meu.

— Já vai começar. Quer se sentar comigo? — pergunta ela.

Seus grandes olhos estão tão cheios de esperança que não consigo recusar.

— Hum, sim, claro.

Vamos até os bancos que Mason e eu organizamos em um semicírculo, passando por um casal mais velho caminhando no sentido oposto para algum lugar além do camping. A mulher sorri para mim educadamente. Mas então a coisa fica estranha porque ela me olha de novo e congela.

Ah, meu Deus.

Ela fica me encarando sem parar por uns três segundos, mas quando uma estranha para no meio do caminho para te encarar, três segundos parecem aproximadamente nove horas.

Não me surpreendo nem um pouco quando ela diz:

— Nossa, alguém já te falou que você é a cara do Roger Forrester mais novo?

Sim. Sim, já me falaram isso. Quando meu pai conseguiu o papel em *The Beltway*, o drama político com diálogos rápidos que lhe rendeu um prêmio do SAG Awards e catapultou sua carreira em uma velocidade absurda alguns anos atrás, ele foi aclamado como o próximo Jon Hamm. Foi aí que as pessoas começam a me abordar, com mais frequência que eu gostaria, para dizer que eu pareço com ele. Com meu pai, não com Jon Hamm. Sorte a nossa, né? Não.

Sempre fingi não saber quem é Roger Forrester só porque era engraçado, e também porque nunca me vi nele. Mas agora que estou mais alto e menos desengonçado, até eu tenho que admitir que sou um clone dele quando ele tinha a minha idade. Temos o mesmo cabelo escuro, o mesmo maxilar e sorriso, os mesmos olhos. Minha mãe vive brincando que se não fosse pelo fato de estar, sabe, *ali*, ela mesma questionaria a maternidade.

— Não parece, Dale? — insiste a mulher.

Abro o sorriso mais educado que consigo e tento me virar para ir embora, mas Claire firma o braço para me manter no lugar.

O homem ao lado dela, Dale, olha para mim.

— Sim, parece mesmo.

— Ah, obrigado — falo, sem graça, tentando me virar mais uma vez, mas Claire segura meu braço com uma força surpreendente.

— Ele é filho do Roger — fala Claire de um jeito triunfante. Orgulhoso.

A dor aguda que sinto na mandíbula sinaliza que estou apertando-a demais.

O casal troca um olhar impressionado e encantado.

Mas fala sério. O que é tão impressionante nisso? Não escolhi a carreira do meu pai. Não é como se eu tivesse crescido nesse meio, não faço ideia de como lidar com esse tipo de coisa. Como o trabalho de cirurgiã mantém minha mãe presa no hospital de pesquisa daqui e meu pai pode filmar em qualquer lugar do mundo, eles decidiram ficar aqui na costeira enquanto ele filmava *The Beltway*.

— Ah, nós somos *muito* fãs dele — diz a senhora. — Não é, Dale?

Dale dá de ombros.

— Quem não é? Ele é *tão* talentoso — fala Claire, empolgada, apertando meu braço. Ela se inclina para a mulher, como se estivesse compartilhando um segredo: — E ele é bem legal. Quando fui a protagonista da adaptação de *Mamma Mia!* que fizemos na escola, ele fez questão de me dizer que fui bem. O diretor do teatro concordou quando Roger me disse que tenho um futuro na área. Tipo, ele é *muito* legal.

Fecho os olhos para não os revirar. Ele só foi assistir à peça porque a professora de teatro lhe pediu para fazer a apresentação para que conseguíssemos doações para o programa de teatro. Mas adivinha quem é que nunca foi ver minhas partidas de basquete? Pois é.

— Não me surpreende nem um pouco. Ele é um homem de família — afirma a mulher.

O assessor dele merece um aumento.

— Por favor, diga que eu adoro o trabalho dele em *The Beltway* — pede a senhora.

— A fama é a prova de que as pessoas são crédulas — digo. Quando os três me olham como se eu tivesse espalhado um fungo de propósito, acrescento depressa: — Ralph Waldo Emerson que falou.

Tento sorrir, mas o sorriso sai inadequado e ácido. Eu me desvencilho do braço de Claire para que ela não possa mais me segurar ali.

Eles vão embora, então também vou.

— *Ethan* — sibila Claire, correndo atrás de mim. — Isso foi *tão* grosseiro.

— Aham.

Não ligo. Não vai fazer a menor diferença na carreira do meu pai se Dale e a senhora Dale pensarem que o filho dele é um babaca. Só que não é com os fãs que estou bravo. Não mesmo. É com meu pai. E aquela *marca*. Roger Forrester: homem de família? *Merda nenhuma*. Pensando bem, é pior ainda porque isso já foi verdade.

Rainn gesticula para que a gente se sente com ele e Sienna. Não nos falamos direito desde que chegamos. Ele não tem se mostrado muito disponível, já que passa todo o tempo livre dando em cima de Natalia.

Cerro os dentes e respondo dando de ombros. Vejo a confusão estampada no rosto dele quando deixo Claire me puxar para o seu grupo, que inclui Tanner Brown. Ele está acabado. Seus olhos estão vermelhos e dá para sentir o álcool exalando dos seus poros.

— Eca, Tanner, que tal um banho? — fala Janelle Johnson, se sentando ao lado dele.

— Vai se foder — grunhe ele.

— Qual foi? Você foi em outra festa do Jackson Ford? — pergunta ela.

— Para de falar — pede Tanner, massageando as têmporas.

Festa do Jackson Ford? É por isso que Ford foi demitido? Mesmo que ele não seja tão mais velho que a gente, quem é que iria querer andar com um professor sem nada em troca? Principalmente um professor como ele.

Quando Tanner me nota, seus lábios se curvam.

— E aí, rei do baile?

Faço uma careta. Não pensei muito sobre essa coisa de rei do baile porque toda vez que faço isso fico desconfortável. Está óbvio que todos da Liberty estão tramando alguma pegadinha bastante elaborada, ou só votaram em mim por causa do meu pai. Parado no palco com as mesmas pessoas que costumavam atirar lixo na minha cabeça, fiquei esperando que um balde de sangue se derramasse em mim, como em *Carrie, a Estranha*

As mesmas pessoas com quem estou agora.

Eu nem ligaria para isso, mas, se Claire Wilson está me beijando e Mason Hartman está brincando comigo como se eu fizesse parte do grupinho dos atletas, é como se agora houvesse aquela pressão para ser, tipo, *aquele* cara. O Rei do Baile. Só que nunca pedi para ser aquele cara. Não quero ser aquele cara.

A fama transformou meu pai numa pessoa que eu detesto. Ele ficou podre de dentro para fora. A popularidade não deve ser melhor que isso.

Não quero ser aquele tipo de pessoa que tem que cumprir as expectativas dos outros. Afinal, quem é você, se está sempre doando pedaços de si para os outros?

Meu Deus, se Adam me ouvisse reclamando disso...

Ah, tadinho do Ethan. Deve ser tão difícil ser você. Esses problemas não são reais, cara. Cresça. Ele bagunçaria meu cabelo daquele jeito bruto que até dói, e eu atiraria algo nele. Mas, no fundo, saberia que ele estava certo. Tirando as merdas que estão rolando com meus pais, não tenho problemas de verdade. Não como ele ou qualquer outra pessoa. Por que é que estou tão chateado?

Claire me arranca dos pensamentos ao erguer o celular para tirar uma foto. Ela se inclina na minha direção e *clique*.

— Olha só pra *gente* — diz ela, sorrindo e se preparando para publicá-la.

— Ei, sua conta é fechada, né?

Nenhuma das minhas redes sociais é pública. Não que eu ache que estou no radar de alguém, não de verdade, mas a imprensa vai se aproveitar de qualquer coisa se não tiver nada para falar no dia. E vai ser pior se alguma história bombástica sobre o meu pai vazar.

Aprendi que é melhor manter tudo na discrição.

Claire levanta a cabeça e segura meu braço.

— Claro — responde ela, séria.

— Legal, obrigado.

Trocamos um sorriso, e as bochechas dela ficam vermelhas.

Sinto que alguém está me observando e, claro, Natalia está olhando para a gente. Será que ela se ligou quando eu disse que Claire e eu estamos ficando? *Por que* eu falei isso se não é nem verdade? Acho que eu não queria que ela pensasse que eu não era capaz de superar o que aconteceu com a gente tão facilmente quanto ela.

Meu Deus, eu sou patético.

Antes que meus pensamentos entrem em uma espiral, os professores começam a cumprimentar todos e a passar a longa lista de regras para hoje. Natalia está sentada na frente com eles e Prashant.

Tento não olhar para ela, mas é difícil. O céu melancólico ressalta o azul-escuro de seus olhos, e o vento faz uma mecha de seus cabelos compridos esvoaçar sem parar. Com um frio grande na barriga, percebo que eu poderia ficar olhando para ela para sempre sem nunca me entediar.

Dá para ver que Natalia também não está prestando atenção nos professores. Ela está imersa em pensamentos, remoendo algo. O que eu não daria para saber o que está se passando na sua cabeça agora...

Repasso tudo o que ela publicou nas redes sociais durante o verão, procurando alguma pista perdida. Só que ela não compartilhou nada pessoal. Não como de costume. Não tem nada sobre o acidente da semana passada nem sobre o acampamento anual que ela faz com os pais em julho. Obviamente, não tem nada sobre Rainn, ou eu teria me preparado para toda essa porcaria desse *grude*.

Será que o lance deles é sério?

Relembro a conversa que tive com Rainn no baile, quando ele me contou que estava a fim de Natalia.

Quando eu displicentemente falei para ele se jogar.

— Desde quando você está a fim dela? — perguntei, surpreso de verdade.

Rainn geralmente prefere garotas tão desencanadas quanto ele. Natalia pode ser muitas coisas, mas desencanada não é uma delas.

— Sei lá. Hoje, eu acho. Olha só pra ela — disse Rainn.

Então eu olhei. E ela estava... perfeita. Estava com aquele vestido preto e longo e seu cabelo estava preso, mostrando o pescoço. O batom vermelho era de uma crueldade. Fiquei olhando para a boca de Natalia a noite toda.

Mas não foi só isso. Eu a vi arrumando um vaso de flores na mesa de bebidas, em vez de estar dançando com os outros. Eu a vi segurando a bolsa de Sienna enquanto Sienna e seu par tiravam fotos.

Natalia é quem deveria receber uma coroa no palco, mas ela se manteve nos bastidores, gerenciando, endireitando e se encolhendo, como se estivesse tentando se camuflar nas paredes ao nosso redor. Como se ela fosse conseguir.

— Vocês dois já...? — perguntou Rainn.

— Não — respondi com sinceridade e provavelmente rápido demais. Não porque eu não pensava nela desse jeito, mas porque eu sabia que ela não pensava em *mim* desse jeito.

Ela não pensa em mim desse jeito.

Ter uma melhor amiga é um território sagrado, e eu não ia estragar isso só porque comecei a perceber que eu sempre procurava por ela em qualquer lugar, que eu corria para terminar as tarefas só para poder falar com ela antes de ir dormir, que acordava sorrindo de manhã porque tinha recebido uma mensagem dela toda estressada com sua lista de afazeres do dia.

Então, enquanto Rainn me encarava cheio de expectativa, eu disfarcei.

— Fala sério, cara, ela e eu somos amigos.

— Então não tem problema se eu tentar? — questionou ele.

— Não sei nem por que você está me perguntando.

— Sei lá, você tem uma vibe meio irmão protetor.

Estremeci. Nossa, nem perto disso.

— Tanto faz, cara, ela não vai te dar bola mesmo — falei brincando, mas torcendo para ser verdade.

Ele deu risada. Sinceramente, pensei que fosse acabar ali.

Mas eu não fazia ideia.

— Natalia? — chama a sra. Mercer, e Natalia e eu piscamos.

— Desculpa, o que... — começa Natalia.

Prashant se levanta, abrindo os braços.

— Bem-vindos ao Senior Sunrise, o acampamento extravagante!

Todos batem palmas, e Natalia fica de pé, hesitante. Ela lhe dá um tapa nas costas um pouco forte demais e abre seu melhor sorriso.

— Obrigada, Prashant, deixa comigo.

Natalia se vira para o grupo. É sutil, mas percebo seus ombros virando para trás e sua coluna se endireitando, como se ela estivesse assumindo um papel no palco. Presidenta Natalia às nossas ordens.

— Oi, gente! Agradeço a presença. Desde quando começamos a estudar na Liberty, ouvimos histórias sobre o Senior Sunrise... sobre como esse evento é especial. Como pode ser importante. É como se fosse a nossa versão do Ano-Novo.

De repente, ela olha para mim. Nesse segundo, uma expressão toma seu rosto e faz meu estômago pesar feito pedra. É como se ela estivesse tentando me dizer algo. Ou talvez ela esteja tentando *não* me dizer algo. Mas... faz tanto tempo que se esconde de mim que não faço ideia do que seja. Natalia continua o discurso falando o quanto o conselho discente trabalhou neste evento e passa o cronograma do dia. Mas estou distraído pelo estresse que vejo em suas feições. Há algo ali que não tem nada a ver com o que aconteceu com a gente depois do baile. Tem alguma coisa rolando com ela. Algo crucial. *Odeio* isso.

Ao terminar, Natalia e Prashant distribuem caderninhos com folhas amarelas pautadas e a sra. Mercer explica o propósito das Cartas do Leão. Toda vez que ela usa sua voz de yoga na sala, eu quase pego no sono. Mas hoje ela tem um efeito hipnótico.

— Este ritual pode ser poderoso, então mantenham as mentes abertas. Tirem esse tempo pra refletir neste lindo cenário, pra pensar sobre seus momentos na Liberty.

Ela leva as mãos delicadamente ao peito, como se estivesse guardando um segredo.

— Pensem *de verdade*. O que vocês querem cultivar neste último ano? O que fariam se não tivessem medo? O que pesa sobre nós nos mantém presos. Desabafem para se libertar. Não se esqueçam de que essas cartas são totalmente anônimas. Sejam sinceros consigo mesmos. Desejos podem se tornar realidade se formos corajosos o suficiente.

Ela continua:

— Se isso ajuda, vocês podem começar a carta com as palavras: "Se eu fosse mais corajoso..." e depois ver o que surge. Quando terminarem, arranquem a folha, dobrem e coloquem dentro desta garrafa de vidro.

Ela levanta uma grande garrafa retrô de leite, com uma tampa branca que pode ser fechada novamente por meio de um mecanismo de metal.

— Como todos os anos, lançaremos nossas cartas no fogo ao amanhecer.

Todos estão em silêncio. Reverentes. Prontos.

A sra. Mercer sorri.

— Vocês têm uma hora. Podem escrever!

Pego meu caderno e vou até um banco de frente para o mar. O vento levou a neblina embora e dá para ver o horizonte infinito. Está bem silencioso, exceto pelas ondas se quebrando ritmicamente.

Sejam sinceros consigo mesmos.

Para começar, acho que sei como *não* quero que meu último ano seja. Não quero ser alguém que não sou. Não quero sair da Liberty sabendo que fui tão babaca que vou me arrepender quando olhar para trás.

Não quero viver fugindo como meu irmão. Não quero procurar lá fora algum tipo de solução para o que está quebrado dentro de mim e da nossa família.

Não quero que coisas ruins continuem acontecendo com as pessoas de quem eu gosto porque não tenho coragem de falar.

Não quero perder Natalia.

Como foi que chegamos neste ponto em que é insuportável nos olharmos?

Desabafem para se libertar.

Talvez possamos nos acertar hoje. Ter uma conversa sobre tudo e retomar nossa amizade do zero, se formos corajosos o suficiente. Eu sinto muita saudade dela para não tentar. Vou me obrigar a ser corajoso o suficiente. A escrever só para ela.

Meu coração martela no peito enquanto coloco a caneta no papel:

Queria que você voltasse a falar comigo. Tudo está mudando tão rápido. Tenho me sentido arrependido por muitas coisas ultimamente. Por causa da escola e da minha família. E não sei como lidar com tudo isso... só sei que se eu fosse mais corajoso, teria <u>implorado</u> pra você ficar aquela noite. Porque você não tem ideia do quanto eu te queria. Nunca nos meus sonhos mais loucos imaginei você sem blusa na minha cama.

Mas quando você disse que aquilo não mudaria nada, eu... soube que não poderia ficar com você se isso fosse verdade. Eu não poderia finalmente ter você nos meus braços só para te perder de novo na próxima respiração. Porque agora sei o que só estava começando a entender naquela época.

Aquilo mudaria tudo para mim.

Já mudou.

Mas não falei nada porque tive medo de você surtar. Não sei o que você sente. Às vezes, me convenço de que não tem chance nenhuma de você me ver desse jeito de verdade. Outras vezes, não sei, acho que me pergunto se você sente o mesmo. Porque depois daquela noite, tive um gostinho de como é ter você nos meus braços... como é me deitar ao seu lado e pensar que você talvez me queira também. Foi uma experiência de fato incompleta.

Eu estava certo de que se um dia te dissesse tudo isso, eu te perderia.

Mas prefiro saber a ficar me perguntando para sempre. Então, se eu fosse mais corajoso, eu te perguntaria. Te contaria tudo o que se passa dentro de mim. Porque vale a pena lutar por você.

Dobro o papel com as mãos levemente trêmulas. Isto é… honesto demais. Mas então me lembro de que esta carta vai entrar numa garrafa e ninguém vai ler. Não tem conserto se você fingir que não está quebrado.

Eu me aproximo da garrafa e, respirando fundo, coloco minha carta ali.

CAPÍTULO SEIS

Natalia

Senior Sunrise, 8h53

À minha volta, ouço fungadas e vejo lágrimas genuínas. As pessoas realmente estão levando essas cartas a sério. Todos estão inclinados sobre os cadernos ou olhando para o horizonte, reflexivos e melancólicos. *Emotivos*.

Ah, se eu conseguisse fazer isso... Aff. Fico encarando a página em branco, desejando que as palavras surjam. Já se passaram quarenta minutos e parece que sou a única congelada. Assustada e fraca demais para lidar com o que minha mente está jogando na minha cara.

Por que é que eu tinha que comparar o Senior Sunrise com o Ano-Novo?

Lampejos daquela noite começam a surgir na minha cabeça feito luzes estroboscópicas capazes de desencadear uma dor de cabeça.

O jeito como o sr. Forrester falou comigo. O jeito como ele me *olhou*. Tremo só de lembrar. Fecho os olhos com força, tentando fugir, como fiz o ano todo. Respiro fundo pensando nos braços fortes e reconfortantes de Ethan ao meu redor. Na segurança que sempre encontrei ali. Será que essa segurança ainda estaria ali se eu contasse a ele?

Queria poder pintar essa mistura de medo e saudade que força minhas palavras para lugares que não consigo alcançar. Mas se tenho alguma esperança de descobrir o que quero este ano, de descobrir uma maneira de superar isso, devo fazer o meu melhor para encontrar as palavras certas…

Se eu fosse mais corajosa, contaria tudo para o Ethan. Contaria a ele o que aconteceu no Ano-Novo e por que as coisas andam estranhas entre a gente. Por que ando tão esquisita desde então. Não soube como contar a ele porque não queria que as coisas entre nós mudassem. Sei que preciso contar e que depois tudo vai mudar… mas juro que não queria que nada disso acontecesse.

Sinto um aperto no peito. Risco a frase sobre o Ano-Novo e continuo:

Se eu fosse mais corajosa, contaria para o Ethan por que fugi aquela noite. O que eu queria de verdade. O medo que senti de estragar tudo. Eu me sinto tão sem controle quando estou com ele…

Não. Risco o parágrafo todo e tento escrever de outro jeito.

Se eu fosse mais corajosa, aceitaria que esses sentimentos não vão dar em nada, não importa quão grandes eles sejam ou quão certos eles pareçam. O pai dele tinha razão, somos de mundos diferentes.

Agora entendo o que todo mundo sempre entendeu: não sou boa o suficiente para ele. Nunca fui. Não sou rica o suficiente. Não sou bonita o suficiente. Não sou inteligente o suficiente. Fico esperando uma cura para essa sensação, e morro de medo…

Arranco a folha do caderno e *quase* a engulo só para garantir que nenhuma outra alma possa lê-la.

Não consigo. É tudo muito específico e pessoal.

Mas agora está óbvio que não tem nada que eu possa fazer para mudar minha vida ou meu tempo na Liberty. A Carta do Leão serve para escrevermos o que precisamos para sermos mais corajosos ao começar nosso último ano. Mesmo que eu não termine o ensino médio aqui, mesmo que eu me mude com a minha mãe, não há nada que impacte mais meu ano ou que exija mais coragem que enfrentar essa situação com Ethan.

Respiro fundo e desamasso o papel para reler a carta. Consigo ler as linhas riscadas e, de repente, fica nítido no que tudo se resume. Acrescento um ponto-final à longa página de pensamentos rabiscados. Uma frase simples:

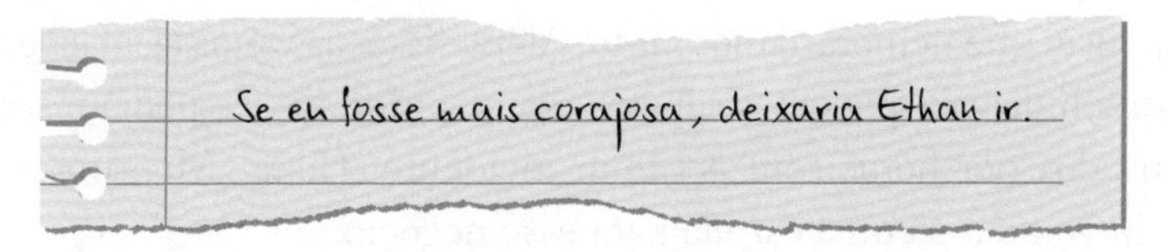
Se eu fosse mais corajosa, deixaria Ethan ir.

Sou a última a colocar a carta na garrafa.

CAPÍTULO SETE

Natalia

Noite do último Ano-Novo, 21h06

Estou seis minutos atrasada para a festa de Ano-Novo do Ethan. Os pais dele organizam uma comemoração todo ano, e fazemos nossa própria festinha com nosso grupo na sala do andar de baixo, para não atrapalhar.

Nem me preocupo em bater e já vou entrando pela porta da frente, como faço toda vez que vou lá. Se bem que, agora que ele se mudou para essa casa gigante em Cliffport Heights, parece que estou invadindo alguma mansão ou algo assim. Ouço meus amigos na sala, principalmente Sienna, falando animada. Meu vestido roxo cintilante se agita em volta dos meus joelhos enquanto eu caminho vacilante, com os pés latejando, até o banco da entrada para arrancar esses saltos.

Eu jamais devia ter usado saltos para ir para a casa da *abuela*, sabendo que íamos preparar um monte de *tamales*, mas não pensei que demoraríamos tanto. Além disso, as várias avaliações que li diziam que esses sapatos eram confortáveis e podiam ser usados por horas sem nenhum incidente. *Horas*. Mentirosos. Eu vou dar só uma estrela para esse negócio.

Arranco os sapatos com um suspiro. O alívio é instantâneo. Guardo-os debaixo do banco ao lado do All Star de cano alto de Ethan que ele usa para ir a todos os lugares. Sua risada estrondosa ecoa e me faz sorrir. Como ele estava em Tahoe e eu andei ocupada, passamos o inverno todo sem nos ver. Nem acredito no tanto que senti saudade. Toco meu cabelo timidamente, me perguntando o que ele vai achar do novo corte. Então reviro os olhos para mim mesma. Ele provavelmente não vai nem notar.

Ao me levantar, dou de cara com um novo quadro pendurado na parede, perto da escada. É uma arte abstrata, com faixas de um preto profundo contra tons de azul-cobalto e uma mancha marrom descentralizada, parecendo uma ferida aberta. Atravesso o saguão como se estivesse sendo puxada por um ímã para examiná-lo mais de perto. O mármore frio provoca uma sensação celestial sob meus pés latejantes.

Estudo as pinceladas, olhando de lado para absorver as texturas. De repente, meus olhos estão ardendo e é como se eu quisesse chorar.

— Não é envolvente? — pergunta uma voz grave.

Eu me viro e vejo o pai de Ethan atravessando o saguão com os olhos fixos no quadro. Ele está usando um terno preto impecável, segurando uma taça de cristal com um licor marrom. Seu cabelo perfeitamente penteado cobre um pouco da testa. Ele é mais velho que o meu pai, mas parece uns dez anos mais novo. Esse é um fato sobre a fama. Do dinheiro. Todos aqueles produtos e procedimentos os fazem parecer deuses, comparados aos anos de trabalho e estresse gravados profundamente nos sulcos do rosto do meu pai.

Sorrio com educação.

— Oi, sr. Forrester.

Ele leva a mão ao peito como se eu o tivesse ferido. O gelo em seu copo tilinta e um pouco do líquido âmbar espirra em seu pulso.

— Você e Ethan são amigos desde que eram crianças e ainda me chama de *senhor*? — A última palavra sai um tanto arrastada.

— Desculpa — digo, apesar de não estar sendo sincera.

Eu nunca o chamaria de *Roger*. Seria como chamar um professor pelo primeiro nome — estranho e familiar *demais*.

Ele olha para a pintura novamente, então eu volto minha atenção para a obra também.

— Encontrei esse quadro em uma pequena galeria no SoHo. Apesar de ter custado uma fortuna, eu tinha que tê-lo — comenta ele.

— É bem legal — digo, fechando os olhos de vergonha.

Legal? É muito mais que legal. É magnífico. Estranho. Ele faz eu sentir que o desespero não tem fim, e ao mesmo tempo que vale a pena rastejar para longe dele com cada grama de força que me resta.

— É… especial — tento de novo, um pouco ofegante.

— Que bom que você acha isso, Natalia. — Ele dá um passo na minha direção. — Como vai a pintura?

Ergo as sobrancelhas, surpresa. Não sei se já falei sobre as minhas artes com ele.

Ele se inclina para perto, como se estivesse compartilhando um segredo.

— Ethan sempre fala sobre como você é talentosa.

O rubor aquece minhas bochechas contra a minha vontade ao pensar em Ethan falando sobre mim e minha arte.

— Exagero dele.

— Duvido. Ele tem olhos bem atentos. Assim como o pai — responde ele, orgulhoso.

As pessoas vivem comparando Ethan com o pai, mas não entendo direito. Sim, existem semelhanças, mas nada drástico. Os olhos de Ethan são mais bondosos; o sorriso, mais largo. E tem algo no sr. Forrester que ainda bem que Ethan não tem. Talvez seja só a fama, que dá um aspecto do qual ele não consegue se livrar.

O sr. Forrester está me encarando. Deve estar esperando uma resposta sobre a minha arte.

— Não tenho mais tanto tempo para pintar.

Ele franze o cenho e dá mais um passo na minha direção. Preciso recuar para poder olhá-lo direito. Meus ombros acertam a parede. Desde quando eu estava tão perto dela?

— Vai por mim — começa ele com os olhos vermelhos brilhando. — Se não priorizar sua arte, ninguém mais vai.

— Hum, nunca tinha pensado nisso.

Quando tento dar um passo para o lado, ele levanta o braço e apoia a mão na parede. Ele provavelmente não percebeu que está me encurralando, mas meu coração acelera mesmo assim. Não consigo sair sem empurrá-lo descaradamente.

— Eu adoraria ver seu trabalho qualquer dia desses. Conheço muita gente no mundo da arte a quem eu poderia te apresentar.

— Sério? — falo, incapaz de disfarçar o interesse.

Ele abre um sorriso de vários megawatts digno de tapete vermelho.

— Com prazer.

Nunca passei muito tempo com o sr. Forrester, especialmente nos últimos anos, já que ele está sempre viajando, gravando a série ou algum filme. Mas quando ele está por perto, quase sempre conta histórias engraçadas de Ethan e Adam quando eram crianças, sempre pede toneladas de comida e já comprou ingressos para todos nós para jogos de basquete e shows de surpresa. Ele doa uma boa grana para a Liberty, principalmente para apoiar as Bolsas do Leão, o que é bem legal, já que eu não poderia frequentar a escola se não tivesse bolsa.

Mas, agora, o olhar intenso dele está me deixando constrangida.

— Quase não te reconheci antes. Você está radiante.

Meu estômago dá um nó, e pressiono os ombros com mais força contra a parede, tentando achar algum espaço. Será que ele percebeu que está perto demais?

— Ah, hum. Obrigada.

— Minha colega de elenco, Sofía, está sempre reclamando das curvas, mas os homens adoram curvas, sabe? — comenta ele, como se estivesse compartilhando uma sabedoria que eu deveria me sentir honrada de ouvir, sem se dar conta de que está fetichizando e objetificando as mulheres.

Olho para a sala, tentando chamar alguém telepaticamente para interromper a conversa. Não sei se ele sabe o que está fazendo ou não, só sei que eu *não* quero mais ficar sozinha aqui.

Então vejo imagens alinhadas nas paredes, exibindo fotos de férias em família. Devo estar exagerando. É o *pai* de Ethan. Sim, ele é uma celebridade, mas também é o mesmo cara que nos leva para comer pizza, canta desafinado no carro e faz piadas de tiozão — assim como o meu pai. Ele provavelmente só está bêbado. Já percebi que alguns caras ficam bem *esquisitos* quando bebem. Tento afastar o desconforto.

— Tive uma namorada parecida com você quando era mais novo — diz ele.

Eu encaro o quadro.

— Ela era… pintora? — pergunto, me esforçando para acompanhar a mudança súbita de assunto.

Seu olhar percorre meu corpo de um jeito que parece… errado.

— Uma sereia. Aquele tipo de garota que faz os garotos fazerem coisas ruins.

Cada músculo do meu corpo se retesa, alerta.

Na minha cabeça, estou mergulhando os dedos em cores sombrias — marrons, cinza e pretos — e espalhando-as a partir do meio da tela, arrastando-as para as bordas. As manchas lembram uma caixa torácica com um tornado dentro.

Ele chega tão perto que consigo sentir o álcool no seu hálito.

— Se Ethan ainda não percebeu, vai perceber logo.

Ele está me olhando do mesmo jeito que olhou para o quadro. *Eu tinha que tê-lo*. Contenho um tremor e me cubro com os braços, tentando esconder o peito. Tentando ficar menor para ele parar de me olhar *assim*. Tentando me lembrar dos poucos movimentos de autodefesa que aprendi na educação física, caso seja necessário.

Ele se aproxima ainda mais.

— Mas ambos sabemos que você não é a garota certa pra ele.

Cerro os punhos para que o pai de Ethan não possa ver como minhas mãos estão trêmulas.

— O quê?

Ele continua me encarando, os olhos vítreos, enquanto um sorriso condescendente e de pena faz seus lábios se curvarem.

— Mundos diferentes — diz ele, abrindo os braços no saguão que comportaria metade da minha casa.

Abro a boca, em choque.

— O irmão é uma causa perdida agora que se machucou, mas tenho grandes planos pra Ethan. Seria melhor se você… mantivesse distância. Entendeu, né?

Ele está esperando que eu diga alguma coisa. Tudo que quero fazer é explodir em lágrimas, mas, em vez disso, assinto uma vez. Porque entendi. Ele só está me dizendo o que eu sempre soube: não sou boa o suficiente para Ethan. Nunca fui. Até o babaca do pai dele sabe disso.

De repente, uma gargalhada ecoa da outra sala, tirando a atenção dele de mim por um segundo. Aproveito a oportunidade e digo:

— Eu deveria…

No mesmo instante, ele dá um passo para o lado.

— Claro, não queria prender você aqui. Feliz Ano-Novo, Natalia.

O sr. Forrester levanta o copo para mim em um brinde, se afasta da parede e cambaleia um pouco a caminho da festa dos adultos.

Assustada, eu me viro para ir embora. Preciso sair daqui. Nesse momento, a voz de Ethan ecoa pela sala:

— Talia! Você está aqui!

Ele se aproxima, me puxando para um abraço caloroso. Segurança. Conforto. Apesar de ele ter exagerado no perfume, quero me aninhar nele, me esconder de tudo e de todos. Mas me afasto depressa, imaginando o pai dele nos observando da escada.

Seu cabelo está um pouco bagunçado de propósito. Ele está usando uma camisa azul-marinho, com as mangas dobradas até os cotovelos, e jeans caros e escuros dobrados nos tornozelos. Envergonhada, aliso o vestido que comprei na Target.

Mundos diferentes.

— Por que demorou tanto? — pergunta ele.

— Eu… seu pai — falo com a voz ainda trêmula.

Não sei o que dizer. Será que aquilo aconteceu mesmo? Será que o sr. Forrester realmente disse o que acho que disse? O que eu foi que eu fiz?

Eu devo ter feito algo que o fez pensar que podia falar comigo daquele jeito, certo? Ele falou que sou uma sereia. Que eu chamei a atenção dele de propósito com… o quê? O vestido que escolhi usar para uma festa chique?

Se eu conseguir descobrir, tenho certeza de que nunca mais farei isso. Nunca mais quero me sentir *assim*.

Ethan sorri, alheio ao meu colapso interno.

— Ele estava se gabando pelo quadro novo? Ele fez a mesma coisa quando Rainn chegou.

Apesar de parecer exasperado, percebo o afeto na voz de Ethan. É quando entendo a tragédia dessa situação.

É o *pai* dele.

Como eu poderia contar a Ethan o que aconteceu? Especialmente considerando que nem eu consigo explicar. Mesmo se ele acreditasse em mim, o que pensaria? Será que ele se perguntaria se eu também estava flertando? A repulsa agita minhas entranhas.

Não, eu nunca vou poder contar. De qualquer forma, o pai dele não *fez* nada.

Dou uma risada forçada.

— É, o quadro é bem legal. Triste… mas esperançoso.

— Também achei — diz Ethan carinhosamente. Ele pega minha mão e me puxa para o grupo, sorrindo. — Aliás, o cabelo novo está lindo.

Dez minutos atrás, um comentário como esse vindo de Ethan teria me feito ferver por dentro. Mas agora, não quero que ninguém nunca mais me olhe desse jeito. Nem mesmo Ethan. Principalmente Ethan, talvez.

CAPÍTULO OITO

Ethan

Senior Sunrise, 9h

Depois de uma hora escrevendo em silêncio, Natalia é a última a pôr a carta na garrafa. Observo-a fechar a tampa e colocá-la no meio da mesa, o desconforto estampado no rosto. A garrafa está lotada de papéis amarelos dobrados.

Nossos olhares se encontram. Quero tanto saber o que ela escreveu.

— Muito bem, Leões! Vocês abriram seus corações, e agradeço por isso. — A sra. Mercer une as mãos em posição de oração e faz uma reverência para nós. — Temos mais um anúncio antes de começar a diversão e os jogos. A única maneira de estarem verdadeiramente presentes hoje é se vocês se concentrarem em si mesmos e em seus colegas mais velhos, e não perderem tempo olhando para telas. Quando vierem pegar sua camiseta, vocês vão entregar seus celulares.

Todos resmungam.

— Mas, em troca, vocês vão ganhar uma dessas. — Ela saca uma câmera Polaroid e me lança um olhar cúmplice. — Graças ao pai de Ethan, o sr. Forrester, cada um de vocês vai ganhar uma câmera com filme suficiente pra registrar as memórias de hoje!

Ouço murmúrios animados, mas sinto a bile subindo pela minha garganta. Lá vai meu pai esbanjando dinheiro de novo. Tentando me comprar de volta, como se fosse simples assim. Com certeza, pai, eu te perdoo por trair minha mãe com a sua colega de elenco. Só bastava uma câmera! Faz total sentido.

Eu me encolho o máximo que posso, mas quando olho para Claire para me lamentar, ela se aproxima de olhos arregalados. Está tão perto que seus lábios quentes roçam na minha orelha.

— Seu pai é o melhor.

Não é *mesmo*.

Apesar das câmeras, as pessoas ainda estão falando e reclamando dos celulares. Ouço algumas ameaçando ir embora.

Rainn se levanta.

— Sério? Vocês não conseguem ficar sem o celular por um dia? Fala sério — diz ele daquele jeito tranquilo de surfista. — A gente vai estar dormindo boa parte do tempo. Vamos!

De alguma maneira, a maré vira e as reclamações diminuem.

Natalia balbucia "obrigada" para ele, que responde com uma piscadinha.

Não se preocupem comigo, o imbecil miserável que acabou de enfiar o próprio coração em uma garrafa, ignorando por completo o fato de que Natalia está praticamente namorando.

Olho para a garrafa no meio da mesa. Sinto o pavor tomando conta de mim ao pensar em tudo o que escrevi naquela carta.

— Ok, façam uma fila e vamos começar o jogo! — anuncia o sr. Beckett.

Formamos uma fila. Ao meu lado, Claire e Janelle não param de reclamar de ter que entregar os celulares.

— Se eu soubesse que a gente teria que ficar sem celular, eu nem teria vindo. Tipo, isso é ilegal, né? Usamos esse negócio pra literalmente tudo. E se eu precisar da calculadora? — pergunta Janelle.

— É algo a se pensar — responde Claire.

Elas ficam nessa por um tempo, e estou pensando no quanto doeria me atirar do penhasco e cair direto no oceano. Provavelmente não mais do que esta conversa.

Nesse momento, Natalia solta um grito. Dou um passo para o lado e vejo Rainn parado na frente dela, com os braços estendidos para bloquear o vento enquanto ela arruma a caixa de camisetas que caiu.

— Meu herói — diz ela, dando risada.

Cerro os punhos com força ao meu lado. Só abro a mão quando Rainn vai correndo até a praia para jogar vôlei.

O grupo na nossa frente se mexe e finalmente somos os primeiros da fila. Natalia nos encara com um olhar sério. Tenho certeza de que estou imitando a expressão dela.

Claire está de braços cruzados e sobrancelhas franzidas.

— O que você acha, Ethan?

— Hã?

— Sobre essa coisa dos *celulares*?

Natalia levanta as sobrancelhas ao dizer:

— Sim, Ethan. O que acha sobre essa coisa dos celulares?

Para falar a verdade, eu normalmente fico grudado no celular. Rolar a tela e pesquisar sobre todas as minhas curiosidades me relaxa. Além disso, ler verbetes da Wikipédia é o melhor jeito de evitar conversas esquisitas. Eu deveria estar mais chateado.

Neste instante, porém, por mim poderiam queimar meu celular. Faz uma hora que ele não para de vibrar com ligações e mensagens do meu pai. Com variações de "Me ligue quando receber isso. IMPORTANTE". Como se eu ligasse. Ou quisesse falar com ele. Não quero.

O nó no meu estômago está cada vez mais apertado, e eu sei que, a não ser que eu o ignore para sempre, vou ter que falar com ele em algum momento.

Mas ainda não.

Estar livre do meu pai, mesmo que só por um dia, parece libertador pra caramba. Claire está me encarando, esperando que eu fique ao lado dela.

Pois é, lá vem outra conversa esquisita.

Estou encarando Natalia quando digo:

— Hum... Bem, vários estudos descobriram que o uso excessivo do celular está associado a níveis elevados de depressão, ansiedade e insônia.

Janelle cruza os braços.

— Ah, é. Eu tinha esquecido desse seu lance factoide.

Comprimo os lábios. Fico surpreso por ela não se lembrar, já que era assim que eu me comunicava no oitavo ano. Principalmente depois de passarmos o dia todo juntos daquela vez que saímos. O que foi uma piada, aliás. A galera popular e entediada *pagou* para Janelle falar que gostava de mim, e ela fingiu ser minha namorada pelo tempo que aguentou. Um dia inteiro. Ah, quantas memórias divertidas e devastadoras.

— Ele é muito inteligente. É tipo uma Wikipédia ambulante — comenta Claire.

— Ethanpédia! — exclama Janelle.

Janelle e Claire riem descontroladamente enquanto meu corpo todo parece arder. Sou mesmo amigo dessas pessoas? Agora seria o momento em que eu pegaria meu celular para pesquisar "síndrome de Estocolmo" e ficaria me perguntando se eu, de fato, passei para o lado sombrio.

— Não se esqueça de que o uso excessivo do celular também está ligado à diminuição do desempenho acadêmico — diz Natalia, olhando para Janelle, que não parece perceber a ofensa.

Disfarço a risada com a mão bem no instante em que os cantos dos lábios dela se curvam para cima.

Revirando os olhos, Claire e Janelle entregam os celulares e pegam uma câmera. Elas se afastam, comentando que as camisetas são lindas sem nem olhar para Natalia, que passou horas desenhando-as.

Antes de entregar meu celular, mando uma mensagem curta para Adam.

Vou ficar sem celular hoje. Liga pra nossa mãe se precisar de qualquer coisa. Saudades, otário.

Mordo o interior da bochecha. Espero que ele fique bem sem a nossa ligação de sempre. Não sei o quanto isso o ajuda, mas pelo menos *me* ajuda ouvir sua voz nítida, e não arrastada. Para garantir que ele não está chapado. Para saber que ele é mais forte que meu pai jamais poderia ser. Quando levanto a cabeça, Natalia está segurando minha camiseta e me observando com curiosidade.

Levanto o braço para pegá-la, mas ela a segura com força.

— Ei. O que quer que esteja te incomodando, não é tão ruim quanto sua cabeça noiada está pensando.

Meu coração se anima um pouco.

— Como é que você sabe?

Vejo nos olhos dela a doçura e a maldade guerreando. Sua expressão se contorce quando a maldade vence e ela fala, imitando a voz da Claire:

— Porque eu também sou *muito* inteligente.

Ela pisca algumas vezes e joga o cabelo, depois olha para a prancheta.

— Aliás, você prefere ser chamado de Rei do Baile ou Ethanpédia? Preciso atualizar o cadastro.

Se está tentando me irritar, está conseguindo.

— A propósito, belas amigas novas, hein? — comenta ela, substituindo o rosto franzido por um sorriso radiante que me derruba por um segundo. Por alguma razão, isso me irrita ainda mais.

— Belo namorado novo — respondo, arrancando a camiseta das mãos dela e me afastando com o rosto pegando fogo.

Detesto o fato de ser transparente para ela. De ela enxergar através de mim. E neste momento, está usando seu superpoder para ver só o que ela quer. Meus defeitos. Meus erros.

Por que ela está falando merda de Claire quando *ela está com Rainn*? Será que algum dia vou conseguir ter uma conversa com ela para consertar as coisas quando tudo que fazemos é nos provocar?

Juro, a essa altura vamos precisar de nada mais, nada menos que uma intervenção divina.

CAPÍTULO NOVE

Natalia

Senior Sunrise, 9h15

Meu namorado? Do que é que Ethan está falando? Será que ele estava brincando ou pensa mesmo que Rainn e eu estamos juntos? Eles também não devem estar se falando, o que não é *nada* do feitio deles. Ethan parecia bravo e... com ciúmes. O que não deveria me fazer sorrir. Tipo, de jeito nenhum.

E mesmo assim...

Só que minha expressão murcha rapidinho ao pensar em Ethan e Claire de novo. No jeito como ela está sugando Ethan para dentro do grupo dela. No jeito como ele engrossa a voz quando fala com ela.

Agora que todo mundo entregou os celulares e foi para a praia, é a minha vez.

Sinceramente, estou aliviada com essa regra. Meu celular não parou de me perturbar a manhã toda com mensagens dos meus pais. Tipo meu pai comentando um *print* do meu horário de aulas no período do outono:

Aula de arte? Deve ser um erro. Vou ligar pra pedir pra colocar estatística de volta. Era uma das minhas aulas favoritas no último ano!

E uma da minha mãe:

Qual desses jogos de cama eu compro? O de flores vermelhas ou estrelas pretas? Quero que você tenha seus favoritos quando estiver comigo!

É como se eles não se importassem com o fato de estarem partindo minha vida ao meio e me deixando só com as metades lascadas.

Não respondo nenhum deles. Estou prestes a desligar o celular quando vejo uma notificação perdida.

@ClaireBearWilson te marcou em uma foto!

Que estranho.

Abro a foto depressa, e meus batimentos aceleram no instante em que vejo uma selfie dela e Ethan juntos com a legenda "nada de tristeza pelo fim das férias de verão por aqui". O rosto dela está colado no pescoço de Ethan, inspirando creme de barbear e o cheiro *dele*, e ele está exibindo aquele sorrisinho de rei do baile que o faz parecer a quilômetros de distância de mim.

Ela *me marcou* só para que eu visse essa foto. Para me mandar um recado.

Ethan é bem reservado e discreto com o que publicam dele. Ela só postou isso porque ele deixou. O que significa que o lance deles é mais sério do que pensei.

Respiro fundo, trêmula, enquanto meu nariz começa a queimar por dentro. É exatamente por isso que preciso deixá-lo para lá. As coisas "estão indo" com outra garota.

Na minha cabeça, começo a pintar um quadro gigante. Do tamanho de uma casa. Ele tem faixas de um rico e violento vermelho misturadas a pinceladas furiosas de laranja. A tela é tão grossa que seria possível escalá-la. Uma parede de fogo.

Desligo o celular e o enfio em um enorme recipiente de plástico junto com os outros, colocando-o debaixo da mesa. Queria poder desligar meus sentimentos do mesmo jeito.

Conforme desço as escadas que dão na praia para me juntar aos outros se preparando para os jogos, uma forte centelha de luz chama minha atenção e paro. A sra. Mercer deixou a garrafa de vidro das Cartas do Leão no meio da mesa como se fosse uma oferenda.

Eu me aproximo, checando ao redor à procura de alguém por perto. Mas não tem ninguém, apenas eu.

Eu e a garrafa cheia de segredos.

Exposta ali, onde qualquer um poderia pegá-la para ler tudo. *Saber* de tudo.

Será que ela está mesmo planejando deixar as cartas aqui o dia todo? Temos vários intervalos programados para hoje. Várias oportunidades para alguém com motivação suficiente roubá--las. Não acredito que deixei isso nas mãos dela.

Não posso deixar minha carta aí, onde alguém enxerida como Claire pode colocar as mãos.

Pego a garrafa, mas para fazer o que exatamente? Não importa onde eu a coloque, minha carta vai continuar ali, pessoal demais, viva demais, *verdadeira* demais. Eu não devia ter escrito coisas tão íntimas, para começo de conversa. Escrevi o nome de Ethan, falei o quanto eu o desejo, mencionei o pai dele — e o Ano-Novo! Não importa que as frases estejam todas riscadas, ainda estão legíveis. A carta toda está.

Eu devia tê-la comido.

Como fui a última a depositar a carta, posso vê-la acima de todas as outras. A foto de Claire surge na minha mente de novo. Preciso deixar Ethan pra lá, mas do meu jeito. Discretamente. Não por meio de um ritual público. Não perdido em um mar de desejos e segredos de outras pessoas — pessoas que não fazem ideia do que estou passando. Que nunca entenderiam a dor de carregar algo tão intenso dentro de si.

Tudo o que preciso fazer é abrir a garrafa e puxar a minha carta. Ninguém nunca vai saber. Deixá-la aqui é arriscado demais. Se vou fazer isso, precisa ser agora, enquanto está todo mundo na praia.

Meus batimentos acelerados me atravessam com culpa, apesar de a carta ser minha. Abro a tampa com o dedão. Luto para enfiar os dedos no gargalo. É mais estreito do que eu pensava. Consigo esticar um dedo, só que ele é curto demais para alcançar a carta. Talvez seja um sinal.

Franzo o cenho. Não, não acredito em sinais. Comprimo os lábios e viro a garrafa toda, sacudindo-a feito um pote de ketchup.

Uma vez. Duas vezes. Depois de três sacodidas fortes, minha carta desce até a boca da garrafa e consigo pegá-la pela ponta com um dedo. Arrasto-a contra o vidro e com um último puxão triunfante, tiro-a dali.

Grande erro.

Observo horrorizada uma enxurrada de cartas cair de uma vez e ser levada por uma súbita rajada de vento.

— Não! — grito quando mais uma rajada espalha as cartas feito folhas secas.

Os segredos, os pensamentos mais íntimos, os desejos, medos e arrependimentos de todos saem voando por todo o acampamento, se prendendo em arbustos e árvores e… meu Deus, algumas até voam para a borda do penhasco que dá no mar.

Minha pressão cai. *O que foi que eu acabei de fazer?*

CAPÍTULO DEZ

Senior Sunrise, 9h23

Disparo atrás das páginas amarelas, e desesperadamente vou me abaixando, me inclinando e pegando os papéis ao vento. Enfio tudo dentro da camiseta para que as cartas não voem mais. Corro ao redor de uma barraca e dou de cara com uma parede morna, amassando-as no meu peito.

— Mas que mer… — diz a parede.

Pisco. É *Ethan*, saindo do banheiro vestido para a partida de vôlei.

Sinto o coração acelerado na garganta. Fui pega.

Ele vê as cartas escapando da minha camiseta e das minhas mãos e arregala os olhos ao entender o que aconteceu.

— Você não fez isso.

— Foi um acidente!

Ele passa a mão no cabelo.

— Natalia…

— Me ajuda ou vai embora!

Vejo um vislumbre de papel amarelo e saio correndo para pegá-lo antes que o maldito vento o roube. A carta vai parar bem ao lado de Ethan, que pisa nela, prendendo-a debaixo do sapato.

Trocamos um olhar, e ele a pega.

— Do que você precisa? — pergunta ele.

Meu coração dá um salto de alegria, mas não tenho tempo a perder, então peço para ele olhar em todos os lugares para garantir que não haja nenhuma carta perdida. Nós dois começamos a correr.

Vasculho o acampamento de novo e encontro mais algumas debaixo da grelha oleosa de churrasco e duas atrás do banheiro feminino. Depois, saio correndo desesperada, dando uma volta por toda a área das mesas até o penhasco. Volto para as barracas com os braços cheios de cartas escapando da camiseta, procurando qualquer sinal de papel amarelo que possa ter passado despercebido.

Quando achamos que resgatamos todas as cartas, Ethan pega a garrafa e entramos na minha barraca. Fecho o zíper e sacudo a camiseta. Dezenas de papéis amassados e sujos caem no meu saco de dormir.

— Certo, são sessenta e sete alunos, mas só cinquenta e oito se inscreveram pra hoje — falo, ofegante. — Segundo o formulário, duas pessoas não apareceram.

Em uníssono, Ethan e eu dizemos:

— Os gêmeos Jensen.

— Furões — murmura ele. — Certo, então deveríamos ter cinquenta e seis aqui?

Assinto, engolindo o pânico crescente.

Contamos furiosamente e depois compartilhamos um olhar arrasado ao chegarmos apenas a quarenta e nove. Contamos de novo. Dá o mesmo número.

Sete. Sete cartas estão perdidas. Sete potenciais bombas, granadas, minas terrestres pessoais espalhadas por aí que eu *preciso* encontrar antes que outra pessoa encontre.

Ethan fica pálido.

— *Puta merda* — diz ele baixinho. — Isso é *ruim*, Talia.

Penso em todas aquelas pessoas chorando ao escrever suas cartas e fico sem ar.

— Eu sei.

— Eu… — Ele para de falar e engole em seco. — Alguns escreveram coisas bem pessoais naquelas cartas. Se caírem nas mãos erradas… você sabe como eles são.

Ele não precisa falar mais nada. Essas são as mesmas pessoas que despejaram lixo na cabeça de Ethan e o empurraram para dentro de armários. Que acabaram de me marcar em uma foto só para marcar território.

Sei como eles são. É por isso que eu estava tentando pegar minha carta de volta.

O que posso fazer? É uma tarefa impossível. Essas cartas podem estar em qualquer lugar. *É por isso que chamaram essa praia de Ventoso.* Quase dou risada em meio ao choro subindo pela minha garganta.

Semicerro os olhos com os punhos cerrados. Não. Agora não é hora de ficar lamentando. Preciso *pensar* em um jeito de consertar as coisas. Achei que já estava fazendo isso quando toquei nas cartas, para começo de conversa. Se eu tivesse deixado aquela garrafa no lugar… mas não, não posso me deixar levar pelo arrependimento.

Nossos professores vivem falando de "*mindset* focado em soluções" quando ficamos presos em um problema. Só preciso pensar em todas as possíveis soluções, em vez de me concentrar na causa do problema.

(Eu. Eu. Sempre *eu*.)

— Certo. Amanhã ao nascer do sol, a sra. Mercer vai despejar todas as cartas na fogueira da praia, não é como se as pessoas fossem contar quantas têm ali dentro. Ninguém precisa saber que algumas cartas se perderam. Não tem motivo pra ficar chateado… principalmente quando é possível que algumas cartas tenham caído no penhasco — digo.

Isso soa extremamente maldoso até para mim, mas Ethan assente devagar, colocando as cartas de volta na garrafa uma por uma.

— E vamos passar o dia todo ao ar livre, então nós podemos ficar de olho, só pra garantir. Vai ser tipo uma caça ao tesouro. Ainda bem que as páginas são amarelas — brinca ele.

Sinto uma pontada na garganta.

— Nós?

A mão dele parece paralisar acima da garrafa. Nossos olhares se encontram e a barraca fica menor. Ele levanta um ombro.

— Sempre soube que um dia você me faria enterrar um corpo por você.

Minha quase risada alivia o nó na minha garganta.

— Sinto sua falta — solto.

Cerca de um milhão de emoções passam pelo rosto de Ethan.

— Estou bem aqui — responde ele baixinho.

Ele está. Minha pele parece cantarolar com a proximidade.

Então a expressão dele muda, revelando ansiedade.

— Espera aí. — Ele olha para a pilha de cartas espalhadas ao nosso redor que ainda não colocamos na garrafa. Depois, arregala os olhos, alerta. — Você leu?

— *Não* — respondo no mesmo instante. — Eu nunca faria isso. Derrubei tudo sem querer e a *porra* do vento levou as cartas embora. Eu… só estava tentando pegar a minha de volta.

Com um pavor petrificante, percebo que perdi minha carta no meio dessa loucura. Não tem como verificar essas sem violar a privacidade de todos — mais do que já fiz.

A minha pode ser uma das sete cartas perdidas. *Merda*.

Ele franze o cenho, unindo as sobrancelhas escuras.

— Por que você queria sua carta de volta?

Mas antes que eu consiga responder, ouço passos por perto e levo um dedo à boca para que ele pare de falar.

Puta merda.

Ainda não terminamos de colocar as cartas de volta na garrafa. Meu colo está cheio delas. Nem se estivéssemos cobertos de sangue na cena de um crime pareceríamos tão culpados. Isso é ruim — parece que roubamos as cartas de propósito. Que *estávamos lendo* tudo.

— Natalia? — É Prashant. — Ser seu responsável não faz parte das funções do vice-presidente, então saiba que não estou nada feliz.

Ele está do lado de fora da barraca.

Meu coração está fazendo hora extra.

— O que você está fazendo aqui? — pergunto, de alguma forma mantendo a voz serena.

— Fui escolhido como o mensageiro pra verificar se você não foi assassinada ou algo do tipo. O jogo não pode começar porque os times estão desiguais.

— Tive que fazer xixi e agora estou me trocando — digo, mentindo com facilidade.

— Não preciso de uma justificativa. Só preciso de você na praia.

Mesmo em pânico, olho para a silhueta de Prashant com desdém. Ethan se mexe, pressionando as costas na lateral da barraca. Faço um gesto para que ele fique parado. Ele responde que está tentando.

— Aliás, você viu Ethan? — pergunta Prashant, com uma voz... estranha.

Nós nos encaramos.

— Não.

O silêncio fica cada vez mais alto, e Prashant fica parado ali sem falar *nada*.

— Não fica aí parado, vou descer em dois minutos — digo, irritada.

— Está bem. Mas se vocês dois estiverem pelados aí dentro, vai demorar mais que dois minutos — retruca ele antes de se afastar.

Bem. Enfio o resto das cartas na garrafa depressa desejando poder enterrar o rosto quente nas mãos. Ethan fecha a tampa sem me olhar. Peço para ele sair e colocar a garrafa na mesa enquanto eu me troco. Vai parecer suspeito demais se chegarmos na praia juntos.

Enquanto tiro a camiseta suada por cima da cabeça e visto uma seca, rezo baixinho para que as sete cartas perdidas estejam se desintegrando no fundo do oceano, onde ninguém pode achá-las. Rezo para que eu não tenha arruinado a vida de ninguém. Para que eu não tenha arruinado a minha vida.

CARTA PERDIDA DO LEÃO #1

Ser mais corajosa estragaria TUDO. Tenho muito medo de que meus sonhos nunca se tornem realidade, já que tenho bastante certeza de que não tenho talento. Tipo, já recebi elogios e tal, mas às vezes sinto que não mereço nada do que conquistei. Se descobrissem sobre Jackson e eu, é exatamente isso o que pensariam. Quer dizer, Jackson disse que não é verdade. Ele jurou que mesmo que nunca tivéssemos ficado, ele ia me dar o papel... Só que depois parou de falar essas coisas. Não sei no que acreditar mais. Queria que ele estivesse aqui este ano. Queria que respondesse minhas mensagens. Ainda não consigo acreditar que ele foi demitido.

Enfim... acho que se eu fosse mais corajosa, acreditaria mais em mim. Mas tudo o que posso fazer é tentar não estragar minha vida mais do que já estraguei.

CAPÍTULO ONZE

Ethan

Senior Sunrise, 9h58

Vou correndo até a praia, observando cada planta, fenda e pilha de algas secas. Nada. Quando confundo uma embalagem de hambúrguer descartada com uma carta, quase acabo brigando com uma gaivota. Aterrorizante. No que mais Natalia vai me meter hoje?

O que é que ela estava pensando quando foi mexer nessas cartas? O que pode ter escrito para querer tanto pegar a dela de volta?

Se outra pessoa a tivesse visto…

Eu a conheço. Confio nela. Se disse que não leu nada, então ela não leu. Mas isso é péssimo.

Observo todos da turma. Algumas pessoas já estão jogando, enquanto os que estão no time dela e no meu estão nos esperando para começar. Por sorte, todos parecem alheios ao que está acontecendo. Precisamos manter a situação assim.

As coisas já estão bastante complicadas, mas se essa história vazar, nosso último ano vai estar ferrado. Todo mundo vai nos *odiar*. Já estive na mão deles para saber que nossa vida irá se transformar num inferno, especialmente se os segredos deles forem tão pessoais quanto os meus.

Ah, *meu Deus*, e se uma das cartas perdidas for minha?

Respiro fundo, trêmulo, dizendo a mim mesmo que ela deve estar segura dentro da garrafa. Mas não acredito nisso.

Observo Prashant, porque tenho noventa e nove por cento de certeza de que ele sabia que eu estava dentro da barraca com ela.

Será que ele viu mais alguma coisa? Não o conheço muito bem, mas sei que ele não teria problema algum em usar isso contra Natalia.

Prashant percebe que estou encarando-o e caminha na minha direção com uma expressão inescrutável. *Merda*.

Será que ele está vendo a culpa estampada na minha cara?

Culpa por ser cúmplice. Porque a carta dele pode estar perdida por aí. Porque. na barraca, minhas mãos não estavam tremendo só por conta das cartas, mas pelo esforço de não tocar Natalia.

Não importa quão confusas, dolorosas ou exasperantes as coisas estejam com ela, não consigo parar de protegê-la. Preciso manter a calma o máximo possível até resolvermos isso. Prashant semicerra os olhos ao se aproximar.

— Olha, não é o que você... — começo, mas ele me interrompe, passando uma antena para mim.

— Me ajuda a montar essa rede.

Só consigo piscar.

— O tempo é crucial, Ethan. *Vai logo*.

Várias partidas de vôlei estão rolando nas redes já montadas, então acho que precisamos armar mais uma para podermos jogar ao mesmo tempo. Pego a antena e o observo atentamente, procurando alguma evidência de que ele esteja falando algo com duplo sentido. Não encontro nada. Solto uma bufada sonora.

— Hum, não sou muito bom com essas coisas...

Ele me encara, inexpressivo.

— Não dá pra ser bom ou ruim nisso, é uma tarefa neutra. Estamos ficando pra trás, vamos logo.

Alguns minutos se passam. Estou suando, e Prashant está xingando baixinho.

— Não, Ethan... só segura isso aqui...

— Como? Assim?

Prashant me olha como se eu tivesse acabado de chutar um filhotinho. Depois deixa a rede cair na areia.

— Quase nunca admito isso, mas eu estava errado.

Sienna cai na gargalhada.

— Você bem que podia ajudar, sabia? — resmungo.

— Estou ocupada — responde ela.

— Fazendo o quê? Secando Leti?

— *Ethan* — sibila Sienna, corando.

Ela leva os dedos agitados até o cabelo e começa a fazer uma trança complexa, sem deixar de secar Leti Mitchell.

Então Natalia chama nossa atenção ao descer as escadas da praia correndo, prendendo o cabelo. Ela parece preocupada.

Sienna franze a testa, observando-a.

— Ela está tão estressada.

— Ela não é a única — murmuro.

Observo a praia de novo procurando mais algum papel amarelo. Nada.

Sienna me lança um olhar esquisito, passando os dedos pelo cabelo.

— Ela está passando por muitas coisas, Ethan. E você sabe como ela é. Quanto pior ela se sente, mais tenta controlar as coisas. É como se o tempo que investe em deixar as coisas perfeitas para os outros a ajudasse a se sentir melhor.

Minhas mãos ficam imóveis. Na maior parte do tempo, Sienna parece estar no espaço sideral pelo jeito como sua mente está sempre calculando probabilidades, mas quando ela faz uma observação como essa, fica óbvio que está prestando mais atenção nas coisas do que parece.

— Você tem razão — admito.

A necessidade de proteger Natalia, de consertar o que ela fez — o que *a gente* fez — me domina novamente. Eu me obrigo a fazer a pergunta para a qual eu saberia a resposta se as coisas estivessem bem entre nós.

— O que está acontecendo com ela?

Mas Sienna não pode responder, porque Natalia está se aproximando. Agora ela está usando uma legging e uma blusinha preta com um biquíni rosa por baixo. Suas bochechas estão coradas devido ao esforço.

Trocamos um olhar carregado de um segredo que apenas nós sabemos. Ela nega com a cabeça discretamente, me comunicando que também não encontrou mais nenhuma carta.

Talvez elas tenham mesmo caído no mar. Será que somos tão sortudos assim?

Quando Sienna nos observa com curiosidade, volto a atenção depressa à rede aos meus pés. Ela parece tão bagunçada quanto eu.

— Vou acabar com você — falo para a rede.

— Acho que ela já venceu — diz Natalia.

Nossos olhares se encontram e meu coração para. Meu Deus, nunca percebi como é difícil olhar para ela e conversar ao mesmo tempo. Ela está tão perto e é tão linda, e eu estou tão confuso. Não só com as cartas, mas com tudo. *Tudo*.

Ela é a primeira a se virar.

— Por que o Prashant parece ter perdido a fé na humanidade?

Prashant está agachado na areia relendo as instruções pela quinta vez, murmurando consigo mesmo.

— Eu tentei ajudar.

Natalia balança a cabeça devagar.

— Por que você faria isso sabendo que instruções com vários passos te aterrorizam?

— Tentei avisar, mas ele falou que não era tão difícil assim.

— Não é, você só é inútil — provoca ela.

— Ei…

Ela enfrenta a rede sozinha.

— Segura isso aqui.

Eu obedeço.

Um minuto depois, a rede está montada firmemente e Natalia está me jogando uma bola de vôlei com uma expressão intensa e presunçosa no rosto. Ela dá um passo para trás para admirar o trabalho, limpando as mãos na calça.

— *Et voilà!*

Balanço a cabeça lentamente, avaliando o que ela fez.

— Uau, arrasou.

Estico a mão fechada para cumprimentá-la. Após um segundo de hesitação, ela devolve o soquinho.

Progresso.

O céu da manhã está brilhante e azul. O vento levou o resto da neblina embora antes de se transformar em uma suave brisa costeira. Tiro o moletom e fico só de camiseta cinza. O ar fresco deixa meu braço arrepiado. Mas é gostoso.

Depois de um tempo, olho para ela de soslaio.

— Você está me encarando.

— Não estou, não — responde Natalia, desviando o olhar.

Mas ela estava olhando principalmente para meu peito e meus braços. Passo a mão pelo cabelo com o rosto pegando fogo.

A questão é que, quando percebi que não estava conseguindo ler um romance direito no verão porque minha cabeça estava uma bagunça, achei que deveria ouvir o treinador, que está sempre me falando para ganhar massa. Adam aproveitou a deixa e me apresentou a série de exercícios de primavera dele. Daí o treino se tornou o único momento em que nós dois podíamos relaxar; o único momento em que não parecia que eu estava tentando respirar debaixo da água. Não notei que estava fazendo *tanta* diferença.

— Você está ficando vermelho — diz ela.

— Não estou, não — respondo, imitando-a.

Ela sorri. É um sorriso sutil, mas sincero, e nem acredito na falta que senti disso. Mas ele desaparece tão rápido quanto surgiu quando Claire se aproxima e cruza o braço no meu.

— Procurei você por todo lugar! Por que demorou tanto? — pergunta ela.

— Ah, eu só… não estava encontrando… o meu protetor solar.

A expressão de Natalia me mostra como minto mal. Característica perfeita para alguém que está encobrindo seu grande segredo.

Claire nos observa atentamente, mas não fala nada. Então se vira para a rede.

— Natalia, você é incrível. Você montou isso em, tipo, dois minutos!

Os cantos da boca de Natalia se curvam para cima enquanto seu sorriso forçado substitui o verdadeiro que enfim consegui arrancar dela.

— Estou acostumada com esse tipo de coisa, já que acampo com meus pais todo verão — diz Natalia, com um lampejo de dor no olhar.

— Eca, odeio acampar. Isso é o máximo que eu aguento — responde Claire, apertando meu braço e dando risada.

Também dou risada. Não por ser engraçado, mas porque estou aliviado por ela ter mudado de assunto, sem insistir mais para saber por que nos atrasamos para o jogo.

O sorriso de Natalia se alarga, mais constrangido, quando ela nota Claire e eu rindo.

— Bacana. Bem, divirtam-se! — diz ela, sustentando meu olhar um segundo a mais antes de sair na direção de Rainn.

— Ela é tão legal — comenta Claire, observando-a se afastar.

Bufo. Ela não estava sendo legal. Ela estava me descartando como se não fosse mais me ver pelo resto do dia.

Como assim? E as cartas?

Lá se vai o progresso.

— Finalmente — diz Prashant, avaliando a rede e olhando para sua prancheta. — Certo, Ethan, você está no meu time, e, Natalia, você está no do Rainn.

— Legal! — exclama Rainn.

Lógico.

— Olha só pra você toda atrasada hoje — diz Rainn, provocando Natalia.

— Não precisa esfregar na minha cara — retruca ela, cutucando-o na costela.

Ele dá risada e segura a mão de Natalia.

— Cuidado, você sabe que eu morro de cócegas.

— Ah, é? — pergunta ela, com os olhos arregalados.

Ele a observa, desconfiado. Ambos sabemos que ela não vai se aguentar. Quando conhece as fraquezas de alguém, ela as explora.

Com um vigor renovado, Natalia ataca as costelas dele. Ele grita, e com um movimento rápido, ela está no ar, pendurada sobre o ombro dele, enquanto a areia escorre de seus pés descalços. Ela berra para que Rainn a abaixe.

— Falei pra você tomar cuidado! — exclama ele, rindo.

Ela bate nas costas dele. Então ele começa a girá-la, e Natalia cai na gargalhada.

Fico apenas observando. Enfurecido. Penso na guerra de Troia da mitologia grega. Como uma cidade inteira ficou sitiada durante uma *década* só por causa de uma linda garota.

Agora entendo.

Não é só que Rainn conseguiu arrancar risadas dela ao longo do dia todo, quando eu mal consegui um sorriso. Não é só isso. É que quando ele a abaixa, ela o puxa para um… abraço. Parecendo inegavelmente feliz.

Como *dói*.

Nunca fiquei tão mal assim antes. Natalia já teve outros namorados e eu nunca quis arrancar o braço deles. Mas é que isso tudo foi antes de passar as noites me lembrando dos dedos dela na minha barriga. Antes da possibilidade da carta que acabei de escrever sobre ela estar perdida em *qualquer lugar*.

Talvez eu esteja bravo porque deixei isso acontecer. Se eu tivesse sido honesto naquela noite com Rainn, com ela, *comigo*, nada disso teria acontecido. Passo a mão pelo cabelo.

O sr. Beckett apita para anunciar o início da partida.

Se minha carta estiver *mesmo* perdida, espero encontrá-la antes de Natalia.

CAPÍTULO DOZE

Senior Sunrise, 10h15

Uma das coisas que sempre curti em Rainn é que ele é tranquilo. Engraçado. Quando a ansiedade está me dominando, de alguma maneira, ele consegue me fazer dar risada. É como se ele entendesse a minha necessidade, mesmo sem saber por quê. Tipo agora, com Claire pendurada em Ethan.

Ou quando eu quebrei a confiança e invadi a privacidade da turma inteira.

Rainn finalmente me abaixa, e eu o abraço pela cintura, dando um apertão rápido nele. Um agradecimento silencioso por ele fazer com que eu me sentisse melhor por um segundo. Ao me afastar, vejo que ele está corado. Há algo no olhar dele que me faz pensar que esse abraço talvez tenha sido um passo além para quem é "só meu amigo".

Então ele assente e fala:

— Senhora presidenta.

Dou risada de novo, revirando os olhos. Ele é o único que me chama desse jeito. Não preciso me preocupar com Rainn. Ele é tão calmo quanto uma brisa litorânea.

Quando levanto a cabeça, Ethan desvia os olhos depressa. Não estou fazendo nada errado. Não estou fazendo nada que ele não esteja fazendo com Claire. Mesmo assim, a culpa me invade.

— Está vendo? Drama ethaniano — murmura Prashant.

Encaro-o com um olhar assassino enquanto os times se preparam. Ethan, Prashant, Tanner, Janelle e Claire estão em um.

No outro, eu, Mason, Leti, Sienna e Rainn. Observo a praia, procurando qualquer papel rebelde que possa ter voado. *Nada*.

Fecho os olhos com força e rezo em silêncio mais uma vez, pedindo para encontrá-los. Para conseguir consertar isso sem magoar ninguém. Para que ninguém descubra o que fiz.

O que eu estava pensando? No meu primeiro dia oficial como presidenta do corpo discente, vou lá e estrago tudo na mesma hora.

De quem são os mundos particulares que acabei de deixar escapar? Meu? Dos meus amigos? Respiro fundo, mas o ar não é suficiente.

Eu devo ter perdido completamente a cabeça. Fiquei tão preocupada com a minha carta que nem pensei na carta dos outros. Fui impulsiva e egoísta, o oposto de uma líder. Eu não *faço* as coisas assim. Não infrinjo regras, não cometo erros e não convenço Ethan a ser meu cúmplice.

O fato de ele continuar me apoiando está mexendo comigo. O fato de ele entrar em ação sem nem pensar. Eu não mereço isso. Mas sou grata pra caramba. Se eu tivesse que resolver isso sozinha, não sei o que faria. Estou guardando coisas demais, segredos demais.

Segredos são como muros. Eles te protegem ao manter os outros do lado de fora. Ou protegem os outros, te mantendo presa lá dentro. De qualquer forma, muros te aprisionam, e a única saída é destruí-los completamente.

Mas… como é que posso deixá-lo ir quando ele faz coisas assim? Não paro de pensar naquele momento na barraca, quando ele estava me olhando nos olhos. Sozinhos pela primeira vez em meses, parecia que estávamos de volta na cama dele.

Preciso me concentrar no jogo.

É minha vez de sacar. Fico genuinamente satisfeita quando faço um saque decente logo na primeira tentativa, e a bola dispara por cima da rede. Fico menos satisfeita quando Ethan dá uma cortada e consegue o primeiro ponto do time. Ele estende os braços e encolhe os ombros enquanto me encara, como querendo dizer "foi mal, só que não".

Então é assim que vai ser.

Depois de alguns sets, Ethan continua marcando pontos. O suor cintila na testa dele, as bochechas estão coradas, os olhos, focados e semicerrados. Ele tem os mesmos instintos do basquete. É o outro lado dele, confiante e seguro.

Claire o abraça sempre que ele marca algum ponto. Janelle está no time de vôlei da escola e fica grudada na rede, dominando-a com sua altura, bloqueando tudo e marcando ponto atrás de ponto.

Eles estão com uma vantagem considerável, e chega minha vez de sacar de novo.

Mason bate palma para mim.

— Vamos, Natalia! Você consegue! Só tira a cabeça de dentro do seu… — ele faz contato visual com o sr. Beckett — das nuvens.

Não sei o que é — talvez Ethan abafando a risada com o dorso da mão ou Tanner me olhando como se eu fosse um desperdício de tempo —, mas a competidora dentro de mim, que ficou montando os obstáculos da pista de corrida nas últimas duas temporadas, assume o controle.

Meu saque atinge o canto oposto ao de Ethan, e embora ele tente pegá-lo, acaba errando pela primeira vez. Quando se levanta, tem areia grudada nos braços e no queixo. Ele olha para mim, e eu encolho os ombros, imitando seu gesto de "foi mal, só que não". Ele abre um sorriso.

Devagar, nos esforçamos para ficar empatados.

Está ficando bem quente. Estou pingando de suor. Talvez até demais. Percebo vagamente que não estou me sentindo bem, mas não posso desistir agora. Estamos *tão* perto.

Por sorte, é a vez de Leti sacar, e elu arrasa. A bola escapa de Tanner. Ele mergulha, mas a perde, e marcamos ponto. Só precisamos de mais um para ganhar.

Então começo a me sentir meio zonza. Eu devia ter comido mais que três marshmallows de manhã. Principalmente porque não jantei direito ontem, nervosa com o dia de hoje. Afasto o cabelo suado do pescoço e semicerro os olhos, me concentrando.

Mason faz um saque que cai direto nos pés de Prashant, que olha para a bola e dá de ombros, como se não se importasse de perder, e se afasta para assistir aos outros jogos. Rainn me enlaça em um abraço vitorioso e, quando me solta, minha visão fica um pouco turva.

Saio da quadra cambaleando e acabo tropeçando em um galho perdido. Estou prestes a cair de cara na areia quando uma forte e familiar mão me pega pela cintura. Ethan me puxa para cima.

Ele estava do outro lado da rede, como foi que fez isso? Ele grita, perguntando se alguém tem algum suco ou refrigerante.

— Você está pálida pra caralho — diz ele.

— Estou bem.

Ethan me ignora.

Um instante depois, estamos sentados em uma grande pedra de frente para o mar. Rainn se aproxima correndo e me entrega uma garrafa plástica toda molhada.

— Desculpa por não estar gelado.

É suco de laranja morno. Nojento. Mas bebo metade e me sinto melhor quase imediatamente.

— Obrigada — falo para ele.

Ele repara no braço de Ethan, ainda me segurando com firmeza.

— Natalia? Você está bem? — pergunta o sr. Beckett.

Faço que sim e me esforço para sorrir.

— Estou bem! Só um pouco ofegante — respondo.

Ele faz um joinha e se vira para o grupo, que está agitado. Janelle exige uma revanche.

— Rainn! Você tocou na rede, esse ponto não conta! — O rosto dela está vermelho e ela está fazendo um gesto para que ele volte para a quadra para poder gritar mais.

Ele apenas revira os olhos.

— Precisa de mais alguma coisa? — pergunta ele, preocupado.

— Deixa comigo, Rainn — diz Ethan.

Eles trocam um olhar, e Rainn assente devagar, sem demonstrar nenhum sinal de desconforto. Então abre um sorriso.

— Não precisa esperar pra desmaiar da próxima vez. Pode me falar quando eu estiver sexy demais.

Dou risada, e Ethan se vira para mim. Rainn volta para o grupo, sorrindo. Fico sozinha com Ethan, nossos corpos colados. Quero ficar ali ao lado dele, onde me sinto mais segura. Quero me aproximar ainda mais, roçar meu nariz em sua clavícula e lamber o sal do mar em sua pele.

Em vez disso, me afasto, e ele abaixa o braço. O conforto desaparece no mesmo instante.

— Ficou sem comer de novo? — pergunta Ethan.

Fico imóvel. *De novo?*

— Foi só uma tontura.

Ele me encara, sério.

— Você sempre faz isso quando está estressada. Não é saudável.

Isso me deixa ainda mais irritada.

— *Sempre* uma ova, eu estou bem.

— Se você não tivesse acabado de quase desmaiar, eu ficaria um pouco mais convencido.

Levanto depressa — depressa demais — e vacilo um pouco.

— Eu não... Você está sendo um babaca.

— Porque estou tentando te ajudar?

Fico mais brava.

— Sim! Você está sempre perto, *ajudando*.

Não sei o que aconteceu, por que estou tão brava por ele estar sendo maravilhoso. Não é a primeira vez que ele se preocupa por eu não ter comido, o que é, admito, algo que me esqueço de fazer de vez em quando. Quando fico concentrada demais nos outros, acabo ignorando minhas próprias necessidades. Ele está sendo um ótimo amigo.

Mas, depois do verão, passei a conhecer bem demais a agonia da sua ausência. Só porque ele está aqui hoje não significa que vai estar amanhã.

Especialmente se minha carta estiver perdida por aí.

O pânico me domina de novo. Dou mais um gole no suco.

— Talia, sério, *o que* está acontecendo com você?

Cravo as unhas nas palmas das mãos.

— Como assim?

— Você anda mais grossa que o normal, não está comendo, roubou as cartas...

— Eu não *roubei* as cartas.

Ele continua como se eu não tivesse falado nada:

— Você nem consegue olhar pra mim.

Eu, que estava com os olhos fixos no mar, me volto para ele. E logo sinto aquele puxão, aquele anseio enorme que me atinge como um maremoto sempre que nossos olhares se cruzam.

— Sei que as coisas estão... estranhas entre a gente — diz ele baixinho. — Mas parece que tem mais alguma coisa rolando.

Estranhas entre a gente.

É a primeira vez que um de nós reconhece o problema abertamente — essa estranheza. O beijo. A rejeição.

Preciso me sentar de novo. Sinto a pedra pontiaguda na parte de trás da coxa através da minha calça legging. Termino o resto do suco, em vez de respondê-lo. Porque não sei o que dizer.

Quando fica óbvio que não vou falar nada, ele suspira.

— Como está se sentindo? Quer ir pra casa?

— Está tentando se livrar de mim? O verão não foi o suficiente? — Era para ter sido uma piada, mas meu tom sai duro demais para soar engraçado.

Ethan me encara, sua expressão se fechando.

— Você sempre pensa o pior de mim.

— Não é verdade.

É verdade?

Ele parece... magoado. *Magoado?* Merda.

— Desculpa, eu... não queria... — Tento me corrigir. — Eu não... não posso ir pra casa agora.

Ele percebe a fragilidade na minha voz e franze o cenho.

— Por que não?

— Quer dizer, eu até poderia, se quisesse. Só não quero. — Olho para as minhas mãos. — Minha mãe está se mudando hoje.

Ele solta um som baixo de surpresa.

— Sério?

Faço que sim e engulo o nó na garganta.

— Ela foi levando as coisas aos poucos, mas hoje vai empacotar o que falta. Daí ela vai realmente ter ido embora, e eles vão realmente estar separados.

— Merda. Sinto muito.

Abraço meu próprio corpo e cerro os punhos.

— Você sabe que eles viviam brigando. É melhor assim.

Falo como se fosse simples, mas não é nada simples ver o tecido que é sua família se rasgando. Cada briga, cada conflito, cada conversa confusa foi desfazendo um ponto.

Ethan não comenta nada, mas coloca a mão quente no meu braço e o aperta. Ficamos ali sentados em silêncio, mas quero contar o resto para ele. Que é muito mais complicado que isso, porque ela não vai ficar na cidade, e sim se mudar para Sacramento, onde minhas tias moram. A três horas de distância. Quero saber o que ele acha que devo fazer. Quero ouvir suas palavras de melhor amigo de que vai ficar tudo bem, não importa o que aconteça.

Mas não sei como contar com ele e ao mesmo tempo deixá-lo partir. Porque me abrir para Ethan de novo seria como lhe dar permissão para me quebrar.

Ele recua devagar.

— Espera aí. Você organizou essa coisa de acampamento só pra não ter que estar em casa hoje, né?

É óbvio que ele sacou. A admiração em sua voz me faz sorrir.

— Parece loucura quando você fala desse jeito.

Ele dá risada. Uma risada ondulante e estrondosa que preenche todo o ambiente e faz meu peito inteiro se acender.

— Nossa, como eu sinto sua falta — diz ele, quase como se não percebesse que falar essas palavras com a mão no meu braço fosse apertar todos os nós que acabamos de soltar. Fosse me fazer ter esperança de que ele gosta de mim do mesmo jeito que eu gosto dele.

— Estou bem aqui — respondo, repetindo o que ele falou na barraca.

Mas a frase não tem o mesmo efeito doce de quando ele disse. Ethan está cheio de dúvidas. Ele não acredita em mim. Entender isso dói, mas não posso nem culpá-lo. Ele me conhece tão bem que sabe que não contei a história toda.

Bem nesse instante, uma gargalhada desvia nossa atenção para o grupo. Rainn está se exibindo plantando bananeira, com as mãos enfiadas fundo na areia, a camiseta escorregando e revelando sua barriga definida e bronzeada. Pelo visto, aquela briga sobre a pontuação já foi resolvida. Mason dá um tapa no abdome de Rainn, que cai na mesma hora, dando ainda mais risada. Eu teria dado um chute nas bolas de Mason se fosse comigo, mas é Rainn. Ele é tranquilo.

Ethan me encara demoradamente, com as sobrancelhas baixas e os lábios comprimidos.

— Há quanto tempo vocês… — A voz de Ethan falha e ele para de falar. Depois, pigarreia e tenta de novo: — Quer dizer, desde quando você e Rainn, hum, estão juntos? — diz ele, enfim.

Mas estou franzindo o cenho. Intensamente.

— A gente… não está.

Ele pisca.

— Não?

— Não.

— Mas… ele me contou… tipo, vocês passaram o dia todo grudados.

Aperto o rabo de cavalo com tanta força que o cabelo puxa minhas têmporas.

— Como assim, grudados?

Ele revira os olhos.

— Vocês vivem se tocando, tipo, o tempo todo. — O tom dele é sério. Raivoso. *Ciumento*.

Minha própria raiva se junta à dele. Vento carregando fogo.

— E daí?

— Está na cara que você gosta dele — declara Ethan.

Nesse momento, não quero lhe contar que não gosto, porque isso não vem ao caso. Tudo que importa é a emoção na voz dele, a ansiedade em seu rosto. Isso é tão injusto.

— Por que isso te incomoda? — provoco Ethan.

Ele se inclina para trás, erguendo o queixo para o céu.

— Não me incomodo.

Balanço a cabeça devagar. Ele está mentindo. Sinto um arrepio de surpresa.

— Então está tudo bem você estar com Claire, mas eu não posso gostar nem tocar em mais ninguém? — pergunto.

— Eu não falei isso.

— Então o que é, Ethan?

Ficamos nos encarando, nos aproximando cada vez mais do perigoso território da noite do baile, dos beijos e do caos que rolou depois. Não sei por que estamos tão *bravos*. Talvez porque seja bem mais fácil ficar brava com ele do que lidar com a dor brutal da sua rejeição.

Ele passa as mãos no short depressa.

— Por que isso *te* incomoda? — pergunta ele, devolvendo a pergunta para mim. — Claire e eu?

Em vez de encará-lo, olho para ela na areia com os outros. Ela está dançando e cantando. Sua voz é irritantemente agradável. Não para de se virar para nós, fingindo que não está de olho. É graciosa e divertida de um jeito que eu, amarga e feroz, jamais poderia ser.

Incomodada, eu? Quero botar fogo naquele cabelo azul descolado.

Antes que eu consiga responder, Prashant me chama, agitando os braços freneticamente, todo estressado.

— Preciso ir — falo, suspirando.

— Espera. — Ethan segura meu braço quando me levanto. Sinto sua mão quente e seus dedos fortes se fechando gentilmente em volta do meu pulso. — Será que podemos… — Mas ele para, arregalando os olhos para algo acima do meu ombro.

Ele me solta e sai correndo.

Depois volta com uma cara triunfante, segurando um papel amarelo que estava voando na areia. Meu coração para.

É uma das cartas.

— Não pode ser! — exclamo, sem fôlego.

Não consigo evitar jogar os braços ao redor dele. Se ele fica surpreso, disfarça bem. Ethan envolve meus ombros e me aperta contra o peito. A raiva entre nós fica em segundo plano. Ainda assim, me afasto depressa.

— Menos uma — diz ele, sorrindo. — Vou botar na garrafa assim que voltarmos para o acampamento.

— Como?

Não discutimos essa parte do plano.

— Tenho meus meios — diz ele.

Ele passa a mão pelo cabelo e me lança aquele sorriso sedutor capaz de matar qualquer um em um raio de um quilômetro. Não sei por que ele faz isso nem como evitar o friozinho na minha barriga traidora.

Assim, como se alguém tivesse apertado um interruptor, sei que o chão debaixo dos nossos pés voltou a ser perigoso.

CAPÍTULO TREZE

Ethan

Senior Sunrise, 11h45

Não faço ideia do que estou fazendo. Está bem, eu sei. Estou flertando com Natalia. É automático, o estado padrão de quando estou com ela. Estar perto dela depois de todas essas semanas longe, podendo tocá-la mesmo que só um pouquinho… é como se janelas estivessem se abrindo ao meu redor. Ficou mais fácil respirar.

Ainda posso salvar as coisas entre nós, assim como escrevi na Carta do Leão. Se ela quiser.

Mas pode não rolar. Apesar de Natalia ter falado que não está com Rainn, tem *algo* acontecendo. E eu ainda não sei o que ela sente por ele.

Nem por mim.

Me lembro da noite do baile. Do nosso beijo. Foi intenso pra caralho. Prometia rolar muito mais entre nós. Mas não consigo ignorar o fato de ela só ter me beijado por causa do pacto. Será que ela parou de falar comigo porque se arrependeu? Porque eu entrei em pânico? Porque está a fim de outra pessoa?

Precisamos ter uma conversa que não termine comigo mais confuso do que eu estava antes. Tenho o pressentimento de que, se não nos abrirmos antes do acampamento acabar, vamos perder nossa chance.

Pelo menos agora que sei o que está rolando com a família dela, então seu mau humor extra faz mais sentido. Ela deve estar bem chateada. A mãe dela está se mudando… Natalia passou anos temendo exatamente isso. A gente fazia piadas, daquele nosso jeito meio ácido, dizendo que se nossos pais se separassem ao mesmo tempo, eles poderiam fazer uma troca de casais. Não é engraçado pensar nisso agora. Agora que meu pai realmente traiu minha mãe e ela não faz ideia.

Eu devia ter contado para Natalia, mas não queria transformar isso num assunto sobre mim.

Afasto esses pensamentos deprimentes e me apresso para trocar a roupa suada do vôlei por uma calça jeans e uma camiseta. Tem gente demais por aí para colocar a carta que encontramos de volta na garrafa. É melhor carregá-la comigo, então transfiro-a do short para o bolso da calça. Então vejo uma mancha de tinta azul. Não é minha, já que usei uma caneta preta, mas meu coração acelera.

Natalia estava escrevendo com uma caneta azul.

Fecho os olhos. *Assim como várias outras pessoas, Ethan.*

Minha curiosidade não vem ao caso, eu jamais poderia ler… poderia?

Enfio a carta no bolso e me esforço para esquecer que ela está lá. O que é praticamente impossível.

Eu me acomodo em uma cadeira junto com os outros na praia e minhas pernas se agitam de ansiedade. Procuro pela areia pela vigésima vez, tentando encontrar mais papeizinhos rebeldes.

Nada. Sinto o pavor permanentemente alojado no meu estômago.

Do nada, Claire aparece e se senta no meu colo sem cerimônia. Tá… certo, isso é perturbador.

Eu me sinto muito babaca, considerando tudo que venho pensando. Claire merece algo melhor do que eu, que estou um tanto confuso. Mas se eu afastá-la agora, especialmente na frente de todo mundo, seria bem grosseiro, né? Então eu só… fico parado. Não é como se fosse a pior coisa do mundo ter uma garota bonita sentada no meu colo.

O protetor solar de coco de Claire irrita meu nariz, e fico superincerto sobre onde devo ou não colocar as mãos. Decido apoiá-las no braço da cadeira enquanto ela se inclina na minha direção e diz:

— Olha, você está perdendo a melhor parte!

— Qual? — Eu me concentro na conversa que estava ignorando.

— Faltam dez segundos, estamos perdendo por dois pontos, não tem pra onde ir na quadra… estamos no modo vida ou morte! — exclama Mason.

Ai, meu Deus.

— Estou assistindo e pensando, vamos, seus idiotas, façam um milagre. É o *Showdown*! — grita Mason como se estivesse de volta na arquibancada.

Ele está descrevendo a partida de basquete da temporada passada, quando enfrentamos nossos maiores rivais, o Havenport Prep, no jogo anual chamado "Showdown".

Já sei o que fazer com as minhas mãos: enterrar meu rosto nelas.

— Então esse cara aqui… — Ele bate as mãos carnudas nos meus ombros e me sacode como se eu pesasse uns dois quilos. — *Esse* cara aqui faz um *pump fake*…

— E cria uma grande distância de… qual é o nome dele? — pergunta Rainn. — O cara que sempre colocam pra marcar você?

Quando não digo nada porque estou ocupado demais tentando desaparecer na areia, Rainn dá um tapa na minha panturrilha.

— Delgado — murmuro.

— Isso! Ele é enorme. Deve ter uns dois metros — comenta Rainn.

Bufo. Ele não tem nem um e oitenta, só é um pouquinho mais alto que eu.

— Ah, Delgado! Sei de quem estão falando. Ele é *bem* gato — diz Claire. Ela se apoia no meu peito e fala no meu ouvido: — Não tanto quanto você, é lógico.

Certo, está na cara que ela está mentindo, mas minhas bochechas ficam coradas mesmo assim.

— E então… — continua Mason.

Todos prestam atenção nele. Ele faz um arremesso de três pontos e mantém os braços erguidos no ar enquanto observa o arco invisível da bola seguir para a cesta. Todos parecem prender a respiração, apesar de saberem o que aconteceu. Depois de outro momento de silêncio, Mason levanta os dois punhos no ar.

— Cesta! A campainha dispara! Os Leões vencem por *um ponto*! Campeões do Showdown! UHUL!

O grupinho comemora. De verdade. Meu rosto está vermelho feito tomate.

Quer dizer, foi um ótimo jogo mesmo. Uma partida inacreditável. Mas, no instante em que a bola deixou minha mão, tudo o que pensei foi que esse lance era uma péssima ideia. Eu *nunca* na minha vida fiz uma cesta assim. Eu poderia facilmente ter feito uma bandeja para empatar o jogo na prorrogação. Não sei o que estava pensando.

— Eu não devia ter feito esse lance — murmuro.

Fui imprudente. Tão imprudente que fiquei esperando um baita sermão do treinador, que sempre brigou comigo por arriscar lances desesperados e malucos. Mas ele meio que deixou para lá.

Olho em volta e, além de Natalia, que me lança um olhar que não entendo, ninguém está me ouvindo. Mas não consigo parar de pensar nisso. Se eu tivesse errado, ainda estaria no canto obscuro da paisagem social da Liberty, que é o meu lugar. A popularidade é precária desse jeito.

Só que eu não errei. Então, em vez de continuar sendo o jogador pateta ou o irmão mais novo bem menos atlético que o astro do beisebol, ou o filho entediante e decepcionante de uma celebridade, algumas semanas depois daquele jogo fui eleito o rei do baile. *Do nada*. E agora parece que cruzei alguma espécie de abismo invisível, e Claire está sentada no meu colo e Mason está me tratando como um deus. É bem… estranho.

Falo para Claire que preciso pegar água, mas, na verdade, só preciso de um minuto para respirar.

Sienna surge ao meu lado quando estou tirando uma garrafa do cooler.

— A probabilidade de acertar aquele lance era de trinta e três por cento. Dois pontos pra empatar era definitivamente a aposta mais segura. Você não devia ter tentado aquilo.

Dou uma risada trêmula.

— Você entendeu.

— Mas as probabilidades não mudariam novamente na prorrogação se eles tivessem feito os dois pontos? — pergunta Prashant, aparecendo das sombras.

Sienna franze as sobrancelhas, semicerrando os olhos e balançando a cabeça para frente e para trás. É o que ela faz quando está fazendo contas.

— Dã, claro. Cinquenta por cento de chance. Então a cesta de três pontos na verdade *era* mesmo o melhor lance.

Fico chocado.

— Agora você só está fazendo meu cérebro latejar.

Os dois começam a conversar sobre o time de matematletas deles, os Variáveis, e a iminente temporada contra a Havenport. Mesmo que seja um pouco chato, é um alívio estar de volta à margem com os outros esquisitões.

Natalia está arrumando as pizzas para o almoço, e nossos olhares se cruzam. Ela me observa daquele jeito que me desarma, pensativa.

— Você está fazendo aquela coisa, né?

— Que coisa?

— Procurando mentalmente casquinhas pra arrancar pra não se sentir bem consigo mesmo.

Natalia faz uma leitura tão precisa e surpreendente que levo as mãos ao peito como se ela tivesse atirado uma flecha em mim.

— Caramba. Que jeito de me dar bronca.

Ela balança a cabeça devagar.

— Só você seria capaz de pegar uma coisa boa e transformá-la em uma crise existencial.

Meu Deus, como ela me entende.

— O que eu posso fazer? É um dom.

— Bem, se faz com que se sinta melhor, você literalmente nunca mais vai fazer algo tão legal assim de novo. Cesta de três pontos bem no fim do jogo? Você já atingiu seu ápice. É só decadência a partir daqui. Pronto, pode ficar triste agora.

Não consigo conter o sorriso.

— *Obrigado*. Era tudo o que eu precisava ouvir.

Ela dá risada, e meu peito se expande de orgulho e algo grande demais para ser examinado de perto. E como se eu estivesse sendo atraído por uma força magnética, olho para os lábios dela. Lábios que eu conheço, macios e famintos.

Meu Deus.

Então a expressão dela fica muito séria.

— E só pra constar, Luca Delgado é *muito* mais gato que você.

A gargalhada escapa de mim, de algum lugar que quase nunca é acessado.

— Essa talvez seja a única coisa de que tenho absoluta certeza.

Ela ri de novo, e é a primeira vez em muito tempo que nos sentimos nós mesmos.

A primeira vez em muito tempo que me sinto eu mesmo.

De repente, a voz aguda de Janelle interrompe o momento.

— Ei, o que é que vocês escreveram nas cartas?

Paramos de rir. Viro devagar para observar o grupo e várias pessoas trocam olhares desconfortáveis.

Mason coça a nuca.

— Hum, não era pra gente falar, né?

Janelle revira os olhos.

— Por que não? Não é como se alguém tivesse escrito algo bom mesmo. E se escreveu, é melhor me contar agora pra finalmente tornar esse dia interessante.

Ninguém olha para Janelle. Meu coração está retumbando no peito.

— Vamos, gente. Estou *entediada*.

Prashant dá risada sozinho quando ninguém responde, e Janelle semicerra os olhos para ele.

— Ei, Prashant!

Ele para de arrumar a outra mesa e se vira. Suas sobrancelhas erguidas são sua única resposta.

— O que é que você escreveu? Aconteceu alguma coisa esquisita no acampamento de xadrez? — provoca Janelle.

— Eu não jogo xadrez. — Prashant cruza os braços lentamente, levantando o queixo até olhar para ela com desprezo. — Por que *você* não conta pra gente o que escreveu?

Caramba, ninguém desafia Janelle. Todos se voltam para ela cheios de expectativa, esperando para ver qual será sua reação. Mas depois de um instante, ela só revira os olhos e se joga na cadeira.

— Aff, você não é nada divertido.

Prashant dá de ombros, parecendo completamente indiferente. Mas percebo o longo suspiro que ele solta quando pensa que ninguém está olhando. É, parece que não sou o único que escreveu coisas pessoais na carta.

O bom humor desapareceu completamente do rosto de Natalia. Ela está com os olhos arregalados e sua respiração está acelerada.

— Está tudo bem — falo baixinho. — Faltam só seis, lembra?

Eu me lembro do papelzinho esquentando meu bolso e enfio a mão ali instintivamente. Ler essa carta é tão tentador. Agarro-a, me obrigando a pensar em outra coisa.

Natalia me encara e assente, ainda muito pálida.

— Você devia comer alguma coisa — falo.

Natalia fica rabugenta, mas quando todos se preparam para comer, ela também enche o prato de pizza. Sienna engata uma conversa com ela. Enquanto estou me servindo, com a cabeça zunindo para bolar um jeito de encontrar as outras cartas, Prashant se aproxima e sussurra algo sobre Janelle.

— Ela é a pior — concordo.

— Ela não faz ideia do tipo de pressão que estamos enfrentando. — Ele pega uma maçã de uma tigela e dá uma grande mordida, estressado. Depois, fala de boca cheia: — O Senior Sunrise dá o tom do ano todo. Se as pessoas decidirem que os eventos do conselho discente são uma perda de tempo, tudo o que planejarmos pra esse ano vai por água abaixo. O baile de boas-vindas, a pintura do estacionamento, a semana da escola, o concurso de cartazes, o baile... Esses eventos são nossas maiores fontes de receita, sendo que a maior parte dessa grana vai pras Bolsas do Leão. Imagina alguém como Natalia não podendo mais frequentar a Liberty porque não temos dinheiro suficiente pra bancar todas as bolsas no ano que vem.

Levanto as sobrancelhas. Nunca penso no fato de Natalia ser aluna bolsista. Dinheiro é outro assunto nebuloso entre nós. Numa impressionante demonstração de ignorância e privilégio desenfreado, uma vez eu disse a ela que não entendo por que dinheiro é tão importante. Ela ficou me encarando e, com uma voz trêmula, respondeu que é porque eu tenho bastante. Ela estava absolutamente certa. Ainda queimo de vergonha toda vez que me lembro daquela conversa.

Mas ela também não gosta de falar sobre a bolsa. Não depois de descobrir que meus pais são um dos principais contribuintes para o fundo de bolsas de estudo. É a única coisa boa que eles fazem com tanto dinheiro.

Tento imaginar a Liberty sem Natalia, e é impossível. As bolsas são fundamentais. Olho para Prashant sob uma nova perspectiva.

— Pensei que você e Natalia não se dessem bem.

— A gente não se dá bem. — Parece que ele está engolindo um pedaço de vidro ao dizer: — Mas ela tem visão. E é uma ótima presidenta.

Eu meio que fico com vontade de dar um abraço em Prashant. Ele tem razão. Sei que uma parte de Natalia ficaria feliz para sempre pintando em um quarto escuro e ouvindo música triste o dia todo, mas ela se dedica de verdade à nossa escola. Está sempre organizando eventos e campanhas de arrecadação de fundos, ajudando os outros no pré-cadastro para votar e convocando o pessoal para mutirões de limpeza da praia. Ela cometeu um grande erro com as cartas, mas é uma boa líder. Uma líder *incrível*. Estou mais determinado ainda a protegê-la agora. Ela tem muito a perder.

Prashant solta um suspiro.

— Metade das pessoas entrevistadas estão pensando em ir embora depois do almoço.

— Quando é que você entrevistou…

Ele me interrompe:

— Você precisa fazer algo.

— Eu?

— Você tem influência.

Bufo.

— Tenho nada.

Ele me olha por um bom tempo.

— Você não é a estrela do basquete? O rei do baile? Não está saindo com a garota mais gata da escola? Qual é?

Eu me viro para Natalia. Ela está devorando uma enorme fatia de pizza enquanto ouve uma das histórias mirabolantes de Sienna.

Prashant congela no meio de uma mordida.

— Estava falando da Claire — diz ele, seco.

Pisco.

— Eu sei.

— O que as garotinhas estão cochichando aí? — pergunta Tanner, surgindo do nada.

Prashant não responde, só vai embora devagar, gesticulando para Tanner, indicando a minha oportunidade. Como se eu estivesse interessado em conversar com Tanner Brown.

Tanner se abaixa para pegar uma garrafa de água no cooler ao meu lado. E se desequilibra, então o seguro pelos ombros antes que caia. Meus lábios se curvam quando ele expira. Ele ainda está fedendo a álcool. Por todas as vezes que Adam voltou para casa cambaleando, sei que isso não é apenas uma ressaca.

Ele dá um grande gole da água, e seus olhos finalmente focam o chão atrás do cooler.

— Cara, por que esse papel tem meu nome?

Viro a cabeça depressa para ver para onde ele está apontando.

Merda.

CAPÍTULO CATORZE

Senior Sunrise, 12h17

Eu me forço a comer mais um pouco, apesar de o meu estômago estar embrulhado de nervosismo. Enquanto Sienna fala sobre como ela, aquariana, não tem certeza se deveria ir para a faculdade porque as regras limitadas da instituição entrariam em conflito com o ritmo do seu ser ou algo assim, fico de olho na areia, imaginando que cada pedacinho de lixo pode ser uma carta. Estou ao mesmo tempo aliviada e tensa por não termos encontrado mais nenhuma. O que pode significar que todas se perderam.

Ou pode significar que estão por aí, no lugar certo, esperando a pessoa errada encontrá-las.

Não ajuda nada o fato de Prashant estar perto demais de Ethan, e eu não consigo parar de pensar no que esses dois podem estar falando. Se Prashant ficasse sabendo o que fiz, eu não teria que tomar a decisão de ir embora ou não. Eu seria expulsa da Liberty. Talvez não oficialmente, mas com certeza por voto popular.

Será que Ethan seria capaz de contar a ele o que aconteceu?

Não. Não importa quão estranhas as coisas estejam com Ethan, confio nele mais que em qualquer outra pessoa.

E quando ele faz algo como, por exemplo, ponderar as implicações da popularidade, sou relembrada do por que eu o adoro tanto, e fica impossível pensar em qualquer outra coisa.

Ele olha para mim do outro lado do camping como se estivesse lendo minha mente.

Aqueles olhos...

Os olhos de Ethan são os mais difíceis de pintar. É um castanho complexo, de um marrom profundo no centro, contornado por um halo verde e delineado por cílios escuros. Mas não é só a cor. É o jeito como eles guardam as lembranças da nossa amizade. É fácil demais querer contar tudo para ele sempre que o olho nos olhos.

E tem também seu sorriso caloroso, aquele braço em volta de mim mais cedo. Sua preocupação comigo quando eu às vezes esqueço de me cuidar. O jeito como a gente cai na risada e se entende. A tela na minha mente ganha um tom de azul-celeste, com pinceladas e respingos fúcsia. Minhas cores alegres.

É apavorante.

Sienna interrompe meus pensamentos com sucesso.

— Tipo, pra uma ariana, a escola faz sentido pra *você*. Se esforçar bastante está literalmente escrito nas estrelas, no seu caso.

— Pra mim é mais tipo... se eu não tentar, não sobreviveria de jeito nenhum aqui — digo.

Ela franze o cenho e seus óculos escorregam um pouquinho do nariz.

— Como assim?

Também franzo as sobrancelhas.

— É só que... tive que lutar pelo meu lugar aqui, sabe? Todo mundo se encaixa. — Faço um gesto para as panelinhas e grupinhos reunidos, rindo e relaxando. — Tipo, você ouviu as pessoas falando sobre o que fizeram no verão? Eu trabalhei no acampamento diurno da YMCA, e Janelle Johnson foi pra Bali.

Sienna coloca a pizza no prato oleoso em seu colo.

— Você também se encaixa.

Nego com a cabeça.

— Não é verdade. Nunca me encaixei aqui. E não é só por causa do dinheiro. Andei pensando bastante nisso ultimamente e... qual é o sentido de estudar em uma escola *preparatória* se você não quer aquilo para o que está se preparando?

Sienna assente, devagar.

— Então você não quer ir pra faculdade?

Engulo em seco.

— Não... não é isso que estou dizendo. Deixa pra lá.

Não sei por que meu coração está acelerado, mas sei que não quero mais falar disso.

Sempre tive dificuldade de colocar em palavras o que estou pensando. É para isso que serve a arte. O movimento das pinceladas e o brilho das cores molhadas sangrando da minha mente confusa através da minha mão firme são capazes de dizer muito mais do que eu jamais poderia.

Mas a única hora que consigo pintar é na calada da noite. Sem meu pai para me lembrar de que arte não paga contas. Quando estou sozinha e tudo está silencioso.

Também é nessa hora que tenho crises de pânico. Mas não conto para os meus pais sobre elas.

Tentei uma vez, e meu pai falou que era o "efeito de estar sob pressão" da Liberty e que eu logo me acostumaria com isso. Foi ideia dele que eu estudasse lá, para começo de conversa, assim como ele. Para que eu pudesse ter a educação que ele teve, fosse presidenta como ele, corresse como ele. Às vezes, me pergunto se meu pai esquece que sou outra pessoa, e não sua chance de fazer tudo de novo.

Se eu for morar com a minha mãe, as coisas poderiam ser diferentes. Ela poderia me dar o espaço que preciso para me dedicar à arte de verdade. Mas, pensando bem, sempre foi importante para ela que eu *conquistasse coisas*.

Ela tem orgulho de eu ser uma pessoa latina em uma escola predominantemente branca e não latina, apesar de eu de vez em quando não saber direito que diferença isso faz. Como eu pareço apenas mais uma garota branca, meus colegas quase sempre me tratam como se eu fosse só isso. O que talvez seja uma negação abjeta das minhas raízes. Ou melhor, metade das minhas raízes. Eles fazem comentários meio ignorantes, não necessariamente racistas, mas, às vezes, sim. Isso prova o quão invisível esse meu lado é para eles. Para o mundo, na verdade.

Talvez não seja a Liberty. Talvez eu não pertença a lugar algum.

— Bem, você poderia tirar um ano sabático, né? Descobri uma fazenda em Idaho onde você pode aprender a plantar a própria comida. Aqui, deixa eu te ajudar.

Os dedos gelados e experientes de Sienna penteiam as mechas bagunçadas do meu rabo de cavalo enquanto ela fala. Logo sinto o início de duas tranças complexas se formando.

— E você não vai se entediar na fazenda sem seus cálculos? — pergunto, aliviada pela mudança de assunto.

Ela para de trançar rapidamente para se inclinar sobre o meu ombro e me olhar com pena.

— Ah, por favor, estou sempre fazendo cálculos. — Depois, ela retoma o trabalho. — Tenho lido sobre matemática de seguros de vida, que é uma combinação fascinante de cálculo, probabilidade e estatística...

Eu a interrompo:

— Isso é o que você faz no seu tempo livre. Mas não acha que devia ir pra faculdade?

Ela solta um suspiro de irritação.

— Vou pensar. De qualquer forma, usando essas equações, é possível descobrir as chances de algo acontecer na vida real. A matemática pode realmente prever riscos e resultados prováveis do comportamento humano. É uma maluquice!

Ela amarra um elástico de cabelo na ponta da trança e começa a outra.

— Tipo o quê? — pergunto, fascinada pela forma como sua mente funciona.

— Tipo, as chances de eu ficar com Leti até o fim da noite.

Caio na gargalhada.

— Certo, e quais são as chances?

Ela fica em silêncio por um segundo, e eu a vejo fazendo contas: ela fecha um olho e balança a cabeça para frente e para trás enquanto pensa.

— Vinte e seis por cento de chance, com base em fatores conhecidos. Tem incógnitas demais pra essa conta ser exata.

— Essa porcentagem está baixa demais — digo. A matemática não considerou o jeito que Leti olhou para ela hoje de manhã.

— Como eu disse, tem incógnitas demais — repete Sienna. Percebo o sorriso dela. — Prometi pra mim mesma na carta que eu finalmente falaria com Leti hoje, então quem sabe o que pode rolar?

A culpa aperta meu estômago. Se a carta de Sienna estiver por aí, a paixonite que ela tem alimentado em segredo por um ano pode ser descoberta. Não sou só uma péssima presidenta, também sou uma péssima amiga.

Sienna termina as tranças, e eu me viro para ela. Eu devia lhe contar o que aconteceu com as cartas. Pode ser que entenda — talvez até me ajude. Mas ela olha esperançosamente para Leti por cima do meu ombro, e eu perco toda a coragem. Não suporto pensar nela me odiando por ter deixado seu segredo escapar. Eu já perdi um amigo durante o verão.

Penso em outra coisa para dizer:

— Esse negócio de matemática de seguros poderia te render um trabalho, né? Tipo algo que você possa fazer?

Ela revira os olhos.

— Sim, a carreira se chama atuária. Mas eu não poderia me comprometer nem remotamente com isso. É muito mais divertido usar a matemática por uma causa caótica. — Ela abre um sorriso malicioso. — Por exemplo, calculei as chances de você e Ethan ficarem hoje à noite. Quer saber?

— Sienna! — sibilo. — É *zero*.

Ela me olha de esguelha.

— Não é zero, não.

Não contei nada sobre o baile para Sienna, mas ela sabe que tem alguma coisa estranha. Ela tem um jeito bastante observador e não fico surpresa de saber que percebeu que tem algo rolando entre mim e Ethan.

— A probabilidade é alta — cantarola.

Mordo o lábio.

— Alta quanto?

— Eu apostaria uma *boa* grana.

Sinto um frio na barriga. Não sei se é bom ou ruim. *Temos* que parar de falar sobre isso.

O que logo acontece, porque Tanner grita tão alto que todos ouvem:

— O que é isso, Forrester?

CARTA PERDIDA DO LEÃO #2

Se eu tivesse coragem, eu contaria para Tanner Brown que estou fingindo ser outra pessoa na internet. Mas está tão divertido que ainda não quero parar.

CAPÍTULO QUINZE

Ethan

Senior Sunrise, 12h33

— Espera...

Tento pegar o papel amarelo, mas Tanner está mais perto e o agarra primeiro, e fica de pé, hesitante. Se ele ler a carta, o resto do dia vai ser um caos. Ele vai contar para todo mundo, e logo seu grupo de amigos vai começar a fazer perguntas. Janelle, entediada como está, vai passar cada segundo caçando mais cartas.

Não posso deixar isso acontecer.

Olho por cima do ombro de Tanner para o papel que *inacreditavelmente* tem o nome dele escrito.

Não penso no fato de ele ter dezoito quilos a mais que eu ou arremessar pessoas no campo de futebol como se fossem gravetos. Não penso em nada. Antes que ele leia a carta ou processe o que está acontecendo, arranco-a de suas mãos e saio correndo. Vai ser a palavra dele contra a minha.

— O que é isso, Forrester? — grita Tanner.

Todos se viram para ele. E depois para mim.

Janelle ergue as sobrancelhas e me encara.

— Ah, isso está ficando interessante.

Preciso de uma distração, e rápido. Olho em volta. Antes que eu perceba o que está acontecendo, minhas pernas me carregam para onde Rainn e Mason estão. Puxo Rainn pela camiseta, fazendo algumas pessoas soltarem exclamações de susto.

— Eita, cara, o que você está fazendo? — pergunta Mason.

Eu não sei. Não sei o que estou fazendo, só sei que estou contando que um dos meus melhores amigos vai me ajudar da forma como eu sempre o ajudei antes de as coisas se complicarem tanto. Arrasto-o até a água. Ele está me encarando com olhos esbugalhados e confusos.

— O que está acontecendo, Ethan…

Eu o solto e falo baixinho:

— Preciso de uma distração. Bata em mim.

Rainn nota meus punhos cerrados e vê Tanner correndo na minha direção. No mesmo instante, os olhos dele brilham de empolgação.

— Sério?

Assinto, levantando os braços para proteger o rosto.

Sem hesitar, Rainn me dá um soco na barriga com mais força do que pensei.

Cerro a mandíbula com o impacto. Abaixo as mãos e olho para ele.

Ele me acerta de novo, desta vez no peito, me fazendo tossir.

Ele levanta as sobrancelhas, sorrindo.

— Você pediu pra eu te bater.

— Não tão forte. — Esfrego o peito.

— Aff. Vai, rei do baile, me mostra o que você sabe fazer — provoca ele.

Seus olhos cintilam, revelando uma raiva genuína escondida por trás do sorriso malandro. Ele não está querendo brigar comigo *de verdade*… está?

Vemos Tanner nos alcançando, e então Rainn ataca novamente. Mal consigo evitar que seu punho atinja meu rosto.

Filho da puta.

Revido por instinto. Rainn gira o braço no último segundo para proteger o rosto, e meus dedos acertam seu ombro.

Tanner para derrapando bem nessa hora. Antes que ele consiga decidir o que fazer, Mason grita:

— Briiiiiiga!

Sabia que podia contar com ele. Tanner fica para trás enquanto as pessoas olham para cima e se aproximam pela areia.

Distração alcançada.

Todos começam a gritar, incluindo Mason, que, por algum motivo, fica berrando para a gente desembuchar tudo. Ele nitidamente não faz ideia do que está acontecendo.

No começo, desvio de todos os golpes de Rainn. Tendo um irmão como Adam, aprendi a ser rápido.

Adam é um cara forte. Era jogador de beisebol até estourar o joelho na primavera passada. Ele parece ser feito de materiais resistentes. Granito. Aço.

Já eu sou de borracha. Talvez de gelatina. Mas ele nunca me deixou vencer, nunca cedeu um centímetro. Quando eu estava no ensino fundamental e comecei a chegar em casa com os lábios sangrando e os olhos roxos, ele assumiu a tarefa de me ensinar a lutar. Não existia voto irônico na sexta série. Você era magro e sensível ou grande e mau. Adivinha qual deles levou a melhor?

Mas, graças a Adam, conquistei uma resistência muito boa. Rainn não sabe que passei o verão correndo no Green Lake e levantando peso na garagem com ele. Estou mais forte do que nunca. Mais forte do que Rainn pensa. E os socos fortes nas minhas costelas estão começando a me deixar irritado.

Eu me esquivo de mais um golpe e dou um soco rápido no queixo de Rainn, que ele mal consegue desviar.

— Vou chamar o sr. Beckett! — grita Leti Mitchell.

Merda. Não tinha pensado nisso.

Mas agora não posso parar. Rainn se assoma sobre mim e me dá um tapa na cabeça enquanto salta feito um boxeador. Ridículo. E ele quer Natalia. Ela acha que é fofo e tranquilo, mas, sendo alvo dos seus socos, vejo que há muito mais por trás.

Avanço, mas dou um soco no ar. Ele ri, e cada nervo humilhado do meu corpo ganha vida.

— Você consegue fazer melhor que isso — diz Rainn, levantando uma sobrancelha.

Vejo uma oportunidade e disparo para as pernas dele, mas ele me derruba junto consigo. Caímos estrondosamente na água, e o choque congelante me faz perder o fôlego. Minha pele está toda arrepiada, coberta de água salgada. Rainn se agita debaixo de mim e consegue me chutar para longe. Caio de costas na areia molhada, com uma corda de algas viscosas enrolada na perna. É difícil dizer, mas acho que algumas pessoas estão usando suas câmeras Polaroid para tirar fotos disso.

Os nós dos meus dedos estão em carne viva e minha sobrancelha está queimando como se estivesse cortada. Mas mal sinto a dor, com a adrenalina correndo em mim e a água gelada batendo contra os meus pés e minhas canelas, deixando minha calça mais pesada.

Rainn me levanta, mas afasto as mãos dele e dou um passo cambaleante para trás.

— O que vocês estão fazendo? — exclama Natalia.

Não sei se ela está gritando comigo, com Rainn ou com nós dois. Mas, assim que olho para ela, com os olhos arregalados e muito brava, fico ainda mais nervoso.

Brigando por você, penso.

Ele está vindo. Se exibindo para Natalia. Ele é rápido demais. Rainn continua atingindo meus antebraços, minhas costelas. Percebo remotamente que ele está me dando uma bela surra, mas já apanhei o suficiente nessa vida para saber quando recuar e quando continuar. Tenho que continuar.

— Acaba com ele, Anderson! — grita Tanner para Rainn.

Pelo menos, meu plano está funcionando. Tanner está distraído pela sua própria sede de sangue, e a carta que ele encontrou está segura no meu bolso.

Isso pode até ter começado como uma mentira, mas nenhum de nós está se contendo mais. Encaro Rainn e só vejo o cara que não para de abraçar Natalia. Ele tenta me prender em um estrangulamento patético, do qual me desvencilho com facilidade, não antes de dar um soco na altura do rim dele. Ele solta um grunhido feroz com o impacto.

Nossa plateia comemora. Prashant está de braços cruzados exibindo um sorriso cruel de vilão e observando o grupo animado à nossa volta. Ele acha que fiz isso por conta do que conversamos.

— Ethan, cuidado! — grita Claire.

Rainn acerta meu nariz com o cotovelo.

Não foi proposital, mas um efeito colateral da briga. Mordo a língua e o sabor quente de ferro enche minha boca. Cuspo na água, com a mente silenciosa e os batimentos acelerados.

Não sei quantos socos trocamos antes de ouvirmos o sr. Beckett nos mandando parar, a sra. Mercer logo atrás.

A multidão recua, de olhos arregalados e cobrindo a boca. Ouço um último clique lento e deliberado de mais uma Polaroid.

O sr. Beckett está nos encarando com as mãos na cintura.

— O que está acontecendo aqui? — grita ele.

Ele está possesso de raiva. Nunca o vi possesso de raiva. Estamos ferrados.

— A Liberty tem uma política de tolerância zero com violência física!

— A gente só estava brincando — diz Rainn, colocando o braço em volta dos meus ombros. O sorriso dele é tão leve que quase penso que tudo não passou de alucinação. — Né, Ethan?

Natalia nem me olha, as bochechas pegando fogo. Então me dou conta de que podemos ter sérios problemas. Afasto o braço de Rainn.

— É, a gente só estava brincando, e eu acabei me deixando levar um pouco — digo.

— Um pouco? Você está sangrando.

O sr. Beckett aponta para a minha testa. Toco a sobrancelha e estremeço com a água salgada, que faz o corte arder, mas vejo só uma gotinha de sangue nos meus dedos. Não é nada grave.

— Me cortei em uma pedra — falo, achando que na verdade foi Rainn.

O sr. Beckett olha para a sra. Mercer e levanta as mãos.

— Temos que mandá-los pra casa, não temos?

Meu estômago dá um nó. Eu nem queria ter vindo ao Senior Sunrise, para começo de conversa, mas agora não quero ir para casa de jeito nenhum. Preciso de mais tempo para ajeitar as coisas com Natalia. Precisamos encontrar as outras cartas. Isso não pode acabar assim. Por causa do *Tanner*.

Ou melhor, por minha causa.

A sra. Mercer nos observa.

— De todos os alunos que pensei que causariam confusão hoje, vocês dois eram os últimos da minha lista.

Rainn e eu trocamos um olhar.

— Desculpa. A gente faz isso de vez em quando... pensamos que seria divertido — falo, dando uma cotovelada nele.

— É, isso aí.

O sr. Beckett solta um longo suspiro e aperta a ponte do nariz.

— Amigos, *nunca* brinquem com violência física.

— A gente sabe. Não vai acontecer de novo — afirmo, com uma voz suplicante.

A sra. Mercer e o sr. Beckett têm uma conversa silenciosa. Ela dá um passo largo na nossa direção, nos observando atentamente. Depois de olhar dentro da minha alma, ela respira fundo.

— Está bem. Parece que tudo está resolvido. Não acho que teremos mais problemas.

Relaxo os ombros.

— Se saírem da linha de novo, vocês não só vão ter que ir pra casa, mas vão receber uma suspensão. Entenderam? — pergunta o sr. Beckett.

Assentimos vigorosamente.

— Ah, e vocês vão ficar encarregados da limpeza. Turma! Agora que está esquentando, podem aproveitar a praia. Tem pranchas e toalhas ali. Divirtam-se. Não ultrapassem as boias — diz o sr. Beckett.

Ele passa mais protetor solar no nariz pálido e ajeita o chapéu de palha na cabeça, visivelmente aliviado por não ter que interromper seu dia na praia com a papelada que uma briga de verdade demandaria.

Prashant sussurra um "Mandaram bem" ao passar por nós. Apesar de estar confuso, Rainn sorri para ele.

Agora que o show acabou, o pessoal sai para pegar pranchas ou para tomar sol. Rainn e eu ficamos olhando os alunos vestirem roupas de banho e entrarem na água enquanto seguimos o sr. Beckett até as mesas, de roupa molhada. Tiro a camiseta encharcada, que cai na areia fazendo barulho.

Assim que Tanner se afasta, distraído pelo anúncio de tempo livre na praia, enfio as mãos nos bolsos. Seguro as cartas, uma de cada lado: a primeira é a carta com tinta azul, e a segunda é a que Tanner encontrou. Uma está toda úmida e molenga, destruída. A outra está seca, já que surpreendentemente não molhou. Observo o papel seco e imediatamente vejo a sombra da tinta azul através das dobras.

Eu devia querer que as duas estivessem destruídas para me livrar da evidência, mas estou estranhamente aliviado por ela estar intacta.

Não é como se eu fosse ler... mas não posso negar que quero muito. Só para ver se é da Natalia. Não dei muita atenção a essa ideia, senão ela me engoliria vivo. Estou morrendo de curiosidade para saber o que ela escreveu, o que queria tanto pegar de volta.

Deve ser um assunto bem delicado. Sensível. Ela sempre foi discreta, dá para entender por que ela estava tão desesperada.

O sr. Beckett nos entrega sacos de lixo e panos para limpar a mesa do almoço.

— Seria melhor começar dando um jeito nessa sobrancelha. Onde é que está aquele kit de primeiros socorros? — diz ele.

Ele sai batendo o dedo no queixo, e tenho a sensação de que seria inútil em uma emergência de verdade.

Então fico sozinho com Rainn.

— Ei, hum… — Pigarreio. — Foi mal por ter te enfiado nisso. Tanner estava sendo um babaca e eu precisava… distraí-lo.

Olhamos para Tanner, deitado no sol feito uma estrela-do-mar, roncando. Bem. Pelo menos funcionou.

Rainn não fala nada. Pressiono um papel-toalha na sobrancelha e começamos a recolher as caixas de pizza e as latinhas de refrigerante em um silêncio tenso. Quero perguntar a ele por que está tão puto comigo. Mas ele fala primeiro:

— Eu vi o jeito como você a abraçou depois do jogo.

Então é por causa de Natalia. De algum jeito, sempre é.

— Ela quase desmaiou.

Ele fica imóvel e me encara.

— Eu gosto dela, Ethan.

— Você nem conhece ela. — Não era para dizer em voz alta. Merda.

Ele recua, ajeitando a postura.

— Claro que não. Ninguém a conhece como você. Você não quer ficar com ela, mas ninguém mais pode ficar, né?

Quem disse que eu não quero? Pelo menos não falo *isso* em voz alta.

— O que é que você…

— Você me falou pra ir em frente — continua Rainn.

Fecho os olhos, sentindo a culpa me corroendo.

— Eu sei.

— Você gosta dela?

Se eu gosto dela? Não seria mentira dizer não, eu… sinto *tudo* por ela. Mas não posso falar. Primeiro, porque não quero apanhar de novo. Depois, porque não quero falar para ele o que eu deveria falar para Natalia antes. Então não digo nada.

Depois de um minuto inteiro de silêncio, Rainn diz, irônico:

— Então é um sim.

O silêncio se alonga até que eu me inclino para catar um lixo, deixando escapar um grunhido.

— Não vou pegar tão leve com você da próxima vez — diz Rainn, olhando para a costela que estou esfregando com a mão livre. Ele meio que está sorrindo.

— Você é um babaca — comento, fazendo uma careta. — Desde quando você sabe lutar desse jeito?

— Passei o verão todo treinando no saco de pancadas da garagem — responde ele, dando soquinhos no ar. — Obrigado por reparar.

Como se eu pudesse não reparar. Não vai ser surpresa se as minhas costelas estiverem cheias de hematomas mais tarde. E apesar de não ter tido a intenção de elogiá-lo, pelo menos ele não está mais me olhando como se quisesse *me* socar.

— Mas você acertou uns bons golpes, rei do baile — confessa Rainn. Ele voltou ao modo tranquilo, e agora sorri. Atiro uma latinha na cabeça dele, e ele desvia com facilidade. — Mas sério, cara, e agora?

Natalia se aproxima com um kit de primeiros socorros, interrompendo minha chance de responder.

Rainn a observa caminhando diretamente até mim. Ela fica um pouco corada ao examinar meu torso nu e, em seguida, afasta meu cabelo da testa sem dizer uma palavra para avaliar o corte.

Cerro a mandíbula com a súbita proximidade — o calor da sua pele banhada pelo sol, o cheiro de jasmim do seu cabelo. Suas sardas estão mais escuras por conta da manhã ao ar livre, enfeitando seu nariz e bochechas. Tão linda. Até parece que eu não quero nada com ela. Quem não iria querer? Ela só precisa existir perto de mim para me fazer ter um colapso termonuclear por dentro.

Ela se vira para Rainn.

— O *que* foi isso?

— É culpa minha — falo. — Hum, Tanner estava sendo um idiota e Prashant disse que a gente devia fazer alguma coisa pra deixar a galera empolgada e… É isso.

Não posso comentar da carta na frente de Rainn. É uma desculpa tão boa quanto qualquer outra.

Natalia fecha os olhos, frustrada, e respira fundo.

— Não sei nem por onde começar. Vocês são uns moleques — murmura ela.

— Estou bem, aliás — comenta Rainn.

Natalia olha para ele com calma antes de voltar a atenção para a minha sobrancelha.

— Não está tão feio — diz Natalia.

Ela passa delicadamente as pontas dos dedos pela minha testa de novo, o que faz meu couro cabeludo se arrepiar. *Meu Deus*. Rainn ainda está nos observando, então me afasto por instinto.

Ela fecha a cara e abaixa a mão, com as bochechas ainda mais coradas.

— Desculpa, não toco mais em você.

O quê?

Rainn aproveita a oportunidade.

— É que você é tipo uma irmã pra ele. Né, Ethan? Não foi isso o que você disse na noite do baile?

Cuzão. Pelo visto, ele tinha que me dar outro soco. Aff, não foi *nada* disso que aconteceu. Meu coração acelera e giro para encará-lo.

— *Você* que falou isso.

Ele dá de ombros.

— A memória está um pouco confusa.

Viro para Natalia, que está inexpressível. Mau sinal.

— Ei...

— Tudo bem, Ethan. Eu entendo.

Então ela abre o sorriso mais triste da história dos sorrisos. Antes que eu possa atirar Rainn na porcaria do sol, Natalia enfia o kit de primeiros socorros no meu peito com mais força que o necessário, me fazendo estremecer.

E vai embora depressa, batendo os chinelos na areia. Não sou rápido o suficiente, e Rainn sai atrás dela antes de mim.

CAPÍTULO DEZESSEIS

Senior Sunrise, 13h

Não vou chorar por Ethan. Nunca mais vou chorar por Ethan. Pelo amor de Deus, alguém fala para os meus dutos lacrimais se acalmarem.

Tiro os chinelos, que estão me deixando lenta, e os atiro com força na areia. Eles caem de maneira ridícula, sem ligar para o meu acesso de raiva.

A areia está quente debaixo dos meus pés, me obrigando a caminhar até a água gelada. Quando é que vou entender que ele não gosta de mim desse jeito? Ele *recua* quando o toco. Respiro fundo. Mas… nosso beijo não foi assim. A coisa mais confusa sobre aquela noite é que ele estava a fim, isso ficou bem óbvio.

Enfim.

Talvez ele estivesse a fim *daquilo*, não de *mim*. Aí é que está o problema. A garota que faz os garotos fazerem coisas ruins não é a garota que alguém poderia querer. Que Ethan poderia querer. *O que eu já sabia*, então não sei direito por que meus olhos traidores estão se enchendo de lágrimas.

Atravesso a praia o mais rápido que posso, enquanto a tela na minha mente vai ganhando um tom cinza-escuro. Mentalmente, adiciono gotas grossas de tinta branca e verde-escuro, depois passo o pincel para misturá-las com as outras cores. Coloco cada vez mais tinta, até que o quadro esteja carregado. Oprimido com a pressão, pesado demais.

— Ei, Natalia, espera! — É Rainn.

Paro de andar e enxugo as lágrimas depressa. A água bate nos meus pés descalços enquanto ele se aproxima correndo.

— Podemos conversar?

Ele está emanando uma agitação nada típica. Assinto e começamos a caminhar. O sol está forte. Já posso sentir uma leve queimadura se formando. Arrumo o decote da minha regata, tentando me cobrir um pouco, esperando Rainn dizer alguma coisa.

— Desculpa pela briga. A gente só estava brincando e... não foi legal.

Olho-o de soslaio. Não acredito nem um pouco que eles só estavam brincando. Só não entendo *por quê*. Não existe nada mais confuso que drama de garotos.

— Não precisa pedir desculpa — falo.

— Mesmo assim — retruca ele, dando de ombros. Depois, Rainn pigarreia e acrescenta: — É só que... eu tinha esquecido como você e Ethan são às vezes.

— Como assim?

Ele afasta da testa o cabelo bagunçado e descolorido pelo sol.

— Você sabe que Ethan é como um irmão, mas... ele age como se ninguém mais entendesse você como ele te entende.

Franzo as sobrancelhas, meu coração batendo forte contra minhas costelas mais uma vez. Olho discretamente para Ethan, que está perto das mesas do almoço. Ele ainda está limpando — *sem camiseta* —, todo rabugento em meio ao vento. Penso na carta que ele escondeu no bolso. Em todos os segredos entre nós. Na nossa história. Rainn pode não gostar, mas é verdade. O que quer que eu e Ethan tenhamos, sei que é especial.

Então Claire se aproxima dele de maiô vermelho e cerro os punhos. Aposto que ele não a vê como uma irmã.

Eu me esforço para voltar a atenção para Rainn, que diz:

— Sei que somos todos amigos, mas... foi legal ter você só pra mim este verão.

Meus batimentos aceleram, pressentindo algo na cadência esperançosa da voz dele.

Ele fecha um olho e solta um barulho de nervosismo antes de estufar o peito.

— Beleza. Vou falar de uma vez: eu gosto de você, Natalia. Tipo, muito.

Pisco rapidamente. Ah.

O mar avança nas nossas canelas, mas estou perplexa demais para me mexer.

Eu só pensava nele como amigo… talvez porque eu estivesse sempre com a cabeça em Ethan. Ele é bem gatinho, além de ser surfista, e é tão tranquilo estar com ele. A gente se divertiu *mesmo* este verão.

Se Ethan não me quer, se ele só me vê como amiga ou como irmã ou sei lá, isso não quer dizer que eu nunca mais possa ficar com ninguém, certo?

Olhando nos olhos brilhantes e nervosos de Rainn, torço para que meu coração se abra para a possibilidade. Tento me imaginar passando mais tempo com ele, descobrindo-o de novos jeitos, relaxando de verdade junto com ele. Talvez essa seja minha chance de superar o que aconteceu com Ethan para que todos possamos seguir em frente.

Rainn olha para os meus lábios, e antes que eu tenha tempo de pensar, ele me beija.

CARTA PERDIDA DO LEÃO #3

Queria ser corajoso o suficiente pra finalmente falar com ele. O que significa quando você não consegue parar de pensar em alguém que não deveria querer? Porque eu _tenho_ que desencanar. Ele é hétero. Pelo menos é o que eu acho. Mas se eu fosse mais corajoso, acho que falaria com ele. Eu perguntaria se o jeito como ele me olha significa… algo a mais.

Deve ser coisa da minha cabeça. Odeio ter que sair do armário várias vezes. É exaustivo ter que fazer isso mais de uma vez. Esperar o momento certo. Mas tem que ser no momento certo. Tem que ser seguro. Sempre. Eu não mantive isso em segredo. Minha família sabe e eu só não quis transformar isso numa grande coisa na escola. Mas estou cansado de ninguém me entender e acho que o último ano seria melhor se alguém… me entendesse.

Principalmente Rainn.

CAPÍTULO DEZESSETE

Ethan

Senior Sunrise, 13h

Discretamente, fico olhando Rainn e Natalia caminhando na praia enquanto termino a limpeza das mesas do almoço. Primeiro, ele me dá uma surra, depois me deixa sozinho com essa bagunça. Escroto.

Sobre o que eles estão conversando? Por que não saí antes dele? Ela vive indo embora desse jeito sem me dar chance de falar *nada*.

— Achei você! — A voz de Claire invade minha tempestade interna.

Ela está correndo pela praia com uma prancha debaixo do braço. Seu cabelo preto com mechas azuis está molhado, caindo sobre os ombros. Ela está usando um maiô vermelho que é, hum, legal. Eu me obrigo a manter os olhos no rosto dela. Manchas rosadas colorem suas bochechas.

— A água está perfeita. Você devia entrar.

— Hum, talvez mais tarde — digo.

Quero ficar sozinho. Longe da... confusão de maiôs vermelhos.

Claire apoia a prancha na areia.

— Você está bem?

Dou de ombros para disfarçar a surpresa de ver que ela percebeu que não estou bem. Depois daquela briga, de brincadeira ou não, sei que as coisas com Natalia mudaram de novo. Mas Claire passa os dedos gentilmente pela minha sobrancelha, e percebo que ela está falando do machucado.

— Ah, sim. Estou.

— O que foi aquilo, aliás? Pensei que você e Rainn fossem amigos.

— A gente só estava brincando — falo automaticamente.

Não sei o que foi aquilo. A briga foi culpa minha, é lógico. Mas daí ele fez aquele comentário para me provocar. Para criar uma barreira entre mim e Natalia.

Claire morde o lábio como se quisesse dizer algo. E não leva muito tempo para tomar coragem:

— Ele acha que você está a fim da Natalia, né?

Adianta negar?

— É — respondo, suspirando.

Ela semicerra os olhos. Não está brava. Está fazendo a mesma expressão que os caras fazem na quadra antes da bola ser lançada ao ar para a partida começar.

— E você está?

Algo na voz de Claire me faz pensar que ela já sabe a resposta. Ou pelo menos que tem uma suspeita.

— A gente é amigo.

Não é mentira. Mas é o escudo que uso para me esconder.

— Por que ela está tão puta com você?

Hum. Claire é bastante... observadora. Não quero ser um babaca nem nada disso, mas, pelo amor, não é da conta dela. Devo estar prestes a perder o controle quando, por algum motivo, me pego respondendo:

— É que... a gente tinha um pacto que eu... hum, quebrei, acho?

Será que eu quebrei? Porque eu não quis ir até o fim? É por *isso* que ela está tão brava comigo? Eu nem sei mais.

— Pacto?

Dou de ombros de novo e tento sorrir. Apesar de não ter dito nada muito específico, uma onda de ansiedade me domina, como se eu tivesse falado algo. O pacto sempre foi segredo. Um segredo nosso. Nem Rainn ou Sienna sabem.

— Meio que… foi… Deixa pra lá.

Acho que Claire nem está mais me ouvindo, porque está olhando para algo além do meu ombro.

— Bem, dá pra ver que Natalia está a fim *dele* — comenta Claire.

Eu não devia olhar. Mas sou um imbecil com traços masoquistas. Quando viro a cabeça, vejo Rainn e Natalia se beijando na praia.

Não.

Está errado. Está tudo errado.

A forma como ela pressiona o peito de Rainn, como ele segura rosto dela. O rosto que eu toquei com meus lábios. Eu beijei sua pele macia e arranquei um som que só ouso lembrar quando estou sozinho. Se o flerte deles foi um tapa, isso é uma baita surra. Um nó apertado se forma na minha garganta.

Mesmo brigando por Natalia, eu perco.

Mas agora entendi a mensagem. Ela foi transmitida em alto e bom som. Não posso continuar fazendo isso comigo mesmo. E daí se eu quero ser mais corajoso para conversar com Natalia sobre tudo o que aconteceu? Tudo o que estou sentindo? Ela obviamente não quer falar *comigo*. Ela não quer acertar as coisas. Se quisesse, pararia de fugir. Pararia de acreditar no meu pior. Não *beijaria Rainn*.

Eu me viro para Claire. Gata e descomplicada. Gosto do jeito como ela franze o nariz quando sorri. Talvez eu possa ser descomplicado com ela. Talvez eu possa parar de me torturar com perguntas sobre o que eu deveria estar fazendo e quem eu deveria ser. Com quem eu deveria *estar*. Talvez eu possa só decidir. Daí quem sabe respirar não fosse tão doloroso.

Sustento o olhar dela por um segundo a mais.

— Quer saber? Acho que quero *sim* entrar na água.

O rosto dela se ilumina por inteiro. Vou até a barraca e tiro a roupa, ficando só de bermuda de praia e deixando as roupas no chão. Esquecendo completamente da carta no bolso do meu jeans. Esquecendo completamente das minhas promessas para Natalia.

Meu coração bate acelerado enquanto deixo Claire pegar minha mão e me conduzir até a água. Talvez seja isso o que o Rei do Baile faria. O Rei do Baile não teria um pai traidor de merda, não esconderia segredos da turma toda e não estragaria tudo com a melhor amiga por causa de um beijo.

Como está ficando cada vez mais insuportável ser eu, talvez eu realmente devesse tentar ser ele.

CAPÍTULO DEZOITO

Senior Sunrise, 13h07

O beijo de Rainn é um choque total para mim. Sua camiseta quente de sol contra o meu peito, o jeito como ele acaricia meu queixo, seus lábios, que nunca imaginei colados nos meus... Em vez de se abrir, meu coração se recolhe, batendo todas as portas e se trancando lá dentro. Está tudo errado.

Coloco as mãos no peito dele e gentilmente o afasto.

— Ah... desculpa. Eu pensei que... Me precipitei? — pergunta ele com as bochechas vermelhas.

— Você me pegou de surpresa — falo, dando uma risadinha sem graça.

— Certo. Entendi. — Ele também dá risada. — Vou te avisar da próxima vez.

Próxima vez?

Tudo que sinto é desespero. E pavor por ter que ser honesta com ele.

— Rainn... — começo.

Seu sorriso largo começa a murchar diante do meu tom.

Odeio pensar em magoá-lo, fazê-lo passar pelo que eu passei. Sei como é ser rejeitado, e é uma *merda*. Mas, se aprendi uma coisa, é que tudo piora quando a situação fica confusa demais. Preciso ser objetiva.

Junto as mãos suadas com o coração na boca e vou direto ao assunto:

— Desculpa, mas... não te vejo desse jeito.

Ele pisca. Uma vez. Duas vezes. Dez longos e tensos segundos se passam.

— Ah. Hum. Está bem…

Sinto o suor brotando debaixo da blusa, e uma gota escorre pelo meio das minhas costas. Ele me observa atentamente em mais um silêncio torturante. Então solta um suspiro.

— Forrester?

— Não, não é por causa do Ethan — falo depressa.

Rainn me olha incrédulo. Certo, não quero piorar tudo não sendo completamente sincera. Exalo.

— Está bem, não é *só* por causa do Ethan.

Ele assente como quem diz "Ahá".

— Sabia.

Luto para encontrar as palavras para falar em voz alta. Não contei para ninguém. Sempre que penso nisso, é como lixar uma pele em carne viva. Mas me obrigo a ser honesta, aberta.

— Talvez eu nem esteja aqui este ano.

Isso o pega desprevenido.

— O quê? Como assim?

— Minha mãe arranjou um trabalho novo e vai se mudar pra Sacramento. Talvez eu vá com ela.

Ele pisca devagar.

— Espera aí… Sacramento? É tipo a três horas de distância.

— Pois é.

— Quando?

Chuto a espuma do mar rodeando meus tornozelos.

— Ela vai amanhã.

— Mas as aulas começam na semana que vem.

— Eu sei. Está tudo acontecendo meio que em cima da hora — falo, mexendo na ponta da trança.

Ele fica em silêncio por um tempo, depois franze a testa.

— Certo… mas você disse que *talvez* vá com ela. Então tem alguma chance de você ficar? — pergunta ele, com um tom esperançoso.

Dou de ombros devagar.

— Meus pais não vão falar nada se eu decidir ficar, mas...

Paro no meio da frase porque sinto um nó na garganta.

Dizer em voz alta não torna as coisas mais fáceis. A escolha continua me parecendo impossível: de um lado, escolher minha mãe e abandonar minha vida, do outro, escolher meu pai e perder minha arte.

Rainn se anima:

— Ah, então você poderia morar com seu pai?

Como se fosse simples assim deixar minha mãe ir embora. Como se fosse simples decidir algo que vai alterar o rumo da minha vida.

Por mais que ela me irrite, por mais que esteja estragando tudo ao ir embora, não a culpo por querer se mudar. No fundo, não a culpo. Sendo auditora fiscal, ela vai ter a chance de atuar como diretora financeira de um departamento inteiro. Ela me contou com orgulho que é a primeira mulher latina a assumir essa posição no escritório. Ela merece.

Mas entender a situação não torna a escolha mais fácil.

Ainda quero fazer tantas coisas na Liberty, ainda quero conquistar tanto. Finalmente estou em um lugar onde eu poderia fazer diferença para os futuros bolsistas, um lugar em que tenho um pouco de influência. Se eu for corajosa o suficiente para desencanar de Ethan e ninguém descobrir as cartas e conseguir sobreviver a este dia, eu poderia aproveitar o ano.

Às vezes eu me pergunto se morar com meu pai poderia ser bom.

Não sei se é porque ele não entende de arte, não entende de garotas ou não me entende. Ou talvez porque metade de mim é de uma etnia e cultura que ele nunca vai poder pertencer, mas sempre tivemos problemas para nos conectar. Talvez se morássemos juntos, só nós dois, isso pudesse... nos ajudar.

Mas ter a chance de recomeçar de verdade, de frequentar uma escola que não exija perfeição, onde eu poderia pintar sem ter que me esconder e onde tudo o que rolou com Ethan ficaria para trás... Não vou mentir, mas está ficando cada vez mais tentador.

— É, talvez. Sei lá.

Rainn assente devagar.

— Tá. Olha, foi mal por, tipo, beijar você — diz ele, corando de novo.

Quero me enterrar na areia. Quero que ela me engula para eu não ter que continuar essa conversa. Mas balanço a cabeça e falo:

— Não, tudo bem. Você sabe que eu te amo como amigo...

— Ah, por favor, não faz isso — retruca Rainn, fazendo uma careta.

Engulo o resto das palavras e me envolvo com os braços, me sentindo horrível.

Ficamos nos encarando e a carranca desaparece do rosto dele, revelando o constrangimento.

Quero abraçar o amigo que mora dentro do cara que estou magoando.

— Desculpa. Você... está bem?

Ele evita meu olhar.

— Sim.

Ele enfia as mãos no fundo dos bolsos da calça *tie-dye*, ainda molhada da briga, olhando para todos os lados menos para mim. Ele está se fechando, e detesto isso.

Geralmente, estou sempre resolvendo problemas. Mas hoje, tudo o que fiz foi causá-los.

— Como posso te ajudar? — pergunto.

Ele dá uma risadinha.

— Hum, tentando ser menos gata?

Estremeço. Sei que ele acha que é um elogio. Sei que está tentando fazer uma piada para aliviar o clima, mas a frase bate errado. Como se eu tivesse forçado as coisas para que ele gostasse de mim. Como se eu tivesse o seduzido de propósito.

Uma sereia. Aquele tipo de garota que faz os garotos fazerem coisas ruins.

Gargalhadas atravessam a praia. Todo mundo está aproveitando o dia. Vejo que Ethan terminou a limpeza e está no mar, com a água na altura dos quadris, e Claire em suas costas nuas. Ela solta um gritinho toda vez que uma onda se quebra sobre eles.

— Ethan! Não se atreva! — berra Claire.

Ele levanta as mãos, e ela cai direto na água. Ela emerge, rindo, e o empurra para uma onda que se aproxima. Ele ressurge e sacode a água do cabelo.

— Você vai me pagar por isso! — grita ele, sorrindo. Brincalhão.

Claire sobe nas costas de Ethan novamente e ele envolve as mãos em suas coxas fortes de dançarina, e nunca estive tão perto de virar uma homicida.

Tudo que sei é que dói. Muito.

Mas não, isso é bom. É melhor assim. Mesmo que eu não consiga respirar. Mesmo que meu peito pareça vazio. É melhor. É assim que vou conseguir deixar Ethan ir.

Volto ao presente quando uma onda gelada atinge minhas canelas, molhando minha legging do joelho para baixo. Mantenho os olhos na maré espumosa subindo devagar pela costa.

— Alguém mais sabe dessa história de Sacramento? — pergunta Rainn.

Ele me encara intensamente.

Tem uma outra pergunta dentro dessa pergunta: *Ethan* sabe?

— Não, só você — respondo.

Rainn abre um sorriso triste. Quase recomeço a chorar quando ele estica o braço para mim, em uma nítida e amistosa oferta para que eu me aconchegue ao seu lado.

Não mereço isso, mas aceito mesmo assim.

Porque, se eu acreditasse em sinais, talvez eu tenha acabado de receber o sinal que precisava para finalmente tomar a decisão.

CAPÍTULO DEZENOVE

Ethan

Senior Sunrise, 14h

Dou o meu melhor. Deixo Claire subir em mim, mesmo que o toque de sua pele na minha produza uma sensação estranha. Jogo água nela e dou risada quando me empurra. Flertamos, brincamos e tento relaxar. Tento me divertir.

Saímos da água e ainda temos algum tempo antes do percurso com obstáculos, então voltamos para o acampamento para nos trocar. Ao sair da barraca, me deparo com Claire me esperando e... usando o meu casaco. Tudo bem. Não ligo e voltou a ventar, então acho que faz sentido, já que ela está com frio. Mas tem algo de errado que não consigo ignorar.

— Quer dar uma volta? — pergunta ela.

— Está bem.

Claire sorri e se gruda em mim. Estremeço. Minhas costelas estão sensíveis e doloridas por conta dos socos de Rainn. Eu me afasto lentamente conforme caminhamos pela trilha que conecta o camping à praia.

— Passei o dia todo morrendo de vontade de ficar a sós com você pra conversar — comenta ela.

A gente se divertiu na água. Ela é gata. O Rei do Baile não ligaria para o desconforto que está sentindo, então também tento não me importar.

— Ah, é? Sobre o quê?

Ela abre um sorrisinho sedutor.

— Você sabe que estou me inscrevendo pra todas aquelas faculdades de teatro, né?

Assinto.

— Estava me perguntando se eu podia, tipo, pedir uns conselhos para o seu pai sobre o que eu deveria incluir na inscrição. Talvez ele até conheça…

Como não falo nada, ela continua:

— Sem pressão! É só que, depois de *Mamma Mia!*, ele me falou que estaria à disposição, mas não sabia como chegar nele direito. Tipo, será que eu devia ligar? Mandar um e-mail? Falar com os assessores dele? Sei que ele não passa muito tempo em casa, então pensei que *você* pudesse me dar uma dica. Agora que a gente está, tipo, junto.

Aí está. O arremate, *finalmente*. É lógico que Claire não gosta de mim. Ela só está me usando para se aproximar do meu pai. Ta-dã! Todo aquele flerte, elogios, toques… era só para isso.

Essa é a concretização de um dos meus piores medos. Bem, junto com descobrir que uma garota foi paga para sair comigo ou precisar de um pacto para alguém me beijar, então são três de três. Qual é o meu prêmio?

— Lógico — falo com uma voz desprovida de emoção. — Vou pedir para o assessor dele entrar em contato.

Ela solta um gritinho e aperta meu braço.

Beleza, não posso fazer isso. A vida do Rei do Baile é tão cagada quanto a minha. Paro de andar e a encaro. Reúno toda a minha falsa confiança para dizer:

— Só que a gente… não está junto.

Ela arregala os olhos.

— Hã? Como assim?

— Hum… eu não quero ser seu namorado?

Eu me odeio por falar como se fosse uma pergunta. Ela está me encarando como se eu fosse um babaca. E, bem, acho que sou. Não sou tão inocente nessa história. Sei que estava explorando esse lance com ela em parte porque estou lambendo as feridas causadas por Natalia, o que não é justo. Mesmo que ela não tivesse aberto o jogo sobre meu pai, depois de tudo o que aconteceu hoje, seria bem péssimo deixar esse lance com ela continuar estando com a cabeça tão ferrada por causa de outra garota. Eu não devia nem ter deixado isso começar. É só que tudo saiu do controle rápido demais para eu fazer alguma coisa.

— Por quê? — pergunta Claire em um tom agressivo.

— Acho que seria melhor... sermos só amigos.

Sinceramente, eu queria correr o mais longe e rápido possível na direção oposta.

— Não pra mim. — Ela cruza os braços. — Não quero ser só sua amiga.

Franzo a testa. Nunca fiz isso antes, mas tenho quase certeza de que quando uma pessoa quer terminar as coisas, a outra não pode simplesmente... se recusar.

— Certo, mas... — Coço a nuca, sem palavras. — Eu quero.

— O que foi que eu fiz?

Solto um longo suspiro.

— Nada. Bem... quer dizer, não gosto quando as pessoas falam do meu pai desse jeito...

Claire semicerra os olhos.

— Desse jeito como? Falando que ele é talentoso e legal?

Aff, não estou mandando nada bem. Esfrego os olhos.

— Não... não é...

Eu ia dizer que não é *ela*, mas não posso terminar essa frase porque, por mais que eu tenha outros motivos, também é ela.

Natalia passa pela gente carregando uma caixa gigantesca de bandanas a caminho da pista de obstáculos. Eu me recuso a olhar para ela. Mas só consigo por três segundos.

— Ah — diz Claire, chamando minha atenção de volta para ela.

Ela estava me observando e fecha os olhos devagar.

Não preciso dizer nada, porque quando me encara, nossas bochechas ficam vermelhas. A minha de vergonha, a dela, de fúria incandescente.

— Não é…

— Vá à merda, Ethan.

E ela sai batendo os pés.

Acho que essa não é uma boa hora para pedir o casaco de volta.

CARTA PERDIDA DO LEÃO #4

O fato de que eu morreria para cantar com Claire nem vem ao caso, porque não consigo subir naquele palco nem para tentar. Não sou nem um pouco capaz de fazer o teste para o musical da primavera, que é a única coisa que eu faria se tivesse mais coragem. Enfim, duvido que Claire iria querer que eu dividisse o palco com ela, depois que eu bebi todas e fiquei falando que ela é talentosa e gostosa naquela festa no verão. Todos os pensamentos que já tive sobre ela simplesmente foram cuspidos para fora da minha boca até que ela me beijou, provavelmente só para eu calar a boca, já que ela nunca mais falou comigo. Humilhante.

Eu me imagino de pé cantando uma música só para ver a cara deles. A cara dela. É impossível. Como eu poderia subir em um palco quando, só de pensar nisso, minha pressão sobe em um nível nada saudável? Sem falar daquela vez que tentei cantar em público e vomitei nos sapatos. Clássico.

Nunca me sinto tão bem quanto quando estou cantando. Mas eu deveria fazer qualquer outra coisa antes de me dedicar à porcaria do teatro musical. Me colocaram neste corpo com este cérebro. Tenho muitos outros objetivos e outras opções. Passei esse tempo todo na Liberty me preparando para outras coisas além de cantar. Então o que posso fazer se realmente tenho talento para isso?

Quando penso em sair da Liberty sem nem pisar naquele palco... sinto uma dor aguda. É minha última chance. Beleza. Se eu tivesse mais coragem, tentaria esquecer Claire e o teste para o musical de primavera deste ano. E se eu tivesse mais coragem mesmo? Nunca pararia de cantar.

CAPÍTULO VINTE

Natalia

Senior Sunrise, 14h30

Aff. Está na hora do temido percurso com obstáculos. E se eu tiver que fazer dupla com alguém abominável? Tipo a *Claire*. Briguei com Prashant e com o conselho todo para não termos que fazer esse jogo quando estávamos planejando neste verão, mas fui voto vencido. Pelo visto, ficar vendado e ser conduzido por outra pessoa por um caminho cheio de obstáculos é "divertido", e não "meu pior pesadelo".

— É que você tem dificuldade de confiar nos outros — diz Prashant quando reclamo mais uma vez.

— Sua mãe é quem tem — murmuro.

— E tem mesmo. É por isso que ela se tornou psiquiatra, e por isso eu sei tanto sobre o assunto.

Ele abre um sorriso gentil, e eu caio na gargalhada. Ele também.

O sr. Beckett coloca as mãos na boca como se fosse um megafone e fala:

— É hora de formarmos as duplas! Peguem uma bandana! Este é um exercício de vínculo, então quem tiver a mesma cor que a sua é sua dupla. É proibido trocar!

Todos correm para a caixa de bandanas. Deve haver pelo menos trinta cores de vários tons ali. Pego a que está mais próxima, um coral brilhante. As pessoas começam a comparar suas cores e procurar suas duplas. Olho em volta e vejo Mason Hartman cumprimentando Rainn com as bochechas coradas.

— Cara! Ninguém nunca me escolhe! Isso é *ótimo*!

— Pois é, eu não escolhi — diz Rainn, segurando sua bandana amarela. — O que não é legal, então é, cara, vamos! — Rainn sorri.

Eles se cumprimentam de novo com suas bandanas amarelas. Rainn me olha com pesar por não termos pegado a mesma cor. Retribuo o olhar.

Vou ver se Sienna pegou a bandana coral. Mas, quando a encontro, ela está se aproximando de Leti com um tecido marrom na mão. Leti está segurando a mesma cor, toda corada e nervosa. Sienna e Leti ficam lado a lado trocando sorrisinhos, e não consigo sentir nada além de empolgação por elus.

Bem, lá se vão mais dois. Um pequeno botão de medo começa a florescer. Posso recitar o nome de todos os alunos da última série em ordem alfabética, mas não *conheço* muito bem nenhum deles. Estou sempre ocupada demais trabalhando para fazer as atividades acontecerem. A sra. Mercer insistiu que hoje eu participasse de tudo justamente por esse motivo. Megairritante.

Eu me aproximo de Prashant, todo infeliz parado ao lado de Janelle, com suas bandanas azul-marinho pendendo das mãos. Eca. Sigo procurando a outra bandana coral. Vejo branco, verde, azul-celeste, laranja, fúcsia. Nada de coral.

Quando estou prestes a verificar se sobrou alguma bandana na caixa, Claire e Ethan se materializam na multidão. Meu estômago dá uma cambalhota por dois motivos: ela está com o casaco de basquete dele e vejo a bandana coral na mão de Ethan.

Quero virar o rosto para o céu ensolarado e gritar: *Por que está fazendo isso comigo?*

Toda vez que tento tomar distância de Ethan, somos forçados a nos aproximar.

Claire me nota primeiro, reparando no tecido na minha mão. Ela me lança um olhar fulminante, e ao passar por mim, bate o ombro no meu.

O que foi *isso*? Mais uma demarcação de território, como aquela foto de antes?

Várias pessoas soltam um *uuuuh* baixo e olham para mim, esperando a minha reação. Elas cochicham umas com as outras ou se entreolham cúmplices, observando eu, Ethan e Rainn. E agora Claire. Aff, aquela briga ridícula deve ter feito todos pensarem que estamos envolvidos em algum tipo de drama. Endireito a postura e mantenho a expressão neutra. Não vou dar esse gostinho a eles.

É exatamente por isso que ando tão estressada pensando que alguém pode encontrar as cartas perdidas. Só precisam de um pedacinho de informação para criarem toda uma narrativa sobre você. Seja verdadeira ou não. Se descobrirem o que eu fiz hoje, tudo o que eu fiz na Liberty nos últimos anos vai pelos ares — a história que vão criar vai ser a única coisa em que vão acreditar. Eu sei.

E esse é o motivo de eu estar com tanto medo da *minha* carta ser uma das que estão por aí. Sem contexto, ela é um barril de fofocas sobre Ethan. Por mais confusa que eu esteja sobre a nossa amizade, não quero que ninguém tenha material para usar contra ele. Ele já sofreu bullying suficiente nessa vida.

Até agora, tive sorte por ninguém ter encontrado nenhuma carta, mas sei muito bem que isso pode acabar a qualquer minuto.

Ethan finalmente vê a bandana na minha mão, solta um longo suspiro e se aproxima, e fica nítido que ele está tão irritado quanto eu por termos que formar uma dupla.

Ele não me olha e para a poucos centímetros de distância. Nenhum de nós fala nada.

A sra. Mercer anuncia as regras:

— Um de vocês vai ficar vendado e o outro vai conduzi-lo por meio dos obstáculos apenas com palavras. *É proibido tocar!* Se tirarem a venda, vocês estarão desclassificados. O objetivo dessa atividade é aprender a se comunicar e confiar no outro, habilidades fundamentais tanto na Liberty quanto na vida. Escolham quem vai ser o líder e quem vai ficar vendado.

Ethan se vira para mim, inexpressível. Como se fôssemos estranhos. Ele afasta os cachos da testa, ainda molhados da brincadeira na água com Claire. Fico pensando nela grudada no corpo de Ethan enquanto a pele deles brilhava ao sol. Por que ela precisa ficar me mandando esses recados quando já o conquistou?

Não posso ligar para isso. Não devo ligar. Não *quero* ligar. Mas eu ligo. Muito, muito mesmo. Um milhão de possíveis começos de frases morrem na minha língua.

O sr. Beckett coloca as mãos em volta da boca de novo.

— Vamos, pessoal!

Então, Ethan finalmente diz:

— Obviamente você é que vai ficar vendada.

Arregalo os olhos.

— De jeito nenhum.

— Se alguém aqui precisa de uma ajudinha pra confiar nos outros, é você.

— Por que todo mundo fica me falando isso?

— Talvez porque seja verdade?

Não respondo, e Ethan ergue as sobrancelhas, na expectativa. Aff, não temos tempo para isso.

— Tá.

Ignoro a bandana que ele estende para mim e uso a minha para me vendar. Não porque ele tem razão, mas porque não quero olhar para o rosto perfeito dele. O mundo fica escuro e começamos.

Ouço todo mundo dando risada, tropeçando e se divertindo. Mas Ethan é basicamente monossilábico.

Vira. Dá um passo pra frente. Outro passo.

Quando faço alguma pergunta, ele suspira alto, como se fosse a maior perda de tempo. Dá para ver que ele está chateado com algo que vai além de sermos uma dupla, mas não faço ideia do quê.

Ele vai me guiando, mal-humorado, por várias curvas que parecem estar nos levando cada vez mais para longe da área principal da praia, e logo as outras vozes começam a se distanciar. As instruções vão ficando mais detalhadas à medida que avançamos.

— Vira à direita e anda em linha reta por uns vinte passos — diz ele.

— Vinte? Esse percurso é longo desse jeito?

Faço o que ele pede. Depois de alguns minutos, estou completamente desorientada. Não ouço mais ninguém à nossa volta. Será que estamos tão na frente ou tão para trás assim?

— Tem alguém perto de terminar? — pergunto.

— Huuum. — Parece que ele está se inclinando para a frente ou para trás para ver melhor. — Acho que Claire e Tanner... dê um passo largo para passar por uma pedra.

Obedeço. E quase tropeço quando ele diz:

— Aliás, Tanner encontrou uma carta.

— O *quê?*

— Ele pegou o papel porque viu o nome dele, mas não leu. Eu dei um jeito.

— Quando? Como? — pergunto com uma voz estridente, incrédula.

— Você estava lá. Vira pra esquerda.

Eu me viro devagar, e então a ficha cai.

— Então *esse* era o motivo da briga com Rainn?

Ele hesita antes de falar:

— Mais ou menos.

Apesar de não estar vendo-o, sei que Ethan está escondendo mais alguma coisa. Mas não pergunto mais nada, porque a frustração está emanando dele feito ondas.

Ethan me salvou... mais uma vez. Ele preferiu virar um saco de pancadas.

— Obrigada por isso.

— Não precisa me agradecer. Eu também iria me ferrar.

Certo. Então provavelmente não tem nada a ver comigo. Ele estava no lugar errado na hora errada quando eu deixei aquelas cartas escaparem. Ele só estava se protegendo — e não *me* protegendo.

Seguimos em um silêncio tenso, e não sei o que toma conta de mim, a não ser o fato de que me sinto mais ousada com essa venda.

— Você e Claire parecem próximos.

— Natalia — responde Ethan, sério.

— O que foi?

— Não faz isso, tá? Você não tem o direito.

Bufo e levanto os braços.

— Como *assim*? Por que está tão bravo comigo?

Na escuridão, seu suspiro pesado é minha única pista de que algo feroz está prestes a se libertar.

— Sei lá, talvez porque você foi embora naquela noite? Ou porque você me ignorou o verão todo? Ou talvez porque você beijou um dos meus melhores amigos? Escolhe uma opção!

Levanto as mãos para tirar a venda, mas ele segura meu pulso com seus dedos quentes para me impedir.

— Não faz isso, vamos ser desqualificados.

Tudo o que ele disse fica pulsando entre nós, e é uma *tortura* não poder olhar para ele. Porém, todos os meus outros sentidos estão em chamas. Ouço sua respiração rápida, sinto sua mão no meu pulso.

— Não podemos nos tocar — solto.

— Tá — diz ele baixinho.

Mas Ethan não me solta. Não preciso ver para saber que ele está me encarando.

Para saber que ele está mais chateado do que eu pensei.

Eu me detenho na última coisa que ele falou. O beijo com Rainn.

— Você viu? — pergunto com uma voz trêmula.

Ele solta minha mão, sua amargura distorcendo o elo entre nós.

— Você estava no meio da praia, Natalia. Todo mundo viu.

Tem algo ali que eu não tinha percebido até agora. Não é só ciúme. Ele está sofrendo. Odiei me sentir tão impotente vendo-o com Claire o dia todo. Não posso fazer nada com o que Ethan sente por ela, mas talvez eu possa começar a ser sincera com os meus próprios sentimentos.

Falo com uma voz gentil:

— Ethan, eu não gosto do Rainn. Pensei que a gente só estava brincando. Eu não sabia o que ele sentia. Mas não me sinto do mesmo jeito.

Ficamos em silêncio. Mais um silêncio extremamente longo preenchido pelas ondas se quebrando ao fundo. Meu coração bate em um ritmo desenfreado.

— Você não gosta dele? — pergunta Ethan, enfim, com uma voz carregada de algo que não sei identificar.

— Não. Não gosto.

Dou um grande passo para trás para inspirar um ar que não tenha o cheiro dele.

— Espera… — começa Ethan.

Tarde demais.

Meu tornozelo fica preso em um pedaço de alga lisa e caio para trás em cima de uma rede de vôlei. Antes que eu atinja a areia, Ethan agarra meu pulso de novo com seus dedos fortes e me coloca de pé, me fazendo trombar em seu peito em um movimento rápido.

Com a venda nos olhos, todo o resto parece se aguçar. O coração dele batendo forte contra o meu, o hálito quente na minha bochecha. Meus lábios estão perigosamente perto de seu pescoço.

Tento recuar, mas sinto um puxão na cabeça.

— Ai.

Ethan para atrás de mim.

— Ah, merda. Seu cabelo está preso na rede.

Ele está tão perto que sinto a vibração da sua voz nas minhas costas. Então ele move as mãos e seu ombro toca o meu enquanto tenta me soltar.

Depois de alguns segundos, Ethan fala:

— Preciso desfazer sua trança.

— Tudo bem, faça o que precisar, só me solta dessa rede antes que eu...

Paro de falar quando sinto os dedos dele no meu cabelo. Fico aliviada por ele não poder ver meus olhos se fechando.

Mais um momento se passa, mais algumas batidas do meu coração acelerando com seus dedos quentes no meu cabelo, e pronto. Estou livre.

Ainda assim, nenhum de nós se mexe.

Não é minha intenção, não é consciente, é como se eu fosse puxada por uma força magnética... e eu me inclino para trás. Sinto a leve pressão dos meus ombros contra o peito dele, seu hálito no meu pescoço. A respiração de Ethan muda. Fica mais rápida.

Ele solta meu cabelo e desliza os dedos devagar pelos meus braços, tão suavemente que poderia ser uma brisa. Mas é Ethan.

— Está com frio? — pergunta ele baixinho.

Estou toda arrepiada, mas não poderia estar com menos frio agora, mesmo se tentasse.

— Estou bem — falo com uma voz rouca.

Já não consigo mais pensar. Quando ele toca meus pulsos daquele jeito suave, minhas mãos trêmulas se esticam por conta própria, convidando-o a entrelaçar seus dedos nos meus.

Mas ele não faz isso. Ethan abaixa a mão abruptamente e se afasta.

Franzo o cenho, e a venda escorrega um pouco pelo meu nariz. Então eu a tiro de uma vez, cansada desse jogo — cansada *desses* jogos — e me viro. O sol está tão forte que tenho que piscar várias vezes antes de conseguir enxergar direito.

— Ótimo, agora estamos desclassificados — diz ele.

Mas tem alguma coisa na expressão de Ethan...

Olho em volta. Não há nenhum obstáculo nem ninguém nesta parte da praia. Ninguém da Liberty nem de qualquer outro lugar. Estamos *completamente* sozinhos.

Distraída por um momento, falo:

— Pra onde foi que você me trouxe?

Ele comprime os lábios, achando divertido, e dá de ombros.

— O mais longe possível. Queria ver por quanto tempo você seguiria minhas instruções antes de fazer isso. — Ele faz um gesto para a venda na minha mão. — Você aguentou muito mais tempo que pensei.

— Ethan! — Dou um tapa nele, tendo que morder o lábio para não dar risada. — Você é tão…

— Esperto? Engenhoso?

— Execrável.

Ele balança a cabeça devagar.

— Caramba, você manteve a aliteração, tenho que respeitar isso.

Ele estica a mão em punho para me cumprimentar, mas *não* cedo.

Quanto mais nos encaramos, mais a alegria vai desaparecendo do ar.

— A gente devia voltar — dispara Ethan, olhando ao redor.

— É tudo o que você vai dizer? — pergunto.

Será que ele vai simplesmente ignorar o que quer que tenha rolado aqui? Porque acho que não consigo mais.

— O que quer que eu diga, Talia? — pergunta ele, sem fazer contato visual.

Levo cerca de vinte batidas velozes do meu coração para conseguir respondê-lo.

— Só… me fala o que estamos fazendo — sussurro.

Ele me olha de um jeito que faz eu me arrepender de ter tirado a venda. Intensamente. Corajosamente. Como se estivesse no meio da minha tempestade, no único lugar calmo dentro de mim. Ele fala com uma voz rouca e baixa:

— Não *posso*.

Ele passa a mão pelo cabelo. Olha para minha boca antes de me encarar. E continua:

— Mas a gente *tem* que conversar. Porque estou enlouquecendo.

Não estou entendendo nada. Sou tão ruim nesse tipo de conversa... mas agora que ele falou um pouco por que está tão bravo e chateado, estou desesperada para saber mais. Quero saber *tudo*. Tipo, por que ele me rejeitou? Por que ele fica com ciúmes em um minuto, e, no outro, se afasta? E Claire?

E por que está parecendo que ele quer me beijar, quando ele deixou explícito que não quer nada comigo?

Ele tem razão. Está na hora de conversamos. Sobre tudo. Respiro fundo e assinto.

— Tá.

Ele também assente devagar, relaxando os ombros.

— Tá?

— Tá.

Um apito estridente atravessa a praia, seguido pelo sr. Beckett correndo em nossa direção, desesperado, agitando os braços. Suas bochechas inflam quando ele assopra um apito de futebol. Acho que já faz um tempo que sumimos.

Voltamos para o percurso e cruzamos a linha de chegada. Estão todos nos esperando. Mas a única coisa que vejo é Rainn com um papel amarelo nas mãos.

CAPÍTULO VINTE E UM

Ethan

Senior Sunrise, 15h35

Ele sabe.

Fico parado na linha de chegada do percurso com obstáculos como se estivesse pregado no lugar. Encaro Rainn com o papel amarelo na mão. Ele pisca, olhando para a carta, enquanto seu rosto se franze e seu sorriso tranquilo é substituído por perplexidade.

Ele levanta a cabeça e olha em volta freneticamente, como se estivesse procurando o responsável por aquilo.

Será que é a minha carta? A de Natalia? Ou de outra pessoa?

Enfio a mão no bolso para me certificar de que a primeira carta ainda está lá. Está. Me provocando.

Natalia e eu trocamos um olhar. Os olhos dela estão arregalados de pavor. Mantenho as mãos para baixo e respiro devagar. *Não entre em pânico*. Eu consertei as coisas com Tanner. Posso fazer isso de novo.

Finalmente me movo, mas devagar. Não quero chamar atenção. Precisamos chegar nele antes que alguém perceba o que ele está segurando. Precisamos explicar o que aconteceu.

Natalia caminha ao meu lado, exalando medo.

Rainn nos observa, e quando o encaro, desesperado, ele entende. Ele pode não ter os detalhes, mas agora sabe que Natalia e eu estamos envolvidos.

Eu me aproximo no mesmo instante que ele tenta enfiar a carta no bolso discretamente. Seguro o braço dele e digo:

— Ei, cara, podemos conversar?

Ele assente e começa a caminhar comigo. Mas, no desespero, puxo seu braço com força demais e ele tropeça, acidentalmente derrubando o papel.

Janelle se vira bem nessa hora e vê a carta caindo na areia.

— O que é isso? — pergunta ela.

Akira Kurosawa foi o primeiro diretor a usar a câmera lenta, no filme *Os Sete Samurais*. De alguma forma, ele descobriu antes de todo mundo que há momentos na vida em que o tempo desacelera só o suficiente para que se perceba que nada vai ser o mesmo quando ele acelerar de novo.

Janelle pega o papel com suas unhas compridas e postiças e o lê depressa, antes que alguém a impeça. Não restou ar algum no meu corpo.

— Ah, meu Deus! — exclama ela. — É uma Carta do Leão!

Algumas pessoas a ouvem e se viram para ela.

Ela gira, gritando:

— Claire!

Claire se aproxima sem o meu casaco, me olhando com cautela.

— Sim? — diz ela.

— Olha só pra isso — comenta Janelle alegremente, enfiando o papel na cara de Claire.

Eu devia arrancar a carta das mãos dela e sair correndo para salvar quem quer que a tenha escrito. Mas primeiro preciso saber o que Janelle sabe. Preciso saber exatamente quão ruim é a situação. Fico parado atrás dela, com o coração batendo tão rápido que posso até senti-lo nas têmporas, e leio o texto depressa por cima do ombro dela.

Não entendi o objetivo disso. O que é que as pessoas estão escrevendo? Elas estão mesmo desabafando em um pedaço de papel que só vai virar lixo? Tem gente chorando de verdade.

Cara, às vezes eu odeio este lugar. Não sou como Natalia, que precisa de um pacto pra fazer algo que a amedronta. Não preciso de jogos pra ter mais coragem. Enfrento todos os dias com coragem. Quando vejo um problema, eu simplesmente lido com ele. Quando quero algo, eu vou atrás.

Jackson Ford era um problema, e agora ele se foi.

Eu gosto de Sienna, então vou atrás dela.

Pronto. Simples. Não tenho por que chorar.

Meu rosto está impossivelmente quente. Não é a minha carta, mas… isso não é nada bom. Natalia contou para alguém sobre o pacto? Mas… juramos nunca contar. Essa carta foi escrita antes de eu mencionar o assunto com Claire. Alguém mais deve saber. Será que é de Rainn? Será que é por isso que ele ficou tão nervoso?

Mas não, ele não gosta de Sienna. *Ou gosta?* Observo meus amigos, me perguntando se eu os conheço mesmo.

— Alguém fez Jackson ser demitido — diz Claire, exalando uma raiva contida.

— Aquele cara era um bosta — responde Rainn.

Olho-o desconfiado. Meu Deus, será mesmo dele?

Claire lança um olhar fulminante para ele.

Por quê? Rainn não está errado, Jackson era mesmo um bosta. Ele só conseguiu concluir um semestre na escola de teatro antes de voltar para trabalhar na Liberty. Claire pode até gostar dele como diretor e tal, mas ele era aquele tipo de cara com quem eu nunca deixaria uma garota sozinha.

— Você sabe quem escreveu? — pergunta Claire para Janelle.

— Alguém que gosta da Sienna — responde Janelle, contorcendo os lábios de empolgação. Depois de uma pequena pausa, ela acrescenta: — E não gosta da Natalia.

Rainn olha para Natalia cheio de empatia. Certo. Ele não escreveria algo assim sobre ela. Então quem escreveu?

Natalia sai do seu torpor ao ouvir seu nome.

— O quê? — pergunta ela com a voz tensa.

Estico o braço para pegar o papel.

— Espera aí, não... — digo.

Mas é tarde demais. Claire o entrega para ela e depois me encara.

Observo o rosto de Natalia se contorcer com a crueldade desdenhosa do texto. Dá para saber o momento exato em que ela lê sobre o pacto porque seu rosto fica pálido. Por que tiveram que falar dela? Por que tiveram que mencionar nosso pacto? Bem, acho que foi porque não era para ninguém ler.

Meu Deus, não sei como esse dia pode piorar.

— Que pacto? — pergunta Janelle para ninguém em particular.

— Provavelmente é o pacto que Ethan comentou, né, Ethan? — questiona Claire.

Ah. Já sei como esse dia pode piorar.

Natalia fica boquiaberta, me encarando com uma expressão que me acusa de traição total.

Janelle arranca a carta das mãos frouxas dela, sem tirar os olhos de nós enquanto a enfia no bolso.

— Talia, não foi bem assim... — começo.

Mas ela balança a cabeça e vai embora. Sem olhar para ninguém. Ela passa por Prashant com a prancheta em riste e pela sra. Mercer, que tenta lhe fazer uma pergunta.

Aquela expressão...

— Natalia! — grito.

Ela não para. Não se vira. E sai correndo. Como sempre.

— O que está acontecendo? — sussurra Rainn no meu ouvido, com uma agitação incomum na voz.

O que é que eu… faço? Será que confesso o que sei? Digo alguma coisa sobre como as cartas escaparam? Como acabei me enfiando nessa? Que ela causou essa confusão e jurou consertar? Se antes eu achava que estava confuso, essa coisa com ela faz até mecânica quântica parecer simples.

Antes que eu possa responder, Sienna me chama.

— Ethan? A Natalia está bem?

Todos nos viramos ao mesmo tempo. Sienna e Leti Mitchell estão se aproximando, deixando seu grupo para trás. *De mãos dadas*. Fico empolgado por Sienna, que é a fim de Leti há *séculos*.

Então Claire semicerra os olhos e a ficha cai. A carta é de Leti.

Eu devia fazer alguma coisa para avisar.

O que Leti escreveu sobre Natalia não foi legal, mas também não era para ninguém ler. Não é como se Leti estivesse tentando magoá-la, e não consigo não pensar que se Natalia não tivesse causado essa confusão com as cartas, ela nunca saberia. Além disso, Ford é um inútil que provavelmente merece tudo o que lhe aconteceu. Se Leti tem algo a ver com isso, então merece uma homenagem.

Se mexa, Ethan.

Mas não consigo. Janelle me aterroriza desde o sexto ano, e aparentemente estou tendo flashbacks. Meus pés se fundiram na areia, e minha voz fica presa no espaço entre o que é certo e o que é egoísta: a autopreservação.

Janelle não perde um segundo quando Leti e Sienna se aproximam.

— Pelo visto vocês se aproximaram bastante durante o percurso com obstáculos, hein? *Você realmente foi atrás do que queria*, Leti.

Sienna me olha com uma cara que diz: "Por que Janelle Johnson está falando com a gente?"

Antes que eu possa responder, Claire fala:

— Você fez Jackson Ford ser demitido?

Leti arregala os olhos, soltando uma risada de surpresa.

— O quê?

— A gente sabe que você fez alguma coisa — insiste Claire.

Sienna franze o cenho.

— Você não viu aquela nojeira que ele publicou? Foi *aquilo* que o fez ser demitido.

— Aquilo não ajudou, mas não foi o único motivo — responde Leti, dando de ombros.

Sienna ergue as sobrancelhas, e Claire torce as mãos como se estivesse torcendo o pescoço de Leti.

— Eu não tive que fazer muita coisa. Só contei pra administração o que eu sabia — diz Leti.

Janelle se aproxima um pouco e pergunta:

— O que você disse?

Leti hesita, olhando para Claire por um segundo a mais antes de voltar a atenção para Janelle.

— Não importa.

Claire exala devagar, relaxando um pouco a postura.

— Tanner vai surtar quando souber.

Ah, é, eles são amigos. Não foi Janelle quem falou que Tanner foi para uma festa do Jackson Ford ontem à noite? Meu Deus, não acredito que Natalia pensou que Tanner fosse *remotamente* bom para ela.

Então Leti se vira para Sienna para explicar:

— O sr. Ford é o cara que te falei… o que publicou *nudes* da minha irmã depois que eles saíram. Eu tive que fazer algo.

— Que babaca — solta Janelle, e depois olha para Claire. — Sempre o tolerei porque ele era seu peguete de bêbada, mas você nunca me disse que ele era nojento desse jeito.

Claire balança a cabeça depressa.

— Não, ele não era, não — insiste ela.

Não sei quem ela está tentando convencer.

— Por que você está defendendo ele se Leti acabou de contar o que ele fez? — pergunta Sienna, furiosa.

Claire envolve os braços em volta de si.

— Ele não está aqui pra se defender! Toda história tem dois lados, e várias pessoas confiavam nele e se preocupavam com ele... — Ela se interrompe e fica encarando a areia.

O silêncio é nauseante. Rainn e eu trocamos um olhar confuso. Estamos a um passo de distância quando Janelle fala para Claire:

— Você falou que nunca rolou nada.

Ahhh.

— *Janelle!* — exclama Claire.

Janelle faz uma careta.

— Ops.

Puta merda. Claire e Jackson Ford? Mas ele é um adulto com barba e tudo. E era o diretor de Claire, além disso. Que canalha.

— Claire... — começo.

Ela se vira para mim com olhos semicerrados.

— Nem vem fingir que se importa comigo agora, Ethan.

Nossa. Tá... certo.

— Eu...

Prashant aparece nessa hora e por sorte me corta. Ele bate na prancheta.

— Oi? Alguém me ouviu? Vamos voltar para o camping agora.

Claire aproveita a chance e sai batendo os pés.

— Desculpa, já vamos — responde Janelle, sorrindo.

Prashant semicerra os olhos, estranhando a doçura na voz dela. Enquanto recua devagar, olhando Janelle de canto, ele aponta para mim.

— Precisamos da Natalia de volta. Você pode ir... — ele gira o pulso, como se procurasse a palavra certa — dar uma de Ethan com ela?

Sinto um calor subindo pelo pescoço pela forma como ele fala. E noto quando Rainn revira os olhos também. Engulo a ansiedade e assinto. Eu já ia procurá-la mesmo. A única vez que vi aquela expressão no rosto de Natalia foi quando ela teve um ataque de pânico bem grave durante as provas finais. Foi horrível.

Quando Prashant se afasta, Leti pergunta para Janelle:

— Como você descobriu o que eu fiz?

Em vez de responder, Janelle grita:

— Espera… tem mais uma ali!

Pelo visto, tem como tudo piorar muito.

Meus músculos finalmente se conectam ao meu cérebro e eu me coloco na frente de Janelle para bloqueá-la. Como se isso pudesse evitar algo, porque não vou conseguir impedi-la. Ela bufa e passa por mim, pegando uma carta presa no alto, entre as flores que margeiam as falésias ao longo da praia. Janelle é uma jogadora de vôlei bem alta e pega o papel com facilidade.

Ela dá uma olhada na carta e cobre a mão com a boca.

— Ah, *meu Deus*.

Ela volta correndo, agitando as duas cartas que tem nas mãos. Leti e Sienna arregalam os olhos.

— O que está escrito? — pergunto.

— Ah, Ethanpédia, sempre desesperado pra saber das coisas. — Janelle fala com desdém.

Eu a encaro, furioso. Mas não tenho tempo para essa besteira. A cada segundo que se passa, fico mais preocupado com Talia. Preciso encontrá-la. *Agora*.

— *Por favor*, Janelle. — Tento mais uma vez.

Seu sorriso de pena se alarga devagar.

— Não posso. — Ela enfia a segunda carta no bolso junto com a primeira. — Alguém andou roubando a jarra de biscoitos, e vou descobrir quem foi.

CAPÍTULO VINTE E DOIS

Natalia

Senior Sunrise, 15h47

Eu me afasto o máximo que posso antes que meus pulmões se comprimam como se não houvesse oxigênio suficiente no mundo que pudesse me salvar. Engulo o ar salgado do oceano em suspiros minúsculos e urgentes. Cada respiração exige mais dos meus pulmões, e minhas costelas se expandem quando tento puxar mais ar, contraindo o abdômen. Não é o bastante.

Obrigando minhas pernas pesadas a trabalharem, corro mais rápido em direção ao muro de contenção que separa a praia da ciclovia. Eu me jogo nele, me escondendo ali, de frente para a vastidão selvagem do oceano. A solidez da pedra me mantém de pé enquanto minha visão fica turva e depois escurece. As sombras tomam conta de todos os meus nervos. Minha pulsação é uma britadeira determinada a abrir meu peito enquanto o resto do meu corpo fica entorpecido.

Como é que posso estar suando tanto se estou tão gelada? Se eu conseguisse pensar direito, se eu conseguisse *respirar*, eu resolveria tudo. Consertaria tudo isso. Mas a única coisa que ouço é a voz presunçosa de Claire falando "O pacto que Ethan comentou, né, Ethan?". Tudo que vejo impresso na minha mente são as palavras da carta: "Não sou como Natalia, que precisa de um pacto pra fazer algo que a amedronta."

É assim que alguém me vê. Talvez seja assim que todos eles me enxergam. Todos sabem que a Natalia Legal não existe. Ela é só uma fachada para a Natalia medrosa e fraca. E agora eles sabem que as cartas se perderam. É só uma questão de tempo até descobrirem que fui eu. Está tudo acabado. Tudo que construí na Liberty.

Pressiono as mãos contra os olhos e me afundo mais na vergonha.

Então ouço passos no concreto cheio de areia.

— Natalia?

Ethan. Ele fecha a mão forte e firme no meu braço, afastando a minha do rosto. O calor flui através do seu toque como uma fresta de sol em um dia frio. Nossos olhos se encontram. Seu olhar calmo é como uma respiração profunda. Está tão cheio de preocupação e *compreensão* que deixo escapar um som estrangulado.

— Vai embora — solto. — *Por favor*.

— Nem ferrando.

Sem hesitar, ele se abaixa até ficar na minha altura, com as pernas compridas dobradas embaixo de si.

Não tenho forças dentro de mim para retrucar, então desmorono.

— Está tudo bem. — Ele faz carinho no meu cabelo. — Acho que você está tendo um ataque de pânico.

Assinto. Esse é bem ruim. É como se todas as coisas que venho tentando manter dentro de mim estivessem finalmente livres para causar estragos. Olho para todos os lados e meus pulmões se recusam a se expandirem. Minha pulsação está errática. Rápida demais, depois devagar demais. Estou morrendo. Quando seu coração para de trabalhar direito, sem dúvidas significa que você está morrendo.

— Ei, olha pra mim.

Eu olho.

— Você está segura. Respira comigo.

Ele olha no fundo dos meus olhos e inspira devagar e profundamente. Tento imitá-lo, mas não consigo. Mesmo assim, ele assente, me encorajando sem tirar os olhos de mim. Inspirando e expirando.

Ele é um farol nesta tempestade, sua presença é meu porto seguro. Não desvio o olhar, e meus pensamentos correm em centenas de direções. As cartas, meus pais, a mudança, Ethan e Claire.

Segredos, desilusões, incertezas e nunca, jamais fazer *nada* certo. Eu só pioro as coisas quando tudo que tento fazer, tudo que quero fazer, é melhorar as coisas. *Ser* melhor. Mas ninguém vê as tentativas. Ninguém liga para elas.

Eles querem a perfeição, e depois querem ainda mais. As metas estão sempre mudando, o padrão está sempre mudando. É sufocante e impossível, mas, de novo e de novo e de novo, é isso que se espera de mim. O que espero de *mim mesma*. Só que nunca é bom o suficiente.

Estou sempre decepcionando alguém.

Será que todos vão ficar bem? E Ethan e eu?

Será que algum dia vou ficar bem?

Tento respirar fundo.

— Isso — diz Ethan.

A voz dele é tão calma e calorosa que sinto a pressão das lágrimas brotando dos meus olhos de novo. Ele assente e respira, assente e respira.

Este garoto nunca me pressionou. Ele nunca, nem uma vez, me pediu para ser outra coisa senão exatamente quem eu sou.

Esse pensamento é uma âncora, e eu me agarro nele para me salvar.

Minha respiração se estabiliza, trêmula e curta, e depois de alguns minutos fica um pouco mais lenta. Continuo seguindo seu ritmo, me concentrando no cheiro de sol emanando dele e no ar entrando e saindo dos meus pulmões. Devagar, bem devagar, minha visão clareia.

Depois de alguns minutos, não sinto mais que estou sendo espremida de dentro para fora. O rugido do oceano absorve o rugido da minha pulsação, e estou de volta, na minha praia favorita, com minha pessoa favorita.

Ethan percebe a mudança e se acomoda ao meu lado, envolvendo meus ombros com um dos braços e pressionando a lateral do seu corpo no meu. É bom.

— Está melhor?

Faço que sim.

— Melhor, mas... preciso te perguntar uma coisa.

— Qualquer coisa.

— Como é que Claire sabia do pacto?

Ele fica imóvel. Não me parecia algo real, algo que Ethan realmente fosse capaz de fazer até este momento, quando a culpa se espalha por todo o rosto dele. Pelo menos ele não tentou negar.

— Não contei nada específico — responde ele. — Estávamos conversando e... meio que deixei escapar.

Quero acreditar. Estou tão desesperada para que as coisas entre nós fiquem bem que me obrigo a ficar calma.

— Certo... mas por que você estava conversando sobre isso com ela e não *comigo*?

Ele suspira.

— Natalia, por favor, me conta em que momento eu poderia ter chegado em você pra falar: "Ei, rapidão, podemos conversar sobre aquela vez que a gente quase transou?"

Enterro o rosto em chamas nas mãos.

— Ah, meu Deus, Ethan.

— Viu? É isso que você faz quando eu tento conversar com você. Você... se *dissolve* e vai embora. Mas aconteceu. *Por favor*, para de agir como se não tivesse acontecido.

Aí está. Aconteceu. Pressiono as bochechas nos joelhos e nossos olhares se encontram.

— Tá bem, me desculpa.

Então relaxamos de um jeito que ainda não tínhamos feito o dia todo.

— Por que Leti sabe? — pergunta ele.

Franzo o cenho.

— Eu não contei nada. Por que contaria?

Ele dá de ombros.

— Então por que estava escrito na carta?

— Era de *Leti*?

Penso na carta e percebo que elu devia estar falando do nosso acordo sobre a escola de arte. Falo isso para Ethan, que solta uma risadinha sem graça.

— Aff, esse dia está uma merda.

Pergunto o que mais aconteceu depois que fui embora, e ele me conta tudo: o que Leti fez para forçar o horripilante Jackson Ford a ser demitido e que ele tem quase certeza de que Jackson e Claire tiveram um lance. Esse segredo nunca teria sido descoberto se eu não tivesse perdido as cartas. Por mais que Claire me irrite, me sinto mal por isso.

E ele enfim me conta que Janelle encontrou outra carta, mas não revelou o que estava escrito nela.

— Eu me sinto mal por quem quer que seja — digo.

— Eu também.

Trocamos um olhar desconfortável.

— É só uma questão de tempo até ela descobrir o que aconteceu.

— É, talvez — Ethan murmura, pensativo. — Você não acha… que seria mais fácil se você só contasse pra todo mundo o que aconteceu? Você disse que foi um acidente…

— *E foi*.

Ele comprime os lábios e assente.

— E se eles acharem as outras cartas? Temos sorte do Tanner não se lembrar e Leti não ter escrito nada tão pessoal. Mas as outras talvez sejam e… não quero ver Janelle acabando com mais ninguém. Acho que a gente devia contar a verdade.

Espero meu coração acelerar de novo, o que não acontece. O pânico se esgotou. Afinal, por que estou me escondendo? *Foi* um acidente. Se eu falar a verdade, talvez eles entendam.

Na pior das hipóteses, se eu confessar tudo, ninguém mais vai ficar chateado.

— É... você tem razão — digo.

Os ombros de Ethan relaxam de alívio.

Quando me aproximo dele, ele estremece, como se estivesse com dor. Ele muda de posição, se ajeitando com cuidado.

Eu me inclino para poder me virar para ele. Estamos tão perto que consigo ver a barba rala na sua mandíbula.

— Você está bem?

— Estou — responde ele, estremecendo de novo.

Examino seu torso, onde sua outra mão está parada, e entendo.

— Rainn... te machucou *mesmo* naquela briga, né?

Ele faz que sim com a cabeça.

— Estou bem.

Semicerro os olhos. Ethan levou uma cotovelada no nariz no ano passado durante um jogo. O sangue escorreu do seu rosto, mas ele deu de ombros, dizendo que estava bem. Mesmo depois que descobriram que seu nariz estava quebrado e ele passou uma semana com o olho roxo. Ele só diz que está "bem" porque não quer ser um fardo para os outros.

— Me. Deixa. Ver. Isso — falo, puxando sua camiseta.

Depois de um segundo tenso, ele libera minhas mãos e assente. Levanto a camiseta dele devagar, e puta merda. Metade das suas costelas e dos músculos das costas estão cobertos de vergões vermelhos e hematomas roxos. Passo os dedos levemente pelos machucados, e sua pele quente fica arrepiada.

— Acho que não foi de propósito. Você sabe que eu fico roxo fácil — comenta ele, leal como sempre.

Quero puxá-lo para um abraço apertado. Quero confortá-lo e acalmá-lo da mesma forma que ele fez comigo. Quero deixar o cheiro dele penetrar na minha corrente sanguínea de novo. Mas algo em sua postura rígida me impede.

Solto sua camiseta, que cai no meu pulso. Minha mão ainda está em suas costelas nuas. Nós dois percebemos ao mesmo tempo que meu polegar está distraidamente fazendo pequenos círculos em sua pele. Ele ergue os olhos devagar e me encara.

Olho para ele, e uma onda de emoção me invade. Ele está me olhando daquele jeito que dissolve todas as minhas defesas, como se ainda me restasse alguma. A cada minuto, estou sendo cada vez menos cuidadosa com Ethan. Nós dois temos esse costume de realmente nos concentrarmos um no outro, sabendo quando o outro não está bem.

Mas não quero que o que quer que esteja rolando entre a gente seja por obrigação. Como quando eu não como direito. Não quero que ele sinta que é tarefa dele me consertar ou algo assim.

Mas quero que a gente consiga se abrir um para o outro de novo.

Abaixo a mão depressa e digo:

— Rainn me perguntou se era por sua causa, sabia?

Ele fica nitidamente confuso.

— O quê?

— Se eu não queria ficar com ele… por sua causa.

Observo Ethan engolir em seco.

— O que você disse?

Antes que eu lhe conte tudo, preciso cuidar de mim e entender o que eu quero. Pra valer.

Coberta de adrenalina e exausta, sustento o olhar dele e simplesmente digo:

— A verdade.

CAPÍTULO VINTE E TRÊS

Ethan

Senior Sunrise, 16h12

Ela está tentando me matar? *A verdade*. Meu Deus, o que significa isso?

Espero que ela elabore. Mas fica por isso mesmo. É como se quisesse me manter ardendo de incerteza. Eu não deveria ficar surpreso. Natalia odeia falar sobre sentimentos. Ela sempre foi assim. E agora que acabou de ter um ataque de pânico, não parece o momento certo para pressioná-la.

Normalmente, ela fica mais falante depois de comer. Não vai ser um golpe se for *verdade*. Né?

— Que tal um último docinho antes de enfrentar o pelotão de fuzilamento? — pergunto, fazendo um gesto com o queixo para a pequena mercearia no topo da colina perto do acampamento. — Por minha conta.

Ela sorri. Já está parecendo mais leve do que esteve o dia todo. Vai ser bom contar o que aconteceu. Mesmo que fiquem com raiva, vai ser melhor do que magoar mais alguém.

Subimos a colina e seguimos para a mercearia. A loja tem tudo quanto é coisa cafona de praia, além de um congelador com casquinhas de sorvete e picolés. Natalia escolhe dois sorvetes e então nos aproximamos do caixa. O funcionário está com os olhos grudados em uma televisão atrás do balcão, passando um programa com o rosto do meu pai estampado na tela.

Claro.

Uma bela apresentadora de longos cabelos loiros anuncia com uma voz alegre:

— Roger Forrester, conhecido por seu papel icônico no popular drama político *The Beltway*, nos contou um pouco sobre a nova temporada.

Enrijeço. Essa entrevista de novo. Está sendo exibida em todos os lugares, já que a nova temporada estreia na semana que vem. Meu pai aparece e a entrevista obviamente foi filmada na *nossa casa* durante o verão, quando eu estava em Seattle visitando Adam. Foi a última vez que ele apareceu.

Natalia se remexe ao meu lado, e vejo que ela está olhando para a televisão com os olhos semicerrados. Meu pai está sentado à mesa de jantar, onde hoje de manhã enfiei uma tigela de cereal na cara e minha mãe fingiu não ter passado a noite toda chorando.

No programa, a mesa está vazia, em vez de coberta de correspondência, e tem uma planta de merda que eu nunca vi antes. Meu pai está usando uma camisa bege. Ele tem aquela barba curta e perfeitamente pensada para fazê-lo parecer que é um cara que faz jardinagem ou algo assim. Ele abre um sorriso caloroso, encarnando o epítome do homem de família, acessível e simples. Sua marca.

Estou com raiva de novo.

Perguntam em quem ele se inspirou para fazer seu personagem, Jonathan Reid.

— Na minha família — responde ele. — Não importa em quais esquemas políticos ele esteja trabalhando, a prioridade número um de Jonathan Reid é a família.

Quase esmago a casquinha na mão. O programa mostra uma foto de nós quatro na viagem para Tahoe no ano passado. Parecemos uma família feliz de causar inveja.

Mas, na verdade, aquele foi o único dia que passamos ali. Minha mãe foi chamada para uma cirurgia de emergência no hospital, então tivemos que voltar mais cedo, e meu pai foi embora depois do Ano-Novo para uma filmagem de dois meses na

Europa. E quando voltou, ele estava... diferente. Foi quando comecei a suspeitar.

— Não importa quantos papéis eu assuma na tela — a câmera dá um zoom no rosto emocionado do meu pai —, o papel de pai é o único que importa pra mim.

Dou uma risada alta.

Nossa. Quase tenho vontade de aplaudir, a performance dele é excelente. Bato a mão no balcão, segurando o dinheiro e chamando a atenção do funcionário. Ele arregala os olhos, indo de mim para a televisão.

— Você não é...

— Não, não é — diz Natalia, me puxando para fora da loja.

De volta ao ar salgado, solto um longo suspiro. Meu pai. Meu pai *babaca*, mentiroso e traidor.

Abro a embalagem de plástico do sorvete com tanta força que quase derrubo tudo no chão.

Natalia coloca uma das mãos no meu braço para me tranquilizar, me fazendo uma pergunta sem nem abrir a boca. Mas o que é que posso dizer?

Que de algum jeito o mundo continuou girando como se tudo estivesse normal quando, na verdade, a minha cabeça colapsou dentro de uma mensagem?

Natalia está me olhando. Esperando. Eu devia estar ajudando-a a pensar como ela vai contar para todo mundo o que aconteceu com as cartas, e não preso em uma espiral de autopiedade. Mas ela está com aquele olhar teimoso de novo, e sei que não vai me deixar evitar o assunto dessa vez. Passo a mão pelo cabelo.

— O verão... foi uma merda — admito.

A preocupação se espalha pelo rosto dela.

— Sério? Aconteceu alguma coisa com Adam?

Balanço a cabeça.

— Não, ele está indo muito bem, na verdade.

Natalia assente, aliviada.

É como se eu tivesse que forçar fisicamente as palavras a saírem.

— Meu pai foi embora. Logo depois do baile.

Ela fica totalmente imóvel.

— O que houve?

— Ele traiu minha mãe — falo, olhando para os meus sapatos sujos.

Não falo mais nada. Não consigo. Não posso contar a ela sobre as mensagens, o ultimato. Sobre aquele silêncio pesado no momento em que ele me contou que estava indo embora. Sobre como senti uma fúria tão forte crescendo dentro de mim que eu poderia transformar a casa em pó com apenas um soco. Mas não fiz nada disso. Porque se eu desmoronasse, minha mãe não aguentaria. Adam não aguentaria. O que eu preciso não importa, se eles não estiverem bem.

Minha mãe ainda não sabe da traição. E eu *detesto* saber.

— Ah, Ethan…

Ela diz meu nome como se fosse um sussurro no escuro. E eu quase me desmancho ali mesmo.

Fungo, ignorando a gentileza. Eu não a mereço.

— Estou bem.

Ela inclina a cabeça para o lado daquele jeito que faz quando está vendo através de mim.

— Você *não* está *nada* bem.

Não é uma sugestão nem uma pergunta, ela simplesmente *sabe*. E isso por si só já é capaz de fazer os meus olhos arderem. Porque é claro que ela está certa. Ela me enxerga.

Tudo o que posso fazer é abaixar a cabeça e dizer:

— Você tem razão. Não estou bem.

Natalia dá um passo na minha direção e coloca a mão no meio do meu peito, com a palma no meu esterno. O toque, tão suave quanto o sol poente, pulsa através de mim. É tão inesperado — não o toque em si, mas ela me tocar desse jeito. É… profundo. Ela espera que eu a olhe nos olhos.

Quando faço isso, ela fala com uma voz baixa e determinada:

— Mas você vai ficar.

Quero acreditar tanto nela que até dói. Assinto, pegando sua mão e segurando-a contra o meu corpo. Ela pisca, surpresa, mas não se afasta. Então ficamos ali parados nos encarando. Ela prende o cabelo em uma trança bagunçada, o que faz meus dedos se contorcerem para desfazê-la.

Em vez disso, puxo gentilmente a ponta da trança, como se estivesse tocando um sino.

— Linda.

Noto as bochechas dela ficando vermelhas, o que melhora meu humor mais do que deveria.

Quanto mais tempo ficamos ali parados, mais preciso conter a vontade de trazer sua boca à minha. Meu Deus, como quero isso.

Mas Natalia fecha os olhos, quebrando o clima ao dizer:

— Eu sou *tão* escrota. Eu devia ter estado ao seu lado durante o verão, mas fiquei tão presa na minha cabeça… — Ela me olha. — Desculpa *mesmo*.

Dá para ver que ela está sendo sincera. Mas sou tomado pela frustração porque, sim, ela desapareceu exatamente quando eu mais precisava dela. Tento afastar esse sentimento, sabendo que não é só culpa dela. Além disso, ela também estava passando por problemas familiares que eu não sabia.

— Me desculpa também.

Há mais coisas a serem ditas, muito mais, no entanto "desculpa" é um bom começo. Aperto a mão dela, e nos afastamos para caminhar em um silêncio amigável por algum tempo, seguindo em direção ao grupo.

Quando chegamos, Natalia pergunta de repente:

— Hum, por que Claire está te olhando como se quisesse te esfaquear?

Acompanho o olhar de Natalia. Claro, Claire está me olhando do acampamento como se quisesse saborear um bom regicídio do rei do baile.

— Eu terminei com ela antes do percurso com obstáculos — digo.

Observo o perfil de Natalia atentamente, mas ela não revela nada. Tudo o que ela diz é "Ah".

— Pois é.

Eu quero afirmar o óbvio em voz alta — que parece que finalmente o universo, o tempo ou o destino estão do meu lado. Do nosso lado. Mas pode ser só uma ilusão. Principalmente porque ela não me contou qual é "a verdade" dela, e eu não sei se é a mesma que a minha.

— Por quê? — pergunta ela.

Coço a nuca.

— Não gosto dela desse jeito. E acho que ela só estava a fim de mim porque pensou que eu tinha conexões ou algo assim.

— Com...?

Sinto o rosto esquentar.

— Hum... Hollywood, acho?

— Como? — pergunta ela, arregalando tanto os olhos que eles parecem prestes a saltar para fora da cara.

Ela está sendo propositalmente irônica para fazer eu me sentir melhor, e eu sorrio, entrando no jogo.

— Ah, eu não sabia se você sabia... Putz, isso é meio estranho. — Abaixo a voz para um sussurro: — Meu pai é Roger Forrester.

— Nunca ouvi falar dele — afirma ela.

— Ele é *muito* famoso — digo, assentindo todo sério, interpretando meu papel. — Então, tenho várias admiradoras com intenções potencialmente... nefastas, sabe?

— Ah, se elas soubessem dos seus momentos mais vergonhosos... Eu poderia espalhar que você tem um pijama do *Star Wars*... Ah! Ou que você teve uma crise existencial envolvendo dragões quando tirou o siso — sugere ela.

— Ei, eu nunca fiquei tão arrasado como quando descobri que não poderia montar num dragão.

— Ah, eu sei. "Mentira pra criança! Você sabia, Natalia? É tudo mentira!" — grita ela, citando meu colapso.

Caímos na gargalhada. A risada dela é gutural, liberando os últimos fragmentos do ataque de pânico. O sol está batendo no seu cabelo, e nossa, ela é tão linda. Quem é que seria capaz de olhar para Natalia rindo desse jeito, com sorvete escorrendo pelos dedos, e não ia querer se lembrar disso? Pego uma câmera Polaroid na mesa de piquenique perto de nós e tiro uma foto.

— *Ethan*, eu estou nojenta — diz ela, cobrindo os olhos com a mão livre.

Nojenta? Já vi Natalia vomitando no acostamento, enjoada da viagem. Já a vi tonta e pálida inúmeras vezes durante sessões de estudos noturnas. Já a vi descascando de queimadura de sol e passando mal de ressaca. E ela nunca me pareceu nojenta.

— Impossível — digo.

Mostro a foto para ela. Está maravilhosa.

Ela morde o lábio inferior para conter o sorriso. Não dá certo, o que conto como uma grande vitória.

Enfio a foto no bolso e meus dedos tocam na primeira carta que encontrei. Me pergunto pela milionésima vez se é de Natalia. E pela milionésima vez, digo a mim mesmo que não posso ler.

Quando passamos tão facilmente de assuntos difíceis para piadas internas, quando a faço rir ou quando ela me toca como se suas mãos pudessem curar minhas feridas mais profundas, tenho a sensação avassaladora de que a gente poderia dar certo juntos. Tipo, *realmente* dar certo.

Mas ela não sabe que sou o mentiroso que virou as costas para a própria mãe para que seu pai pudesse ter seu caso. Será que ela me olharia desse jeito de novo se soubesse?

Tudo bem ficar mais um tempinho sem saber a resposta.

CAPÍTULO VINTE E QUATRO

Natalia

Senior Sunrise, 16h49

Quando nos aproximamos das barracas, vemos todos reunidos em seus grupinhos, visivelmente nervosos. Ethan e eu passamos por um grupo cochichando uns com os outros e olhando em volta. Diminuo o passo ao ouvir do que estão falando.

— ... a Carta do Leão de alguém.

— Onde estava?

— No chão. Parece que não foi só uma.

— Ah, meu Deus.

Meu estômago se agita quando passamos por outro grupo.

— Soube que Leti fez o sr. Ford ser demitido. Acho que foi por causa de *revenge porn*.

— Ouvi falar que foi porque ele e Claire Wilson estavam ficando... pelo menos é o que uma das cartas que Janelle encontrou dizia.

— Bem, agora a gente sabe como Claire conseguiu o papel.

— Para com isso! Ela é boa.

Outro grupo:

— Como Janelle conseguiu essas cartas?

— Ela *achou*. Alguém está espalhando as cartas por aí onde *qualquer um* pode encontrar.

Ethan e eu trocamos olhares desconfortáveis. A coisa está se espalhando rápido. Minha mente está ficando conturbada de novo e as brasas do pânico estão se acendendo.

Algumas pessoas estão caminhando juntas como se estivessem procurando algo. Debaixo dos bancos e no mato. Estão caçando cartas, o que significa que estou ficando sem tempo.

Uma rajada de vento sopra, bagunçando meu cabelo e fazendo meus braços se arrepiarem.

— Está frio — falo, fazendo um gesto para a minha barraca. — Te vejo daqui a pouco?

Ele concorda, como se soubesse que o que preciso fazer de verdade é me recompor para decidir o que dizer durante a confissão. As palavras ficam desordenadas quando estou nervosa. Preciso ficar sozinha para pensar. Só por um minuto.

Mas quando entro na barraca para pegar o moletom, congelo. O que é isso? Meu saco de dormir está todo amassado na lateral, em vez de arrumado no meio. Minhas roupas e canetas e cadernos estão para fora da mala, sendo que lembro muito bem de guardá-los antes do jogo de vôlei.

Alguém entrou aqui.

Mais uma rajada de vento intenso sacode a barraca enquanto dou uma olhada na mala. Não tem nada faltando. Se não pegaram nada, o que estavam procurando?

Respiro fundo. Talvez eu esteja exagerando.

Talvez tenha sido Sienna, que está sempre despreparada para dormir fora e que já mexeu nas minhas coisas para pegar pasta de dente ou absorvente mais de uma vez. A ideia me acalma um pouco, mas não estou totalmente convencida.

Preciso contar logo o que aconteceu antes que a fofoca aumente e as coisas saiam do controle. Eu sei. Mas não consigo enfrentar o pessoal desse jeito agora, ainda sensível pelo ataque de pânico. Ethan ajudou *muito*. Porém, só uma coisa é capaz de me trazer de volta.

Inspiro, nervosa, e visto o moletom. Coloco o caderno debaixo do braço e fujo para o penhasco. Encontro um lugar perto das pedras e me sento no banco para despejar minhas preocupações com a caneta.

Abro o caderno e posiciono a caneta na página. Ela começa a se mover rapidamente, formando um esboço. O barulho da ponta no papel e o forte aroma da tinta acalmam minha mente.

Começo simplesmente desenhando o que vejo. As ondas se quebrando no mar. A areia gelada. O horizonte extenso e nebuloso. Devagar, meu cérebro se desliga, minhas mãos assumem o controle e minha mente fica vazia. Só estou sentindo.

Água espirrando no ar. Luz dourada feito mel. Tudo tão simples. Risadas, conversa e proximidade. Abraços e compartilhamento e sussurros. Dedos descendo pela minha pele. Calor e desejo. Aceitação.

Linhas curvas ganham movimento e se tornam cabelos emaranhados. Curvas viram formas, ombros, cotovelos e mãos. Vou para outro lugar enquanto a caneta se mexe sem parar, como se tivesse vida própria. As marcas vão se aprofundando no papel até que as bordas se enrolam levemente com a pressão das linhas, o peso da tinta. Não sei quanto tempo fico ali, mas minha mão para em determinado momento, me dizendo que acabei. Pisco diante da imagem.

No fundo, há um mar temperamental engolido pelas ondas. No primeiro plano, há duas pessoas, um garoto e uma garota, em um abraço tão selvagem quanto o oceano atrás deles. Os braços dela estão presos firmemente no pescoço dele; os braços dele envolvem as costas dela. Seus corpos estão colados, os rostos, enterrados no pescoço um do outro. Não há espaço nenhum entre eles, agarrados como se tivessem colidido após uma longa corrida.

Não preciso ver seus rostos para saber como estão se sentindo. Seguros. Aliviados. Tranquilos.

Como se eles se encaixassem perfeitamente.

Se eu fosse pintar, escolheria uma aquarela suave. Tons quentes. Amarelos dourados, ricos âmbares, sienas queimadas e talvez um rosa mais fraquinho. Cores do coração.

Do jeito que está, há um bom movimento e o sombreado está razoável, mas está longe de estar perfeito. Então por que meus olhos estão ardendo?

Ao longo dos anos, Ethan sempre fez aparições surpresas nos meus desenhos. Quando eu estava aprendendo a desenhar mãos, a dele surgia sem parar nos meus rascunhos. A força, a pinta ao lado do polegar, o mindinho torto que não curou direito depois que ele o quebrou jogando basquete. Eu também já me desenhei inúmeras vezes.

Enquanto aprendia a desenhar pessoas — a proporção, o sombreamento e a modelagem —, treinei bastante com a minha própria imagem. Viro as folhas do caderno e observo os rascunhos com um novo olhar. Há infinitas páginas onde estou em uma e Ethan está na outra.

Mas é a primeira vez que me desenho *com* ele. Que eu desenho nós dois juntos. Nunca tinha feito isso antes.

Corro os dedos pelo papel com o coração acelerado. Esta é minha verdadeira Carta do Leão. Ela diz tudo o que eu jamais conseguiria dizer. Sempre vi meu futuro assim: com Ethan e um vasto horizonte diante de nós. Diante de começos, e não finais.

Isso antes que eu aprendesse que existem mundos diferentes; antes que os homens passassem a determinar o meu valor; antes do nosso beijo desenterrar um desejo tão agudo que não consegui mais pensar direito. Desde então, quero Ethan ao meu lado.

Mais cedo, eu disse para Sienna que não sei qual é o meu lugar. Mas agora está nítido.

Se eu pertenço a algum lugar neste mundo, é com Ethan Forrester.

Porque ninguém faz eu me sentir tão eu mesma quanto ele. Não importa o que sente por mim, não posso mais negar que sinto *tudo* por ele.

Fecho o caderno com cuidado e respiro fundo.

Ouço passos suaves atrás de mim. Eu me viro e vejo Sienna ali.

— Ei, pensei que te encontraria escondida aqui.

Ela se senta no banco ao meu lado e cruza as pernas debaixo do corpo. Trago o caderno para perto, enfiando-o debaixo da perna. Sei que ela vai me perguntar sobre as cartas. Eu me preparo.

Depois de uma longa pausa, ela diz:

— Você vai me contar o que rolou entre você e Ethan durante o percurso com obstáculos?

Ah.

Nervosa, respondo:

— Nada.

Minhas bochechas ficam quentes, apesar de eu estar falando a verdade. Nada *desse tipo* rolou com a gente o dia todo.

Ela não acredita em mim.

— Beleza. Não precisa me contar. Mas você podia pelo menos me perguntar o que rolou no *meu* dia. — Sienna me lança um olhar sugestivo.

— Você e Leti? — pergunto.

A culpa pesa no meu peito. Antes de eu confessar para o pessoal, preciso contar para ela. E pedir desculpas para Leti.

Ela fica vermelha e assente.

— Vendas são sexy.

Dou risada. Ela não está errada.

— Então, hum… Ethan me contou… sobre a carta de Leti — digo. — E eu…

Sienna revira os olhos e abana a mão.

— É, Janelle está dando uma de *Meninas Malvadas* fazendo merda com as cartas. Ela nem quis devolver a carta de Leti. Mas Leti não recuou um centímetro. Foi épico.

Ela está pensando que Janelle pegou as cartas? Contorço os lábios e hesito. Eu poderia jogar com isso…

Mas cansei de fingir. Sobre tudo.

— Janelle não está fazendo merda com as cartas — falo, franzindo o rosto. — Eu é que fiz.

Então desembucho tudo. Conto sobre os meus pais, sobre Sacramento, sobre Ethan e o Ano-Novo, sobre a noite do baile e sobre como escrevi tudo isso na carta e por isso quis pegá-la de volta porque fiquei com medo de que alguém fosse lê-la.

— É irônico, eu sei — murmuro.

Sienna fica em silêncio, processando as informações. Quando termino, ela solta um "Uau" pesado.

— Desculpa. Se sua carta estiver perdida, me desculpa...

— Natalia, a chance da minha carta estar por aí é bem baixa. Não estou preocupada com isso. E mesmo se estiver, eu escrevi que queria ser uma ativista *queer* na escola e que eu era a fim de Leti, o que, alerta de *spoiler*: funcionou. Não tem nada de mais — diz ela, dando de ombros.

Meus olhos se enchem de lágrimas.

— Por que você não está brava comigo?

Ela franze a testa.

— Porque foi um acidente. Você não é perfeita. Eu achava que matemática era a única coisa perfeita na vida. Mas, quanto mais eu lia sobre os teoremas da incompletude de Gödel, mais fui me convencendo de que nada é.

Ela me envolve com um dos braços, e eu me jogo em seu ombro com cheiro de protetor solar.

— Você está bem perto de ser — digo.

— Verdade.

Damos risada.

Ficamos observando as ondas, até que ela fala:

— Sabia que tinha acontecido alguma coisa no baile, vocês ficaram *muito* estranhos depois. Mas, caramba, vocês mal se beijaram, e Ethan saiu do estado. O que teria acontecido se vocês realmente tivessem ido até o fim?

É bom rir com ela depois de passar tanto tempo segurando tudo isso.

— Eu não queria que você fosse pra Sacramento — diz Sienna.

— Todo mundo vai embora no ano que vem mesmo — falo. Mas até eu acho a argumentação vazia.

— Você trabalhou tão duro pra criar todos esses momentos especiais pra nossa turma. Já se incluiu nisso alguma vez?

Enfio os dedos dos pés na areia quente, onde é mais fresco.

— Eu tento.

— Você diz que não se encaixa na escola, mas... não me odeie, parece que você se exclui de vez em quando. Como se fosse o seu trabalho, e não a sua *vida*.

Engulo o nó na garganta.

— É só que... estou o tempo todo meio fora de controle. Acho que entendi que, se eu estiver na liderança, ocupada o suficiente, não vou me sentir tão mal, não vou ser tão fraca... Mas quanto mais tentei controlar as coisas, consegui estragar tudo.

As cartas, Rainn, Sacramento... Fugir de Ethan, ignorá-lo por meses para me proteger, sem nem pensar que ele poderia estar precisando de mim. Eu tinha muita certeza de que estava facilitando as coisas para nós dois ao me afastar. Ao manter nossos mundos separados.

Mas estava errada.

Passo as mãos no rosto.

— Aff, o que eu faço?

Ela fica séria de novo e balança a cabeça.

— Sei lá, mas você pode começar pegando leve com você mesma. Já estou estressada só de ficar aqui do seu lado. Vai ficar tudo bem.

— Como? Quando? — pergunto, triste.

Ela fica em silêncio por um tempo, então fala:

— Provavelmente no minuto em que você e Ethan pararem de fingir que não estão apaixonados um pelo outro.

Meu coração bate contra minhas costelas.

— A gente... não está...

Ela se afasta com uma expressão implacável.

— Natalia, você precisa contar pro Ethan como se sente. *Sério.*

Meus ombros murcham.

— Não sei se consigo.

— Claro que consegue.

— E se ele não sentir a mesma coisa?

Ela sorri.

— Nenhuma chance.

Penso no toque suave de Ethan e em seus olhos ardentes. Em como ele se manteve ao meu lado, me apoiando o dia todo, apesar de tudo. Penso no seu sorriso sedutor e nas suas mãos gentis no meu cabelo. Em como ficou tenso quando eu pedi para que ele me dissesse o que estávamos fazendo e falou que *não conseguia*.

Será possível que a gente não consiga falar pelo mesmo motivo?

Enquanto a maré sobe, eu me atrevo a deixar a esperança fazer o mesmo.

Quando voltamos para o acampamento, lembro o que queria perguntar para Sienna.

— Ah, você entrou na minha barraca hoje?

— Não. Você vai ficar orgulhosa, eu trouxe até minha própria escova de dente dessa vez! Por quê?

Sou tomada pela apreensão.

— Por nada.

Então ouvimos uma voz alta e brava vindo dos banheiros. Sienna e eu trocamos um olhar e apertamos o passo, seguindo o som. Fazemos uma curva e meu estômago se contorce quando vejo Tanner Brown, com o rosto coberto de fúria, pairando sobre Leti, como se estivesse só esperando o momento certo.

CAPÍTULO VINTE E CINCO

Ethan

Senior Sunrise, 17h30

Visto o moletom e saio para dar uma volta, procurando por Natalia. Não a encontro, mas vejo Rainn com o grupinho do futebol e Janelle no centro das atenções. Eles estão rindo e trocando olhares por cima do ombro.

Ah, não.

Enquanto me aproximo, a risada vai ficando cada vez mais perturbadora — um som feio e provocador que lembro muito bem desde o ensino fundamental. Eu realmente não quero saber do que, ou melhor, *de quem* eles estão rindo.

Fico parado considerando minhas opções quando a voz de Janelle flutua até mim. Ela tem algo nas mãos e está lendo:

— Se eu fosse mais corajoso, teria *implorado* pra você ficar aquela noite.

Congelo. Viro pedra. Não. *Não*.

— Porque você não tem ideia do quanto eu te queria.

Meeeerda.

Ela abaixa a carta, a *minha* carta, com os olhos arregalados.

— Ah, meu Deus! — exclama ela. — É sobre sexo!

Puta merda, pode me matar agora.

Meu coração parece um punho furioso me martelando por dentro. Como é possível que, das sete cartas perdidas hoje, a minha tenha sido encontrada pela própria Janelle Johnson? *Eu deveria perguntar para Sienna quais são as chances*, penso, enquanto uma risada histérica vai se acumulando na minha garganta.

— Não necessariamente — fala Rainn, reflexivo. — Só porque falaram de ficar uma noite? Poderia ser literalmente qualquer coisa.

Janelle zomba:

— É só o começo. "Nunca nos meus sonhos mais loucos imaginei você sem blusa na minha cama."

O grupo dá gritinhos. Acho que vou vomitar. Rainn gesticula para que ela lhe dê a carta, com a palma da mão voltada para cima. Sou obrigado a assistir, impotente e horrorizado, Janelle oferecendo a carta com uma expressão alegre que diz "veja com seus próprios olhos" para a pessoa que me deu uma surra hoje.

Quero correr até lá para arrancar a carta das mãos deles, e depois amassá-la e queimá-la, qualquer coisa para impedir que metade da turma ouça o resto. Mas não posso, porque daí todo mundo vai saber que a carta é minha.

Rainn corre os olhos pela página, franzindo as sobrancelhas. Ele lê em voz alta:

— "Tive um gostinho de como é ter você nos meus braços... como é me deitar ao seu lado e pensar que você talvez me queira também." — Ele levanta as sobrancelhas. — Eita.

O grupo faz barulho e dá risada.

— Chega, isso é nitidamente confidencial — diz Rainn, preocupado.

Se eu conseguisse me mexer ou falar ou fazer *qualquer coisa*, eu lhe daria um abraço de gratidão. Mas obviamente não posso fazer isso. Fico parado olhando para eles, forçando meu corpo a reagir, as palavras a virem. Nada acontece. Agora, mais do que nunca, preciso ser o Rei do Baile. Charmoso, indiferente e esquivo.

Só que esse cara não existe, é óbvio. Nunca existiu. Então só me resta meu cérebro lerdo. Eu me dissocio completamente.

Penso que o século dezoito ficou conhecido como a "Grande Era das Cartas" e que algumas pessoas usavam criptografia para codificar suas cartas para evitar que coisas assim acontecessem. Para que seus segredos e pensamentos mais íntimos não pudessem ser desmembrados e expostos por babacas entediados que não têm mais o que fazer da vida.

Dessa forma, ninguém além do destinatário da carta poderia decifrar seu coração derramado em um pedaço de papel amassado.

Dessa forma, se você ficasse com medo de enviá-la, ela nunca poderia ser usada contra si.

Janelle lê o texto por cima do ombro de Rainn.

— "Eu não poderia finalmente ter você nos meus braços só para te perder de novo na próxima respiração. Porque agora sei o que só estava começando a entender naquela época. Aquilo mudaria tudo para mim. Já mudou." Ah, meu Deus. É tão cafona. A gente *tem* que descobrir quem foi que escreveu — diz ela, animada.

Claire a interrompe. E com os olhos fixos nos meus, ela diz:

— Eu sei quem escreveu essa carta.

CAPÍTULO VINTE E SEIS

Natalia

Senior Sunrise, 17h30

— **Fiquei sabendo o que** você fez com o meu irmão Jackson — diz Tanner, encarando Leti.

Leti nem vacila.

— Você também está sabendo que o "seu irmão" é um agressor sexual? — pergunta elu sarcasticamente.

— Que puta mentira. — Tanner avança mais.

— Ah, meu Deus! — exclama Sienna.

Olho em volta, procurando por Ethan ou Rainn ou alguém que possa nos defender, caso seja necessário, mas não encontro ninguém. Os banheiros ficam perto do acampamento, parcialmente escondidos por uma longa fileira de carvalhos. Somos só nós.

Leti pode não gostar de mim, mas nem penso duas vezes. Não vou deixar que elu enfrente esse idiota sozinhe. Sienna e eu corremos para ficar ao seu lado.

— Deixa elu em paz, Tanner — falo.

Ele me encara, mas leva um segundo para que seus olhos se concentrem em mim.

— Você quis dizer *ela*. Deixe *ela* em paz. É a mesma Letícia de sempre. Um corte de cabelo de macho não muda isso.

A fúria pulsa em mim. Leti dá risada, mas dá para perceber que está à flor da pele. É uma armadura. Tem que ser.

— A sua mente é tão fechada, cara — diz elu, balançando a cabeça.

— Você é uma vadia — retruca ele com as narinas dilatadas.

— *Ei!* — grita Sienna.

— Com orgulho — acrescenta Leti, dando de ombros.

Leti nem tirou as mãos dos bolsos. Elu tinha razão na carta: sempre teve coragem. Não sei como elu consegue se manter tão impassível quando eu mesma estou fervendo. Levanto as mãos trêmulas.

— Tanner, volta pra sua barraca.

Ele revira os olhos.

Balanço a cabeça e minha respiração acelera.

— Vamos falar com a sra. Mercer — falo para Leti e Sienna.

— *Não*. — Tanner se aproxima de mim, como eu esperava, e sinto o cheiro de álcool no seu hálito.

Peguei ele.

— Ela não vai a lugar algum — dispara Tanner.

Um arrepio desce pela minha coluna, fazendo minha postura ficar mais ereta.

— Vai embora agora e eu não conto pros professores que você passou o dia todo bebendo.

Vai contra todas as fibras do meu ser quebrar uma regra tão importante, mas sou capaz de fazer isso para manter meus amigos seguros.

Ele revira os olhos de novo.

— Hum, meus pais acabaram de comprar uma piscina olímpica pra Liberty. Estou *muuuuuuito* de boa. — Ele me olha com uma cara de pena. — Sei que você não entende isso.

Meu Deus, não acredito que já saí com *esse* cara.

Sienna segura meu braço, mas me desvencilho dela. Meu coração está batendo freneticamente e meus lábios estão tremendo. Mantenho os olhos fixos em Tanner e digo:

— Obrigada.

Seu sorriso malandro vacila.

— Obrigada por me ajudar a entender que não importa quão boa seja a educação de alguém, algumas pessoas estão condenadas a serem ignorantes. Você é uma causa tão perdida que aposto que seus pais mudam de assunto quando os amigos deles perguntam de você.

Sienna dá uma gargalhada.

— O que foi que você falou... — Ele avança na minha direção e segura meu braço.

— *Solta ela!* — grita Sienna, chamando a atenção de um grupo de garotas do time de futebol que está passando.

Elas correm até nós.

— Tanner, sério, me solta! — falo.

Tento me desvencilhar, mas ele é forte demais. Ele crava os dedos mais fundo na carne macia do meu braço, me machucando.

O grupo de garotas furiosas se aproxima depressa, mas antes que elas cheguem, um braço magro surge diante de mim e acerta um soco na mandíbula de Tanner.

— Fica longe delas! — grita Prashant.

Todos soltam uma exclamação de susto.

Tanner cambaleia para trás, segurando o queixo.

— Que forra é efa?

— *Prashant?*

Prashant saca um apito de dentro da camiseta e começa a soprá-lo. Então o sr. Beckett se aproxima com um livro na mão.

— O que está acontecendo? — pergunta ele, ofegante.

— Tanner está sangrando — responde Prashant, sem emoção.

— E está bêbado — acrescento.

O time de futebol está boquiaberto com a presidenta e o vice-presidente, exibindo expressões empolgadas e chocadas.

O sr. Beckett olha para o estranho grupo que formamos e solta o suspiro mais longo e decepcionado que já ouvi.

— Tanner, esse é o terceiro aviso. Você sabe o que significa. Vem, vamos pegar um gelo e ligar para os seus pais. Parece que você se aproveitou da minha leniência hoje...

Eles caminham na direção do estacionamento enquanto o sr. Beckett lhe dá um sermão.

Meu coração ainda não se acalmou. Sienna envolve Leti em um abraço. As meninas do futebol dão tapinhas nas costas de Prashant e dão risada ao ver Tanner se ferrando desse jeito. Então Mason Hartman sai do banheiro e observa a cena. Prashant segurando a própria mão. Leti à beira das lágrimas. Metade do time de futebol feminino planejando a morte de Tanner.

— Cara, o que aconteceu?

Falamos rapidamente sobre o comentário preconceituosos de Tanner, e Mason parece um homicida. Ele ativa o modo *quarterback* para inspecionar a mão de Prashant com seu olhar atlético.

— Não está quebrada, mas você vai precisar de gelo — conclui ele. — Vou pegar.

Prashant assente, com um raro rubor nas bochechas.

Mason se afasta com as garotas do futebol, e agora Leti está visivelmente triste. Seus olhos estão vermelhos quando elu diz:

— Valeu, gente. Eu só... queria agradecer.

— Acho que só piorei tudo — digo. — Sinto muito por ele ter falado essas coisas horríveis.

Leti dá de ombros.

— Já me acostumei.

— Pois não devia — retruco.

Elu tenta abrir um sorriso, mas falha.

— Você quer... um abraço? — pergunta Prashant com cautela.

Leti ri e dá um tapa no braço dele.

— Não. Mas que gancho de direita matador, hein?

Eu me viro para Prashant com os olhos arregalados.

— Sério, você acabou de dar um soco no Tanner Brown.

— Vocês estavam numa tremenda confusão — diz ele.

Deixo escapar um sorrisinho e, de repente, quero chorar. Jogo os braços em torno do meu vice-presidente. Ele fica imóvel, com os braços ao lado do corpo, enquanto eu o abraço com a força da gratidão.

— Aff, já acabou?

Balanço a cabeça contra o peito dele.

Ele me deixa abraçá-lo por mais alguns segundos, depois dou um passo para trás.

— Obrigada por me apoiar hoje.

Ele assente uma vez e ajeita os óculos.

— Bem, quando eu for presidente, tenho certeza de que você vai fazer o mesmo por mim — comenta ele, sorrindo de leve.

Reviro os olhos.

Sienna passa um braço reconfortante em torno de Leti, e o clima descontraído se esvanece. Poderia ter sido muito pior. Se a gente não tivesse aparecido, Leti poderia ter se machucado. E teria sido tudo culpa minha.

É hora de falar a verdade antes que algo mais grave aconteça.

Mason chega correndo com o gelo, dando risada junto com uma das garotas do futebol. Eles estão falando que o Senior Sunrise acabou sendo um evento muito mais divertido que o esperado.

— Primeiro, teve o negócio com Jackson Ford, depois Prashant Shukla deu um soco no Tanner Brown, e agora tem o drama com a carta de sexo — diz ela, caindo na gargalhada.

Fico apavorada.

— Carta de sexo? — guincho.

Ela assente, fazendo um gesto com o queixo para os eucaliptos.

— Janelle está lendo a carta agora.

Subo o monte correndo e, claro, vislumbro um grupinho do outro lado do acampamento, mas tudo o que vejo é Ethan parado no centro, branco feito um fantasma.

Então, começo a correr.

CAPÍTULO VINTE E SETE

Ethan

Senior Sunrise, 17h33

Claire lança outro olhar rápido na minha direção. Sua expressão é séria e cheia de mágoa — ela está preparada para tacar fogo em tudo. Não sei como ela sabe, talvez conheça minha letra ou perceba o pânico no meu rosto. Mas ela sabe que a carta é minha.

Claire está visivelmente chateada comigo pelo jeito como eu terminei tudo, mas ela não faria isso. Ou faria? Ninguém é tão cruel assim. O tempo se alonga enquanto imploro para ela silenciosamente.

Ela toma uma decisão, me encara e diz:

— É do Ethan.

Acho que a reação é enorme e estrondosa, mas não posso ter certeza porque minha visão se estreita e meus ouvidos começam a latejar.

Rainn fala:

— O *quê?* — Ele se vira para encarar Claire. — Como é que você sabe?

O rosto dela fica vermelho.

— Olha só pra ele.

Então todo mundo se volta para mim. Todos os olhos estão em mim. Tudo que sempre temi se torna realidade: estamos a uma confissão frágil de sermos descobertos.

Rainn semicerra os olhos para Claire.

— Qual é o seu problema?

— Não precisa ficar bravo *comigo*. Está na cara que ele está falando da Natalia.

Aff, isso está ficando cada vez pior. As pessoas soltam um murmúrio baixinho. Todos ao redor poderiam muito bem estar pegando suas pipocas.

A expressão de Rainn murcha quando ele compreende e se vira para mim.

— É verdade?

As palavras ficam presas na minha garganta.

Acho que está evidente que é verdade, porque ele balança a cabeça devagar.

— Você me disse que nunca rolou nada...

Está difícil demais respirar e falar algo coerente.

— Eu... a gente não...

Um cara do time de futebol diz com uma voz afetada e aguda:

— "Eu teria implorado pra você ficar."

— *Bichinha*.

Eles dão risada. *Muitos* deles dão risada. Como fiz com os socos de Rainn mais cedo, absorvo tudo com a mandíbula cerrada. Os hematomas vão aparecer mais tarde.

Rainn olha para eles, que ficam quietos. Ele tem um domínio que eu não tenho. O mesmo que meu irmão tinha. E que todo cara que nunca derramou o coração ardente em uma carta tem.

Ele dá um passo largo na minha direção, erguendo a carta na mão. Quero arrancá-la e esmagá-la com tanta força na minha palma suada que a tinta se dissolveria. Mas mantenho os punhos cerrados ao lado do meu corpo, respirando depressa.

— Você ia entregar a carta pra ela? — pergunta Rainn.

Meu cérebro finalmente volta a trabalhar quando o garoto miserável e solitário que sempre era lançado contra os armários entra no modo de sobrevivência — também conhecido como sarcasmo.

— Sim, esse era exatamente o meu plano pra esse exercício anônimo e confidencial.

Ele fica me encarando fixamente, mas sem rancor. Parece mais… frustração. Confusão. Decepção?

Ouço a voz dela antes de vê-la.

— O que está acontecendo? — pergunta Natalia atrás de mim, ofegante, como se tivesse corrido até aqui.

Algumas pessoas do grupo exclamam de surpresa, outras soltam um *uuuuh* coletivo.

Não consigo olhar para ela, mas imagino que esteja exibindo aquela calma treinada e aquele sorrisinho falso que não chega nos olhos.

Isso é ruim. Tipo, muito ruim. Não é só porque ela pode ler minha carta patética e porque metade da turma agora sabe que ela estava *sem blusa na minha cama*. Meu Deus.

É que a gente não conseguiu consertar as coisas. Ela não confessou o que fez a tempo e agora está tudo fora de controle. E quando as coisas ficam caóticas demais, Natalia foge.

Não posso deixar isso acontecer. Não quando estamos tão perto de resolver esse lance entre a gente.

Rainn me encara por mais uns segundos torturantes e depois se volta para Natalia devagar.

— Isso é pra você.

Uau. Fico de queixo caído. Acho que à essa altura do campeonato eu não deveria nem estar surpreso por Rainn não cogitar me proteger, mas estou. E é uma merda.

— O que é isso? — questiona ela, olhando para o papel amarelo sabendo exatamente o que é.

Alguém tosse e solta "carta de sexo", e metade do grupo dá risada.

— Não é nada — digo, com uma voz vazia e estranha.

— Com certeza é — retruca Rainn, me olhando, exasperado.

— Só… me devolve… por favor — peço.

— Não posso, cara. Ela precisa ler.

Por que ele está fazendo isso comigo? Será que me odeia tanto assim? Natalia lança um olhar de mim para ele.

— Me dá isso aqui — diz ela, com os olhos fixos em Rainn.

Natalia está usando o mesmo tom firme e teimoso que usou comigo quando queria ver minhas feridas. Rainn também conhece esse tom e entrega a carta sem hesitar.

Ela estica a mão na direção do papel triste e amassado que contém aquela espécie de palavras capazes de desnudar a alma de alguém que só poetas e caras tatuados têm a permissão de usar. Não sou nenhum dos dois, e Natalia sabe. Sou um perdedor com um coração partido e nada a oferecer além da humilhação na frente de toda a turma. Ela não pode ler essa carta.

Dou um passo para a frente e seguro o braço dela gentilmente, olhando-a com uma expressão suplicante: "Não faça isso."

Ela também me diz algo com sua expressão: "Eu nunca faria isso."

Nossa própria criptografia.

Ela pega o papel de Rainn e nem o olha antes de dobrá-lo e me entregar. O alívio varre meu corpo todo.

Prashant se aproxima com um enorme saco de gelo escorrendo da mão. Pequenas gotas de água escurecem a terra ao lado dos seus pés. O que aconteceu?

Natalia balança a cabeça devagar, mal contendo a raiva que emana dela em ondas. Ela se vira para o grupo e fala:

— As Cartas do Leão são *confidenciais*.

Então percebo Janelle e Claire se olhando com uma cara de "Te peguei". Foi uma armação.

Antes que eu consiga falar algo, Janelle diz:

— Se são tão confidenciais, por que é que a carta do Ethan estava na sua barraca?

— O quê? — exclama Prashant.

Ele parece tão chocado quanto eu. Ouço meu coração retumbando nos meus ouvidos.

Os olhos de Natalia estão arregalados e vermelhos, com rímel borrado sob as pálpebras. Ela leva a mão ao peito e se aproxima de mim.

— Eu não sabia… ela deve ter caído quando a gente estava colocando as cartas de volta na garrafa…

As pessoas soltam um suspiro.

— Espera aí, *vocês dois* roubaram as cartas? — pergunta Claire, parecendo genuinamente surpresa.

Dou um passo para a frente.

— Sim…

Natalia se coloca na minha frente, com as costas eretas feito uma vareta.

— Não. Ethan não fez nada.

Somente eu vejo as mãos de Natalia apertadas com tanta força que ficam pálidas. Natalia, a pessoa mais reservada que conheço, que tem medo de ser vista como irresponsável e descontrolada, está admitindo o erro na frente da turma toda.

Por mim.

— É culpa minha. Tudo isso é culpa minha — continua ela com uma voz trêmula: — Eu não roubei as cartas. Foi um acidente. Eu… o vento levou os papéis embora. Não foi de propósito. Eu ia contar pra vocês, mas queria encontrar o máximo de cartas antes…

O pânico cresce entre o grupo.

— Você *perdeu* as cartas? — pergunta Mason, com uma voz carregada de ansiedade.

Ele leva a mão agitada ao cabelo.

— Só algumas — responde Natalia, baixinho.

— Ela está mentindo. Ela com certeza pegou a carta do Ethan da garrafa porque queria saber o que estava escrito — afirma Claire.

— *Não*…

— Até parece — zomba Janelle, revirando os olhos.

— Eu juro — fala Natalia, só para mim.

— Eu acredito em você — respondo na mesma hora.

Acredito mesmo. Vi todas as facetas de Natalia hoje. Estressada, arredia, controladora. E também leal, respeitosa e confiável. Se ela está dizendo que não pegou a carta, é porque não pegou. Ela sustenta meu olhar por um instante, suavizando a expressão.

Depois, se vira para Janelle.

— Eu nunca faria o que você acabou de fazer — diz ela com uma voz baixa e trêmula de raiva.

Janelle solta uma risada fria e brutal.

— Ah, meu Deus. Você literalmente roubou as nossas cartas e ainda assim está agindo como se fosse melhor que todo mundo.

O rosto de Natalia fica vermelho.

— Eu não roubei as cartas. E eu não… não acho que sou melhor que *ninguém* — responde ela, baixinho. — Enfim, não importa o que eu fiz, você não devia ter lido a carta do Ethan nem a de Leti em voz alta.

Janelle me olha com pena.

— A sua carta *era* patética. E surpreendentemente safada, *rei do baile*.

Agora ela está me chamando de "rei do baile" com sarcasmo. Várias pessoas dão risada, revelando o que eu sempre soube. Odeio o fato dos meus olhos começarem a arder. Mas não se pode lutar nem fugir sozinho, então fico só parado ali feito o perdedor que sou.

Natalia enrijece os ombros, mas abre um sorriso para Janelle. Um sorriso de atirador.

— Quer ler a sua carta, então? Eu adoraria ouvir a sua confissão. Talvez você tenha desejado não ser tão preguiçosa, já que é tão inteligente assim. Ou talvez você tenha desejado ser mais bondosa, pra finalmente mudar a narrativa entediante pra caralho sobre garotas populares e malvadas. Pra alguém tão linda, você tem a personalidade mais feia de todas.

O grupo faz *uuuuh* e a bochecha de Janelle fica vermelha.

Eu me permito pensar que vai ficar tudo bem por exatos quatro segundos antes de Claire dar um passo à frente.

— Ela está mentindo! Se fosse um acidente mesmo, você teria nos contado. Mas escolheu esconder. Por quê?

— Porque estava com medo de que vocês fossem reagir assim — diz Natalia.

Algumas pessoas trocam olhares empáticos, mas a maioria continua com raiva, magoada ou desesperada.

Claire revira os olhos.

— Ou você *ainda* está mentindo, porque leu as cartas e vai usar nossos segredos pra nos chantagear. Todo mundo sabe que você precisa de dinheiro.

Parece que Natalia levou um tapa na cara. Não sei o que é mais barulhento: o sangue retumbando nas minhas veias ou o silêncio mortal que cai sobre o grupo.

Claire pisca várias vezes, corada.

— Quer dizer…

É então que eu finalmente consigo falar.

— Todo mundo sabe o que você queria dizer — solto. — Obviamente isto é o que *você* faria. Mas Natalia jamais faria isso. Ela não fez outra coisa além de cuidar da nossa turma.

— É, ela tem sido uma ótima presidenta — Mason se intromete. — Eu voto nela todo ano. Sei que nunca preciso me preocupar com as merdas da escola porque Natalia cuida de tudo. Todo mundo faz merda de vez em quando, Claire.

A ponta do nariz de Natalia fica vermelha, como acontece quando ela está prestes a chorar. Ela morde o lábio e abre um sorrisinho para Mason.

— *E daí?* — continua Claire. — Só porque ela é presidenta significa que pode fazer o que quiser sem sofrer consequências? Isso é abuso de poder!

— Você sabe muito bem disso, né? — diz Sara Lui, da galera do teatro. — Todo mundo sabe que você ficou com o sr. Ford, Claire. Ele definitivamente abusou do poder dele.

Vejo várias pessoas acenando com a cabeça.

Claire fica boquiaberta.

— Você não faz ideia do que está falando.

Sara insiste:

— É por isso que você foi escolhida pra fazer Sophie no meu lugar em *Mamma Mia!*. Como é que você pôde fazer isso por um papel?

Parece que Claire vai chorar, então Janelle intervém:

— Esperem, não vamos cair nessa de *slut-shaming*.

— Falou a vadia que leu a carta de sexo — responde alguém.

A multidão concorda, mas Janelle só revira os olhos.

Claire se vira para olhar para as pessoas de olhos arregalados.

— Gente, foco! Tudo isso vazou porque a *Natalia* fez merda com as cartas! — Ela aponta o dedo na cara de Natalia.

O grupo fica em silêncio enquanto a culpa recai aos pés de Natalia.

— Eu... não foi de propósito... — recomeça ela.

— Mas você fez o que *fez*. Era pra essas cartas serem confidenciais e... — Claire balança a cabeça. O rosto dela está vermelho, e seus olhos, vidrados. — Não confio mais em você pra ser nossa presidenta. Estou pedindo um impeachment com efeito imediato.

Natalia fica pálida.

— Quem está comigo? — pergunta Claire para o grupo.

Quase todo mundo levanta a mão. Todos menos eu, Rainn, Sienna, Leti, Prashant e Mason. É um golpe devastador.

Prashant dá um passo à frente.

— Certo, não é assim que as coisas funcionam — interrompe ele. — Primeiro, vocês não têm autoridade pra isso.

Claire faz uma careta.

— Mas... — com a mão livre, ele faz um gesto para as mãos levantadas — Vocês estão em número suficiente pra apoiar uma consideração formal de impeachment pelo conselho discente. É assim que querem proceder?

Claire assente, com os olhos brilhando.

Prashant suspira.

— Então eu, como vice-presidente, vou levar a questão para votação no conselho no primeiro dia de aula. Se passar, faremos uma reeleição para o cargo na primeira semana de aula. E enquanto isso… — ele lança um olhar dolorido para Natalia —, vou atuar como presidente interino.

Natalia dá um passo cambaleante para trás.

— Sério, Prashant?

Ele dá de ombros, apesar de ter a decência de demonstrar insatisfação com os eventos.

— É o protocolo, Natalia. Somos uma democracia.

O queixo de Natalia treme, mas ela não discute. A integridade dessa posição é tão importante para ela quanto qualquer outra coisa.

Nossos olhares se encontram. O remorso preenche cada traço do lindo rosto dela. Mesmo neste momento terrível, neste caos que está acontecendo com a gente, meu coração se expande quando olho para ela. É aí que entendo. Detesto esta escola e a maioria dessas pessoas.

Mas estou apaixonado pra caralho por *ela*.

CAPÍTULO VINTE E OITO

Natalia

Senior Sunrise, 18h45

Fui deposta. Ou vou ser, se o conselho discente votar a favor da maioria da turma da última série. A única coisa que eu tinha para me distinguir na Liberty acabou. Um único erro em quatro anos é o suficiente para apagar todas as coisas boas que fiz.

Na minha cabeça, estou com tinta na altura dos pulsos, segurando-a com as mãos em concha como se estivesse em um riacho. Com movimentos bruscos e rítmicos, arremesso-a com o máximo de força e velocidade que consigo contra a parede coberta de tela. As cores se espalham sem parar, colidindo umas com as outras. A tinta sobe pelos meus braços até chegar aos cotovelos e depois aos ombros. Está chovendo tinta. Trovejando tinta. Tudo é uma torrente de cores até se tornar apenas uma bagunça.

Nada além de desastre.

Fico esperando o pânico me dominar de novo, mas só estou entorpecida. E tenho meu melhor amigo comigo.

Eu me aproximo de Ethan agora que a maior parte dos cuzões saiu para jantar antes da hora da fogueira.

— Quer conversar?

Ele balança a cabeça, sem me olhar nos olhos.

— Acho que preciso de um tempinho — responde ele, enfiando as mãos nos bolsos e se afastando.

Observo-o indo embora, desejando poder dar um *reset* nesta porcaria de dia. Eu não o culparia se ele me odiasse para sempre pelo que acabou de acontecer. Provavelmente vou me odiar para sempre.

Rainn e Sienna me alcançam. O rosto de Rainn está cheio de frustração. Sienna e eu trocamos um olhar cúmplice, e ela silenciosamente me incentiva a falar com Rainn.

— Eu devia ter te contado sobre as cartas. Desculpa.

— O que você estava fazendo com elas? — pergunta ele.

— Eu só estava tentando pegar a minha de volta.

— Por quê?

Eu o encaro.

— Pra que isso não acontecesse, Rainn. — Sou dominada pela raiva. Uma das garotas do futebol me contou que Rainn leu uma parte da carta de Ethan. *Em voz alta*. — Pra que ninguém tivesse a oportunidade de fazer comigo o que você acabou de fazer com Ethan.

Agora eu meio que entendo por que minha mãe fica tão intensa quando está brava. Se não se ouve as palavras, o tom diz tudo. E meu tom é hostil tipo faca-no-pescoço.

— Como é que você pôde fazer isso? — pergunto.

Todo o meu ser está em chamas com a necessidade de que ele encontre um jeito de explicar o que fez — explicar como pôde magoar seu melhor amigo desse jeito. Por favor, que ele diga algo, *qualquer coisa* que poderia me desculpar pelo que *eu* fiz com Ethan.

Ele balança a cabeça.

— Eu estava tentando fazer Janelle me entregar a carta pra que eu pudesse descobrir de quem era. Depois do percurso com obstáculos, ficou óbvio que você e Ethan estavam envolvidos com o rolo das cartas. Eu estava tentando ajudar.

Meu coração amolece.

— Ah.

— Mas eu li a carta em voz alta — continua ele, infeliz. — Ele deve estar com ódio de mim. Eu ferrei com tudo.

Não, *eu* ferrei com tudo. Minha raiva se volta para dentro e minhas palavras saem acusatórias, em vez de arrependidas.

— A gente sabe muito bem o que ele passou com aquela merda de bullying.

Ele projeta o queixo para frente.

— Nossa, Natalia, já pedi desculpas!

— Não, não pediu.

Sienna nos observa retrucando um ao outro, como se estivéssemos em uma partida de tênis.

— Ah — fala Rainn, franzindo o cenho. — Bem... Porra, não fui eu quem deixou as cartas vazarem! Por que está tão brava *comigo*?

Sienna cutuca Rainn, mas ele está certo. Não estou sendo nem um pouco justa.

Eu expiro e me envolvo com os braços.

— Exatamente! É minha culpa. Não estou brava com você — digo, incapaz de olhá-lo nos olhos. — Estou brava *comigo*.

Os eucaliptos balançam com a brisa, e há uma longa pausa antes que Rainn fale de novo:

— Talvez não seja tão ruim assim eu ter lido a carta.

Ele e Sienna trocam um olhar rápido que não consigo interpretar. Bufo, me lembrando de Ethan mortificado.

A voz de Rainn se suaviza:

— Não quer saber o que ele escreveu?

Todo mundo está chamando de "carta de sexo" — é óbvio que eu quero saber o que ele escreveu. Odeio o fato de Rainn saber, da idiota da Janelle Johnson saber, e eu, não.

— Se Ethan quisesse que eu soubesse, teria me entregado a carta — falo, tentando me manter firme.

É a vez de Rainn de zombar:

— O cara leva quinze minutos pra pedir um sanduíche, ele não faz ideia do que está fazendo da vida. Principalmente em relação a você. — Sinto um afeto bruto em seu tom, que dissipa um pouco da minha raiva.

Ethan demora mesmo uma década para tomar uma decisão. É uma das coisas mais meigas e enervantes nele.

Rainn e eu nos entreolhamos, e percebo que, apesar de ainda estarmos em território estranho, estamos retomando rapidamente o ritmo da nossa amizade. Aquele flerte de antes pode ser descartado tão facilmente quanto um cardigã.

Um grupo de garotos passa por nós dando risada, deixando óbvio que estão falando de Ethan, da gente e dessa confusão toda.

Olho para eles, depois para Rainn e Sienna, e falo:

— Preciso dar um jeito nisso.

— Como? — pergunta Rainn.

Balanço a cabeça. Não faço ideia. Mas eu me recuso a deixar que Ethan seja o alvo das piadas de novo. Não vou permitir que ele seja o centro de um escândalo na escola, como aconteceu quando a carreira do pai dele decolou ou quando Adam foi para a clínica de reabilitação. Ethan detesta os holofotes que seu pai lhe trouxe. Ainda falta um ano para a escola acabar. Ele pode dizer que está "bem", mas eu sei que não está. Ninguém que tem a privacidade violada desse jeito estaria bem. Leti não está. Claire não está. Eu não estaria.

Eu os magoei tanto quanto Janelle. É meu dever consertar isto.

— A gente podia fazer o que você disse e roubar a carta da Janelle pra ler em voz alta — sugere Rainn, sério.

— Eu falei de um jeito vingativo e hipotético. Não podemos fazer isso de verdade. — Por mais tentador que seja…

— Janelle foi longe demais dessa vez. As pessoas visivelmente se sentiram mal por ele — diz Sienna. Com uma expressão pensativa, acrescenta: — Esperem, tenho uma ideia. Você vai atrás do Ethan pra ver se ele está bem, e Rainn e eu vamos cuidar do resto.

Olho para eles. Rainn assente.

— Não, eu é que deveria…

Sienna me interrompe:

— Ele também é nosso amigo, Natalia. Deixa a gente ajudar.

Meus olhos voltam a arder, e eu os abraço.

— Obrigada.

Combinamos de nos encontrar mais tarde, e eles se afastam enquanto Sienna conta seu plano para Rainn, toda animada.

Antes que eu comece a procurar Ethan, Prashant se aproxima com as mãos enfiadas nos bolsos do moletom. A temperatura está baixando bastante, agora que o sol está se pondo.

Ele me olha com cautela e fala:

— A gente, hum, tem que preparar os marshmallows e as caixas de som pra fogueira de hoje.

— Você não pode fazer isso sozinho? — pergunto.

— É lógico que posso, é só abrir as caixas e servir os marshmallows — responde Prashant, seco. — Mas essa é literalmente a primeira vez que você sugere que sou capaz.

Abro um sorriso forçado.

— Bem, como titular, acho que está na hora de você fazer algo por conta própria, além de me apunhalar pelas costas — digo, enchendo as palavras de sarcasmo.

Ele me lança um olhar demorado.

— Você esperava mesmo que eu afundasse com o seu navio?

Não consigo encará-lo. Talvez eu esperasse exatamente isso. Ainda mais depois que ele deu um soco num cara por mim.

— Eu não devia esperar lealdade de você — falo, procurando um tom neutro e errando por um quilômetro.

Ele semicerra os olhos.

— Eu *estou* sendo leal. À presidência, à turma, à escola. Se eu pessoalmente acho que perder algumas Cartas do Leão é uma ofensa passível de impeachment? Não. Sei que foi um acidente. Mas Claire não está errada, você não tinha o direito de fazer o que fez. Você é melhor que isso. *A gente* tem que ser melhor que isso.

Prashant faz um gesto para nós dois, e suas palavras têm um significado mais profundo. Ele não está se referindo apenas a nós, do conselho discente. Como uma das poucas pessoas não brancas dessa escola, ele sabe muito bem que as expectativas são diferentes para nós. Ele é a única pessoa da Liberty que já reconheceu essa parte de mim em voz alta. Mesmo vermelha de vergonha, mais uma vez fico com vontade de abraçá-lo.

Ele continua, agora em um tom mais brando:

— Você fez cagada, Natalia. Não pode agir como se não tivesse feito.

Então ele vai embora, me deixando perplexa por um momento. De todas as pessoas que decepcionei hoje, esta é a ferida mais profunda. Prashant é muito mais do que eu jamais dei o devido crédito.

Como é que pude fazer isso?

Eu deixei que o estresse e a pressão que eu sentia me encurralar tanto que não vi mais saída. Mas estou começando a me perguntar se não sou eu que faço isso comigo mesma. Apesar de meus pais esperarem muito de mim, passei a esperar mais ainda. Para afastar até um fiapo de decepção, me vali de uma perfeição preventiva. Para impedir que conhecessem meu verdadeiro eu. Porque, a menos que eu seja perfeita, não gosto do meu verdadeiro eu.

Mas se Sienna estiver certa e nada for perfeito — nem mesmo a matemática —, então o que sobra para mim?

Atravesso o acampamento para procurar Ethan. Ele não merece nada do que aconteceu hoje e tudo aconteceu por minha causa. Quando cruzo a linha de eucaliptos, vejo um cabelo com mechas azuis. Minhas entranhas começam a queimar de novo.

Claire me ouve e me lança um olhar furioso. Seus olhos estão vermelhos como se ela estivesse chorando. Ela passa por mim apertando o passo.

Sigo-a. Sem pensar, falo:

— Como você pôde fazer aquilo com Ethan?

— Me deixa em paz, Natalia — diz ela, séria.

— Eu sei que fiz merda. Me desculpa, tá? Mas…

Claire para tão de repente que bato em suas costas. Ela se vira para mim com os olhos em chamas:

— Você só pode estar brincando — diz ela, rindo. — Eu tive, tipo, o *pior* dia possível por sua causa e você acha que vou aceitar suas desculpas?

Fecho os olhos com o coração acelerado.

— Não, acho que não... mas eu sinto muito *mesmo*. Pelas cartas e por ficarem sabendo sobre você e o sr. Ford.

Parece que ela vai começar a chorar de novo.

— Todo mundo está me julgando.

Estremeço de remorso.

Claire continua:

— Não sou nenhuma vítima nem nada, ele só é quatro anos mais velho que eu.

Quando não digo nada, ela semicerra os olhos.

— *O que foi?*

— Só você pode falar o que aconteceu — comento, devagar. — Mas ele *era* seu professor.

— Ele era meu *diretor*. E eu não tô nem aí para o que você pensa.

Minhas narinas dilatam.

— Tá bem, que seja. Me odeie pra sempre, eu mereço. Mas você já conseguiu o que queria. Provavelmente vou perder a presidência. Então, de agora em diante, deixe Ethan em paz. Ele já passou por muita coisa.

— Todo mundo comete erros, né?

Entendo o que ela quer dizer. Está falando que o que aconteceu com Ethan é tanto culpa minha quanto dela. Odeio que esteja certa.

— Além disso, não pensei que Janelle fosse, tipo, humilhar ele — acrescenta Claire.

Humilhar? Meu estômago se revira. Não quero ter que perguntar para ela, quando poderia ter perguntado para os meus amigos, mas agora estou tão sedenta por saber que sinto um formigamento na língua.

— O que estava escrito na carta?

Claire tenta, sem sucesso, disfarçar a satisfação ao perguntar:

— Ele não te contou?

— Não.

Ela ergue as sobrancelhas como se dissesse "que interessante", então adiciono depressa:

— Ainda não.

Ela olha em volta e entrelaça os dedos.

— Bem, basicamente, que ele ficou muito mal por quebrar o pacto e...

Levanto a mão para impedi-la de continuar.

— Espera. Como assim ele quebrou o pacto?

Porque ele não foi até o fim? Ou porque ele não é mais virgem? Ah, meu Deus, é por isso que todo mundo está chamando de "carta de sexo"?

Encaro Claire, que fica corada.

Espera aí. Será que ele e Claire...? É isso o que Ethan passou o dia todo escondendo de mim? Sinto um nó na garganta. A questão não é a virgindade em si. Mas imaginar Ethan com alguém desse jeito — com Claire desse jeito — é como ter alguém me estrangulando.

Ele me observa atentamente.

— Eu não costumo sair falando dessas coisas, mas...

Ela arqueia uma sobrancelha de uma forma sugestiva e dá de ombros timidamente. Aí está a resposta. Ele realmente transou durante o verão. Com *Claire*.

Meu coração... ah, meu Deus, meu coração.

Agora finalmente sei que aquele olhar na noite do baile, aquele toque leve feito uma pena contornando minha clavícula, meu pescoço, as curvas dos meus quadris, não significaram nada. O jeito como a voz de Ethan saiu rouca e vacilante quando ele falou o meu nome sob o luar não significou nada. Que o jeito como nossa respiração e nossas mãos tremeram não significou *nada*.

Não foi à toa que Ethan disse que aquilo era idiota. Estava tudo na minha cabeça. Assim como as pinturas que eu nunca vou fazer e o futuro que eu nunca vou ter.

Claro que foi com Claire. Os mundos deles são iguais. Ela é exatamente o tipo de garota que o sr. Forrester iria querer para Ethan. Ela fala o que quer, vai atrás do que quer. Ela tem dinheiro. Eles moram na mesma porcaria de rua. Os mundos deles não poderiam ser mais compatíveis.

Ela não precisa de um pacto para fazer coisas que a amedrontam.

Ninguém precisa, só eu.

Burra. Sou tão, mas tão burra.

Os cantos da boca de Claire se curvam de leve.

— Ele estava com medo de te contar tudo isso, mas não devia haver segredos entre amigos.

Sem dizer uma palavra, vou embora.

O céu está ficando rosa, anunciando um pôr do sol maravilhoso. Quando volto ao acampamento, a fogueira já está acesa. Já estão assando marshmallows.

O cheiro doce preenche o ar de lembranças. Das várias viagens com os meus pais, quando o cheiro da fumaça grudava no meu cabelo, nas minhas roupas, em cada camada da minha pele. Viagens que eu nunca mais vou fazer com eles. Lembranças que estão mortas, que viraram cinzas, assim como as que estão no fogo. Por quanto tempo eles foram infelizes? Quanto da minha infância foi fingimento?

Quanto da minha vida é uma mentira?

Siena faz um joinha para mim e acena a cabeça para o ponto mais distante do acampamento. Sigo o olhar dela e perco o fôlego.

Ethan está olhando para o chão, sentado sozinho em um banco de frente para a água. É um contraste tão gritante com o começo do dia, quando todos queriam o rei do baile. Esse povo…

Não consigo me aproximar. Não quero falar nada que depois faça eu me arrepender. Ou talvez eu não seja capaz de falar coisa alguma. Ele é livre para fazer o que quiser. Ethan nunca me deveu nada. Só que não consigo ficar perto tendo tantos sentimentos por ele.

Por que estou pensando em ficar na Liberty quando eu poderia ir embora e cortar todas essas pessoas da minha vida para sempre? Eu poderia ter um recomeço *de verdade* em vez de um recomeço simbólico. Em uma escola nova onde ninguém me conhece. Onde *Ethan* não está. Onde eu não tenha que enfrentar isso todo dia. Onde eu não tenha perdido a presidência. Nem ele.

Vejo que os professores estão ocupados, então vou até a caixa com os celulares. Eu me enfio embaixo da mesa para ninguém me ver, pego meu aparelho e o ligo. Em um minuto, a tela se ilumina com incontáveis notificações. Ignoro todas e com o coração acelerado escrevo uma mensagem rápida para a minha mãe.

Quero ir com você pra Sacramento.

Fecho os olhos e solto um longo suspiro, tentando ignorar o pânico. Meu celular vibra. Acho que é uma resposta da minha mãe, mas é a manchete de um site de fofoca.

Leio uma vez. Duas vezes. Olho para as fotos. Ah, *não*.

Apesar de todos os motivos para não fazer isso, corro para Ethan pela última vez.

CAPÍTULO VINTE E NOVE

Ethan

Senior Sunrise, 19h30

A fogueira foi acesa, mas ainda não estou pronto para enfrentar as pessoas. Estou sentado no banco do mirante com a cabeça inclinada para trás e os olhos fechados.

Eu amo ela. Puta merda, eu *amo* ela.

E se ela não sentir o mesmo? Ela pode perder a presidência por causa de Claire. Por *minha* causa.

Não ligo para o que esses idiotas pensam de mim. Mas me importo com a opinião de Natalia. Sempre me importei.

Fico parado ali, patético, congelando de frio e fraco. Não consegui me defender e mal consegui defendê-la. Não defendi a carta com a mesma confiança que senti enquanto a escrevia. Não bati em Rainn nem confrontei Claire quando foi necessário. *Eu deixei que tudo acontecesse*. Sempre deixo coisas ruins acontecerem com as pessoas que amo.

Primeiro, com a minha mãe. Agora, com Natalia.

Ouço passos e depois noto uma presença ao meu lado. Não preciso abrir os olhos para saber que ela está de pé ali, hesitante. Me observando. Meu coração acelera.

Sem abrir os olhos, digo:

— Sabia que cerca de vinte por cento dos estudantes entre doze e dezoito anos já sofreram bullying?

Natalia passa os pés pela terra e sinto seu calor quando ela se senta ao meu lado no banco frio. Seus movimentos são delicados, como se tudo pudesse se quebrar. Como se *nós* pudéssemos quebrar.

— Essa porcentagem parece baixa demais — diz ela. — Você está bem?

Eu poderia mentir, mas não minto.

— Não muito. — Abro os olhos para encará-la. — E você?

Ela balança a cabeça.

— Ethan… — A voz dela está trêmula.

Ela não fala mais nada, apenas pega o celular.

Ergo as sobrancelhas, surpreso.

— *Você* pegou seu celular de volta?

— Sim, *peguei emprestado*. E, hum, eu… recebi uma notificação de um site de fofoca.

Os olhos dela estão tão arregalados que mais parecem planetas. Natalia está nervosa. Então sinto um desespero profundo se alojando na minha barriga, porque deve ser algo sobre meu pai.

— Não vou te mostrar, se você não quiser ver agora. Mas não quero mais guardar segredos de você.

Respiro fundo para me acalmar e estico a mão. Como uma expressão de quem engoliu um inseto, ela passa o celular para mim. Sinto todo o sangue se esvaindo do meu rosto enquanto leio a manchete:

FLAGRA! ROGER FORRESTER E SOFÍA SANCHEZ SE BEIJANDO NO SOHO

Leio de novo. E de novo.

Sinto o enjoo subindo pela garganta conforme leio a matéria, que cita diversas "fontes". Dizem que o *caso* — o jeito descolado de se referir a *adultério* — começou no set de filmagem da Itália. Não há comentários de nenhum dos lados. Leio tudo, e cada nervo meu morre.

Observo as fotos. Meu pai com a camisa que *minha mãe* lhe deu de aniversário no ano passado e os braços em torno de uma mulher pouco mais velha que Adam. Eles estão se beijando em plena luz do dia em uma calçada movimentada de Nova York, onde deviam estar divulgando a série. As fotos estão em baixa qualidade, mas não dá para negar que é ele.

Então é isso. A transformação em clichê hollywoodiano está completa.

Acho que… é por isso que meu pai passou a manhã toda me ligando. Para me avisar que essa história ia sair.

Ou provavelmente ele queria saber se fui eu quem vazou a informação. Quem dera. Não é como se eu não tivesse pensado nisso nos últimos meses. Mas eu jamais faria isso com minha mãe.

Ah, meu Deus, *minha mãe*. Ela quase não sobreviveu à partida do meu pai, mas pelo menos não sabia do caso. Agora ela sabe. Todo mundo sabe.

E Adam? Sinto uma onda de pânico me atravessar. Será que ele vai ter uma recaída? Eu devia usar o celular de Natalia para ligar para ele.

Mas não me mexo. Não consigo. Moro neste banco agora.

— Qual a vantagem de ter outra mãe se ela não tem nem idade suficiente pra comprar cerveja pra você? — falo, tentando fazer uma piada, que sai tão sem graça que eu gostaria de estar caindo do penhasco junto com as folhas de eucalipto.

Acho que posso estar em choque.

— Sinto muito — diz Natalia.

Enterro o rosto nas mãos. Ela coloca a mão no meu braço para me tranquilizar. É bom, reconfortante. Mas, por algum motivo, também me deixa irritado para caramba.

— Ei, fala comigo — pede ela.

— Agora você quer conversar? — Meu tom é hostil até para os meus ouvidos. — Você teve o verão todo pra conversar comigo! Quando tudo isso estava acontecendo e eu estava *sozinho*.

Ela assente, triste.

— Eu sei.

Toda a amargura que reprimi por meses, e talvez até anos, está transbordando pelas feridas que nunca cicatrizaram direito. Meu irmão me abandonando por uns comprimidos, minha mãe desaparecendo no trabalho, meu pai se importando mais consigo mesmo que com qualquer outra pessoa. O bullying que só parou quando a fama chegou na minha vida e destruiu minha família.

— Sinto muito — repete Natalia.

— Para de falar isso.

— Por quê?

— Porque não é culpa sua. É *minha* culpa! — Minha voz ecoa feito um trovão.

O toque de Natalia é suave, mas seu tom é firme:

— Não tem como ser culpa sua.

Não sei se ela está falando desse lance do meu pai ou do nosso. Mas não importa.

— Eu te falei que sabia desse caso fazia um tempo.

— Continua não sendo culpa sua — diz ela, calma.

Natalia não entende. Preciso lhe contar o resto para que ela entenda como minha família é ferrada. Como *eu* sou ferrado.

Porque quando peguei meu pai trocando mensagens com Sofía depois da viagem, ele me pediu para não contar para a minha mãe. E eu concordei.

Eu concordei.

Eu concordei.

Ele falou que não era nada. Daí virou alguma coisa, mas ele disse que ia terminar. Só que um mês depois, em vez de terminar com *ela*, ele terminou com a gente.

Gostaria de pensar que, se a noite do baile não tivesse acontecido, Natalia e eu estaríamos conversando o verão inteiro e eu já teria contado para ela. Mas não sei se isso é verdade.

Sou culpado por associação pelo papel que desempenhei na traição da minha mãe. Todos os dias, nos últimos setenta e seis dias, fiquei cada vez mais convencido de que todos os homens Forrester são egoístas e ferrados.

Porque se um homem que lia para mim durante horas, que nunca me apressou nas visitas ao meu lugar favorito na terra (o Museu do Espaço e da Ciência), que me ensinou a jogar basquete, que comprou meu primeiro PC gamer e nunca deixou de me dizer o quanto me ama... Se esse homem pode se tornar um estranho — mudando drasticamente de alguém que eu admiro para alguém que abomino e que me enoja profundamente —, que esperança existe para mim? Eu sou parecido com ele... E se eu me tornar igual a ele?

— Mantive isso em segredo por muito tempo. E quando não aguentava mais, falei para meu pai que ele tinha que contar pra minha mãe ou eu mesmo contaria. No dia seguinte, ele foi embora.

Faço uma pausa, esperando que a confissão faça eu me sentir melhor, mas falar em voz alta só me deixa com vontade de vomitar. Se eu não tivesse dado um ultimato, será que ele teria ficado? Será que teria terminado o caso como disse que ia fazer? Será que ele e minha mãe teriam dado um jeito?

Como é que ele pôde fazer isso com ela? Como *eu* pude fazer isso?

— Eu não podia contar nada pra minha mãe depois disso. Ela ficou um caco quando ele foi embora. Meu pai teria ficado se eu não tivesse pressionado. — Quase me engasgo com as palavras. — Ele teria terminado com a outra.

— *Não*. Você é uma boa pessoa, do melhor tipo. Pra começo de conversa, você não devia ter sido colocado nessa posição. Foi ele quem traiu. Ele quem foi embora. *Ele*. Não você. Confia em mim, seu pai é um esquisitão de merda — diz Natalia com uma voz trêmula.

Congelo.

— O quê?

Ela arregala os olhos como se não acreditasse no que acabou de dizer.

— Desculpa, hum… acho que só estou chateada por você. Você não fez nada errado e estou tão brava por ele ter feito isso com a sua família. Com você.

Fico olhando para os meus sapatos.

— O problema é esse, Talia. Eu fiz algo errado *sim*. Escondi esse segredo enorme da minha mãe, e eu não… — Engulo o nó dolorido na garganta. — Nem sei por quê.

— Eu sei — responde ela calmamente. — Você estava tentando protegê-la. Você é muito bom nisso. Bom *demais*.

Resmungo.

— O que é que isso significa?

— Se eu não tivesse aberto o jogo sobre as cartas, você ia deixar a turma toda pensar que foi você que fez merda. Não ia?

É. Ela está certa. Balanço a cabeça.

— Você não pode continuar se colocando na fogueira desse jeito. Tudo que você faz é se queimar.

Minha mente está agitada demais para que eu pense numa resposta.

Ela se aproxima.

— Não importa o quanto você tente, você não pode proteger as pessoas da dor delas.

Minha voz está rouca quando falo:

— Não faço isso por todo mundo. Só pelas pessoas que eu…

Meu Deus. Quase digo que eu a *amo*. Mas me interrompo bem a tempo. Nossos olhos se encontram e fico com vontade de segurar a mão dela.

Então faço isso. Entrelaço meus dedos nos de Natalia, segurando-os com força e acariciando o dorso da sua mão com o dedão. Ela olha para as nossas mãos unidas e pisca várias vezes.

— Ethan, eu… — Ela para de falar e se desvencilha devagar.

Ah.

CAPÍTULO TRINTA

Natalia

Senior Sunrise, 19h43

Antes que as coisas avancem com Ethan, preciso lhe contar sobre o Ano-Novo. E sobre Sacramento. Estava falando sério quando disse que não queria mais guardar segredo nenhum.

Mas, antes que eu diga qualquer coisa, ele finca os pés no chão e se levanta do banco. Surpresa, também me levanto.

Ele passa a mão pelo cabelo e finalmente olha para mim.

Eu poderia desenhar o rosto dele até de olhos fechados. Com facilidade. Conheço todas as expressões que ele já fez. A curva do seu lábio superior quando ele dá um sorrisinho torto. O jeito como a lateral das suas narinas se expandem quando ele está agitado. A raiva em suas sobrancelhas franzidas e a alegria que ilumina seus olhos. Achei que tivesse visto de tudo. Até agora.

Esta expressão, com os olhos arregalados e constritos, permeados por uma dureza, mas uma suavidade ao redor da boca, é mágoa verdadeira. Tristeza.

Fico tão chocada que recuo.

— Por que você fica fazendo isso? — pergunta ele.

Franzo o cenho, genuinamente confusa.

— Fazendo o quê?

— Fugindo de mim.

A ironia da situação não me escapa, pois, quando ele me olha desse jeito, tudo o que quero fazer é literalmente fugir. E correr o mais rápido e mais longe quanto minhas pernas treinadas conseguirem. Talvez até a praia, até que meus pulmões queimem e minha mente pare de gritar.

Mas não faço isso. Mantenho a voz estável e digo:

— Não estou, não tenho nada do que fugir.

O céu ostenta um pôr do sol explosivo atrás de Ethan, fazendo-o emanar uma luz dourada. Seu cheiro amadeirado se mistura com o ar salgado. Meu coração começa a galopar. Calor e esperança se acumulam nas minhas veias. Preciso afastar tudo isso. Impedir tudo isso. Estou indo embora e ainda não contei a ele. Preciso contar.

Mas então Ethan apoia a testa na minha, e tudo se esvai.

— O que foi? — insiste ele. — Porque você também está sentindo. Eu sei.

Respiro fundo, agitada. Por que é que isso está acontecendo agora? Quando não podemos ficar juntos? Quando vim aqui como sua amiga, para então deixá-lo para trás?

O vento sopra sobre nós, e ele afasta uma mecha de cabelo do meu rosto. Seu olhar é meigo, curioso e sincero, como se ele soubesse que há uma batalha se travando dentro de mim neste momento.

— Você não pode falar essas coisas — digo.

— Por que não? — pergunta ele. — Por que você fica me afastando?

Não posso responder. Não consigo pensar direito quando ele está tão perto assim. Minha respiração está cada vez mais acelerada.

— Não sei — solto. — Eu só...

— Você só *o quê*? — questiona ele, baixinho.

Meu coração dispara, porque seus olhos escuros me chamam. Seu peito está subindo depressa contra o meu e busco a verdade dentro de mim, mesmo que ela vá me esmagar quando eu finalmente a disser em voz alta:

— Eu só quero você perto de mim — sussurro contra os seus lábios.

Meus olhos se fecham no instante que ele cola a boca na minha.

CAPÍTULO TRINTA E UM

Ethan

Senior Sunrise, 19h48

O beijo é selvagem e cheio de urgência. Lábios, dentes e suspiros. Hálito quente e pele gelada. Meus dedos desaparecem no cabelo bagunçado de Natalia enquanto aproximo o corpo dela do meu. Mas ainda quero mais, muito mais. O sabor delirante, a sensação de ancoramento que a presença dela me traz. O pôr do sol nas nossas peles, Natalia nos meus braços.

Finalmente.

Puxo o queixo dela com o dedão, intensificando o beijo. Ela solta o mesmo barulhinho que já me matou uma vez, e eu o devoro, faminto. Ela agarra minha camiseta em resposta. Bem no lugar dos machucados. Engulo a dor, não ligo. Não vou deixar que nada interrompa isso. Mas, quando mordo o lábio inferior de Natalia, ela me aperta de novo com mais força, e sibilo contra sua boca.

— Desculpa! — Ela recua, com o peito pesado e toda vermelha, cobrindo a boca com as costas da mão.

— Tudo bem... nossa...

— É — solta ela.

Se a noite do baile foi uma labareda, este beijo é um incêndio. Balanço a cabeça, quase rindo. Estico os braços, desesperado para retomar de onde paramos, mas ela não devolve meu sorriso. Ela parece... aterrorizada.

Não.

— O que houve? — pergunto.

Espero que ela diga que é estranho beijar o melhor amigo ou que ela não quer fazer isso em um evento escolar, mas seus olhos vítreos encontram os meus e ela fala algo impossível:

— Estou me mudando. Pra Sacramento.

O tempo para de repente. Balanço a cabeça, tentando entender.

— O quê? Quando?

— Acho que esta semana. Minha mãe arranjou um trabalho novo — explica Natalia, contorcendo as mãos.

Pisco, perplexo.

Ela continua falando:

— Eu não tinha certeza se ia. Mas… depois de tudo o que aconteceu hoje, pensei, beleza, se vou mesmo ser tão corajosa quanto as Cartas do Leão dizem, eu devia fazer as coisas que me dão medo.

Essa última parte desperta minha atenção, e solto uma risada vazia.

— É isso que você escreveu na sua carta? Sobre a mudança? Meu Deus, eu… sou *tão* idiota — digo, enterrando o rosto nas mãos.

— Não, não escrevi isso… Como assim?

Ela pega meu braço, mas me viro.

— Ethan, eu não esperava que isso fosse acontecer. Eu não sabia… por favor, não me ignora.

Eu me afasto dela com os olhos ardendo.

— Você *sempre* faz isso.

As lágrimas começam a transbordar dos olhos dela.

Droga. Mais uma vez, a brisa do mar sopra sobre nós no mirante, focalizando a situação. De alguma forma, acabamos nos tornando muito bons em nos separar. Estou perdendo-a. Estou perdendo-a de verdade.

— Como é que você não me contou? — Detesto como minha voz sai magoada.

— Eu… não sabia como te contar.

Natalia não recua, mas me preparo para que ela vá embora a qualquer segundo. É o que ela sempre faz. É o que todos na minha vida sempre fazem. Nem todos os problemas podem ser resolvidos. Nem todas as coisas podem ser consertadas.

Balanço a cabeça devagar e fecho os olhos.

— Talia, não posso mais fazer isso.

Ela fica em silêncio. Quando abro os olhos, nos encaramos por um longo tempo.

— Fazer o quê? — pergunta ela tão baixinho que quase não escuto.

Natalia me observa, pálida, assustada e arrependida. A garota que eu amo, com quem estou tão bravo que não consigo nem respirar. Ela escondeu tantas coisas de mim. E agora vai se mudar? Ir embora? *Fugir*. A raiva colide com a saudade e explode.

— Não posso ver você ir embora de novo. Eu não… *consigo*.

Viro as costas. Mesmo assim, sinto-a praticamente vibrando com a necessidade de consertar tudo o que está quebrado entre nós. Em mim. Mas é tarde demais.

É tarde demais para nós.

E o fogo enfim se transforma em cinzas.

CAPÍTULO TRINTA E DOIS

Natalia

Senior Sunrise, 19h52

A gente acabou de se beijar. Do *nada*. Não por causa de algum pacto, aposta ou brincadeira. Ele me beijou como se realmente quisesse fazer isso. Como se não se *aguentasse*. E conheci um novo espectro de cores que nunca tinha sentido antes. Elas eram… de outro mundo. Nada nunca me pareceu tão certo na minha vida.

Mas entrei em pânico e estraguei tudo, como sempre.

Não posso ver você ir embora de novo.

A eletricidade entre nós se apaga em um piscar de olhos. Ele vira as costas para mim, e fica óbvio que está de saco cheio disso. De mim.

Observo-o desaparecer dentro de si mesmo sabendo com uma certeza nauseante que fiz *tudo* errado. Eu não devia ter contado a ele desse jeito. Talvez eu não devesse nem ter decidido isso. Por que fui escrever para a minha mãe quando estava tão chateada?

Deixei Claire me afetar. Deixei o que aconteceu entre eles falar mais alto do que o que está acontecendo entre nós agora.

Minha cabeça está rugindo com tudo o que preciso falar, perguntar e explicar. Mas as palavras estão presas, como sempre. Porque a verdade é que, apesar de todos os segredos revelados hoje, o meu continua muito bem enterrado.

Fecho os olhos com força, tentando me concentrar, acalmar os pensamentos acelerados para dar a Ethan a explicação que ele merece. Mas demoro demais.

E meu tempo se esgota quando ele diz:

— Vai embora.

Seu tom é vazio, sem emoção. Indiferente. Ele nunca falou assim comigo antes, e é assim que eu sei, com uma clareza que revira minhas entranhas, que de todos os erros que cometi hoje, não me abrir com ele foi o pior.

As lágrimas fazem meus olhos arderem e o abraço por trás, pressionando a bochecha nas suas escápulas.

— Ethan… me desculpa — sussurro. — Por tudo…

Ele não responde. Está imóvel enquanto eu o abraço. Nunca o vi desse jeito, tão fora de alcance.

Mal ouço sua voz sobre o bramido das ondas.

— Talia. *Por favor*.

Ele está implorando para que o deixe em paz. Para que eu vá embora.

Uma lágrima desce pelo meu nariz e se derrete no seu capuz.

Ele está cansado. E não o culpo. Abaixo os braços.

Pergunto se podemos conversar depois, mas ele não me ouve ou me ignora.

Caminho devagar de volta para o acampamento, enquanto as lágrimas escorrem pelas minhas bochechas e meu cérebro pega fogo com a necessidade de entender o que acabou de acontecer. A briga, o *beijo*. Atravessamos uma nova fronteira. O pacto era uma coisa, mas isso… O que é que isso significa?

Ethan me enxerga melhor que ninguém. Tudo cintila em cores brilhantes e vívidas — azul e cor-de-rosa — quando penso nele. Quando nos tocamos, as cores se transformam em tons quentes, dourados e um tom reconfortante de verde-floresta. Quando nos afastamos, as cores se esvaem e se tornam opacas.

Então por que me fechei para ele?

Um abismo de solidão se abriu dentro de mim quando voltei para casa no escuro na noite do baile, pensando que ele não me queria. E quando meu coração estava finalmente amolecendo, quando achei que ia me beijar de novo, ele parou.

Talia... Eu... não acho que eu... que isso é idiota. Eu não... com você... não assim.

Aquela palavra ficou ecoando em mim. "Idiota." A palavra que ele passou a usar depois que a galera popular começou a prestar atenção nele. O jeito como a ansiedade me deixa. O jeito como eu *nunca* quero me sentir. Sempre controlada, avaliada, preparada. Jamais idiota.

Quando ele falou aquilo, pensei imediatamente que eu tinha feito algo vergonhoso. Que eu tinha o forçado a me tocar, a me desejar. Que eu tinha usado o pacto como uma armadura patética contra todos os meus sentimentos.

Eu o atraí e ele se arrependeu na mesma hora. Fiz exatamente o que o pai dele disse que eu faria.

Ethan cambaleou quando eu o empurrei para o lado para procurar minha blusa. Vergonha, desejo e tristeza queimavam dentro de mim.

— *Eita, calma, Natalia, espera aí* — disse.

Ele segurou meu braço e eu me afastei.

— *Está tudo bem, Ethan.*

— *Você tá puta.*

Eu não estava puta. Estava arrasada. Humilhada. Porque pensei que ele tinha visto a sereia aquela noite, a garota desprezível que tentou convencê-lo a fazer algo que ele não queria, e não a garota confusa que estava desesperada para se conectar com ele de um jeito novo. Estava pronta para ser o mais sincera possível... e ele me rejeitou.

Então, em vez de conversarmos para entendermos as coisas, eu fugi e ele se entregou para *Claire*.

Só que agora entendo que ele passou o verão sofrendo de uma forma que eu não imaginava. Assim como eu. Talvez Sienna esteja certa. Talvez ele estivesse fazendo com Claire o que eu estava fazendo com Rainn: tentando ficar bem.

Mas não somos feitos apenas de rachaduras.

Mesmo assim, depois de tudo, agora sei que ele me deseja. O que pode ser ainda mais aterrorizante. E empolgante.

Talvez eu ainda consiga salvar as coisas. Ele tem razão, sou eu quem sai batendo os pés, vai embora, *foge*, então cabe a mim consertar tudo.

Ouço a risada familiar de Rainn atravessando o acampamento. E tenho uma ideia. Caminho depressa na direção do som.

Não sei se Ethan um dia vai me perdoar por este verão, pelas cartas, por todos os desastres que causei. Tive muitas chances durante o dia para consertar as coisas e acabei cagando mais ainda. Mas não vou desistir.

Posso acertar pelo menos essa.

Quando me aproximo, entrego discretamente o celular para Rainn.

Ele arregala os olhos e fala:

— Você quebrou mais uma regra?

— Confia em mim, queria não ter feito isso. Olha essa matéria.

Ele lê o texto e estremece.

— *Merda.*

— Você acha que pode falar com ele? Eu tentei, mas acabei contando de Sacramento e...

Paro de falar porque sinto um nó na garganta. *E ele me beijou como se também me amasse.*

Rainn assente e me devolve o celular.

— Claro.

Conto onde ele está, e Rainn segue para o mirante.

Nunca, jamais vou poder compensar o que fiz com Ethan. O que não me impede de tentar. Porque *finalmente* entendi. Ele não é alguém de quem eu deveria fugir.

É na direção dele que eu deveria correr.

CAPÍTULO TRINTA E TRÊS

Ethan

Senior Sunrise, 19h59

Fico andando de um lado para o outro e *preciso* socar alguma coisa. Eu poderia destruir uma montanha agora de tanta raiva. Ela me beija daquele jeito e ainda assim está querendo ir embora?

O ar se esvai dos meus pulmões e de repente perco toda a força.

Eu me jogo no banco, enterro a cabeça nas mãos e choro. Choro como não faço desde o oitavo ano, quando fui atirado contra um armário com tanta violência que meu dente da frente lascou. Choro me perguntando o que tem de tão errado comigo que ninguém fica ao meu lado. Choro de um lugar onde ninguém pode me alcançar.

Acho que nem Natalia.

Não posso mais ficar indo atrás dela. Não posso mais ficar esperando que ela me escolha.

Será que ela vai mesmo se mudar para Sacramento? Nós nem… pensei que tínhamos mais tempo. Mas, se ela está indo embora, se vai morar a três horas de distância e não está nem querendo tentar, que esperança nos resta?

Agora está nítido que nunca houve esperança para nós.

Se eu estivesse com meu celular, pesquisaria citações e fatos para tentar entender melhor as coisas. Ou alguma curiosidade para acalmar minha mente e me lembrar de que vou sobreviver. De que não sou o primeiro cara na história do mundo que teve o coração partido.

Mas com certeza é o que sinto.

Então ouço passos silenciosos e uma voz tímida:

— Oi, cara. Posso me sentar com você?

Enxugo os olhos molhados na manga e assinto.

Rainn se acomoda no banco e fica passando as mãos nas coxas. Sua calça *tie-dye* está suja de terra e areia e ele está cheirando a fumaça.

— Natalia me contou o que aconteceu com o seu pai. Você está bem?

Não falo nada.

— Certo, dã, claro que não. — Ele coça a nuca. — Sinto muito mesmo. Confia em mim, sei como é.

Franzo a testa.

Ele continua:

— Tá, não *exatamente*. O que aconteceu com os meus pais nunca foi exposto na internet. Mas nunca te contei por que eles se separaram na primeira série…

Minha expressão deve transmitir a pergunta, porque ele fala:

— Pois é. Com a fisioterapeuta dele.

— Caralho — digo, balançando a cabeça.

Rainn assente.

— Eu sei.

Ficamos ouvindo o mar por um tempo, e gosto do fato de que ele não diz que vai ficar tudo bem. Não precisa dizer isso para que eu saiba que ele entende.

Depois de uns minutos, falo:

— Te assusta saber que estudos encontraram um gene que pode estar correlacionado à infidelidade?

Ele faz uma careta.

— Não. Vi o que essa merda fez com a minha mãe. Nunca vou trair. — Ele me encara por um longo tempo. — E quer saber, cara? Você se recusa a ir em uma cafeteria diferente, mesmo que a da escola literalmente nunca acerte seu pedido.

— Eu curto apoiar empresas locais. O que é que isso tem a ver?

— Exatamente. Você é leal pra caramba. Você não é seu pai. Você é… *você*.

Quem quer que seja esse. Mas finalmente olho para Rainn e começo a sentir que já não quero mais tanto socar alguém.

Ele fala:

— Me desculpa. Pela sua carta e por não te falar sobre Sacramento. A novidade não era minha.

— Eu entendo.

Entendo mesmo. Não o culpo nem culpo Sienna. É só que Natalia contou para eles e *não* para mim.

Rainn continua com a voz mais baixa:

— Só pra constar, só tentei dar a sua carta pra ela porque sei que ela sente o mesmo.

Reviro os olhos.

Rainn bate no meu braço com o dorso da mão.

— Se alguém escrevesse uma carta assim pra mim, eu ia querer ler. Eu não fazia ideia do que você sentia por ela.

— É, enfim… não importa mais.

Rainn se vira para mim e seu joelho acerta o encosto do banco.

— Você não tá falando sério.

— Estou sim.

Ele solta um grunhido de frustração e levanta as mãos para fingir que está torcendo meu pescoço.

— Vocês dois são *tão* teimosos. Ela tá na sua, cara. Aff, ela *me* dispensou por causa de você.

Solto uma risada amarga e comprimo a esperança dentro do peito o melhor que posso.

— Ela te dispensou por causa de *você*.

Rainn revira os olhos de novo, aliviado pela minha piada.

— Você ama ela?

Depois de um longo tempo, faço que sim.

— Mas não importa…

— Por que não? — pergunta ele, exaltado.

— Natalia me cortou da vida dela como se eu não fosse nada. Por que ela não me contou?

Ele dá de ombros.

— Talvez não tenha a ver com você.

Abro a boca, depois fecho-a de novo.

— É difícil falar em voz alta sobre as merdas que você não quer lidar, sabe? — Ele dá risada. — Natalia é pior ainda nisso. Se ela pudesse pintar alguma coisa pra você, provavelmente teria ajudado. É tipo você com os seus fatos aleatórios.

Não sei como ele faz isso, mas abro um sorrisinho. Ele está certo.

Eu o encaro.

— Por que está fazendo isso? Você me deu uma surra por causa dela há, tipo, umas oito horas.

Ele sorri.

— Primeiro, te dei uma surra porque você me pediu, e foi divertido. E sim, eu gostava dela. — Ele olha para as mãos, reunindo forças. — Mas vou superar. Assim que li sua carta, tudo fez sentido. Vocês dois sempre tiveram uma coisa meio... globo de neve. Tipo, o mundinho mágico de vocês. Todo mundo percebe, mas vocês estão tão imersos que não conseguem ver. Eu só estou agitando a neve pra você.

Eu o olho de lado.

— Cara, que profundo — falo com sinceridade.

— Por que as pessoas sempre ficam surpresas?

Ficamos em silêncio, ouvindo as ondas por mais um minuto, e então coloco a mão no ombro dele.

— Obrigado por isso. Estamos de boa.

O rosto de Rainn se ilumina e ele fica de pé, me puxando para eu me levantar também.

— O que...

Então ele me dá um abraço. É tão súbito que solto uma risada, apesar dos protestos dos meus machucados. Ele se afasta, mas mantém as mãos nos meus ombros, me encarando todo sério.

— Chega dessa deprê de merda. Seu pai é um babaca, mas não é culpa sua.

Tento me desvencilhar de Rainn, mas ele não se mexe.

— Você vai conversar com ela antes de sair pulando do penhasco?

— Tecnicamente, isso aqui é uma falésia.

Ele sorri, parecendo querer me socar de novo.

Enfio as mãos nos bolsos e fecho os dedos ao redor de um pedaço de papel amassado. A primeira Carta do Leão que encontramos esta manhã. Sinto um aperto no peito.

Espero Rainn ir embora, prometendo que não vou demorar muito, antes de pegá-la. Sei que não deveria ler. Mas não aguento mais.

Abro a carta e a tinta azul chama minha atenção primeiro. Logo depois, vejo meu nome. Mas eu nem precisaria ver meu nome ou a tinta para saber quem a escreveu. Eu reconheceria a letra de Natalia em qualquer lugar — assim como sua risada e seu toque. Entre as linhas rasuradas e riscadas, é a primeira vez em meses que posso ver o que tem dentro da cabeça dela:

Se eu fosse mais corajosa, contaria tudo para o Ethan. ~~Contaria a ele o que aconteceu no Ano-Novo e por que as coisas andam estranhas entre a gente~~. Por que ando tão esquisita ~~desde então~~. Não soube como contar a ele porque não queria que as coisas entre nós mudassem. Sei que preciso contar e que depois tudo vai mudar... mas juro que não queria que nada disso acontecesse.

~~Se eu fosse mais corajosa, contaria para o Ethan por que fugi aquela noite. O~~

~~que eu queria de verdade. O medo que senti de estragar tudo. Eu me sinto tão sem controle quando estou com ele...~~

Se eu fosse mais corajosa, aceitaria que esses sentimentos não vão dar em nada, não importa quão grandes eles sejam ou quão certos eles pareçam. O pai dele tinha razão, somos de mundos diferentes. Agora entendo o que todo mundo sempre entendeu: não sou boa o suficiente para ele. Nunca fui. Não sou rica o suficiente. Não sou bonita o suficiente. Não sou inteligente o suficiente. Fico esperando uma cura para essa sensação, e morro de medo...

Se eu fosse mais corajosa, deixaria Ethan ir.

Releio a carta, enquanto diferentes frases se destacam e se enterram fundo em mim.

Me sinto tão sem controle quando estou com ele... esses sentimentos... não sou boa o suficiente para ele...

Mas não consigo tirar os olhos das palavras "O pai dele tinha razão", que se misturam à expressão dela quando o chamou de esquisitão de merda.

Que porra que ele fez?

Verifico as horas. Já perdemos a fogueira e logo as luzes vão se apagar. Não vamos ter tempo de conversar hoje, mas preciso vê-la. Corro até Rainn para desabafar com ele.

Ele abre um sorriso malandro e diz:

— Deixa comigo.

CAPÍTULO TRINTA E QUATRO

Natalia

Senior Sunrise, 21h40

Ethan e Rainn ainda não voltaram e está quase na hora da verificação das barracas, depois as luzes serão apagadas. Eles perderam a fogueira, mas foi melhor assim, já que todo mundo ficou me olhando como se eu fosse uma IST ambulante. Tenho que admitir que Prashant montou um esquema bastante respeitável para os marshmallows. Além disso, ser ignorada por todos me deu tempo para pensar no que quero falar para Ethan. Só que agora provavelmente só vamos nos ver amanhã de manhã.

Sienna e eu vamos ao banheiro juntas escovar os dentes e tirar o máximo de areia possível antes de ir para cama — é o efeito colateral de acampar na praia. Vislumbro meu reflexo no espelho riscado e distorcido, e fico surpresa ao ver meus olhos vermelhos e lacrimejantes. Não sei se é pelo Senior Sunrise ou Ethan, mas só hoje já chorei mais que o verão todo.

Será que ele está bem? Será que fiz a coisa certa mandando Rainn falar com ele? Como — *como* — posso consertar o que fiz? A única coisa boa nessa confusão é que como os celulares estão guardados, ninguém vai saber da fofoca da família dele até amanhã.

Meus pés estão pesados quando volto do banheiro. O sr. Beckett coloca as mãos em volta da boca e anuncia para *todo* o acampamento:

— Leões da Liberty, vamos verificar as barracas!

Ele começa comigo e com Sienna. Ele tem olheiras e parece pronto para acabar logo com isso. Então risca nosso nome da lista antes de termos a chance de entrar na barraca.

Assim que ele se afasta, Sienna se vira para mim e me dá um abraço.

— Tá, boa noite!

— Hã? A gente acabou de falar pra ele que vai dividir a barraca — falo, confusa.

Ela faz uma cara estranha ao dizer:

— É, mas por enquanto, vou descansar... em outro lugar.

— Ah, "outro lugar", hein? — provoco, erguendo as sobrancelhas. — É assim que estamos chamando a barraca de Leti agora?

Ela sorri e não fala nada.

— Tá bem, vou te acobertar. Quanto tempo você vai ficar fora? — pergunto baixinho.

Ela dá de ombros com uma expressão maliciosa.

— Tenho a sensação de que você não vai querer companhia tão cedo.

E vai embora. Tudo o que vejo é a lanterna balançando alegremente no escuro enquanto ela desaparece na barraca de Leti, do outro lado do acampamento.

Certo...

Montei a barraca estrategicamente bem longe do grupo, então até que vai ser bom ficar sozinha. Mas acho que não vou conseguir dormir. Minha cabeça está tão bagunçada que não consigo nem imaginar nenhuma pintura agora.

Com a lanterna em uma das mãos, abro a barraca e congelo.

Ethan está sentado no meu saco de dormir.

— Oi.

Meu coração dispara na hora. Ele está de calça cinza e moletom preto com capuz, e seus cachos escuros estão caindo sobre a testa. Os olhos dele também estão vermelhos. A barraca está cheirando a seu sabonete de pinho.

— O que está fazendo aqui? — sussurro, com os olhos arregalados.

Entro depressa e fecho a porta para não sermos pegos e *expulsos* imediatamente.

— Sienna está com Leti. Rainn está de olho no professor.

— Mas…

— A gente precisa conversar.

Ele dá uma batidinha no saco de dormir, e eu nem hesito. Já quebrei tantas regras, que mal tem quebrar mais essa? Eu me sento e cruzo as pernas devagar, ficando de frente para ele. Nossos joelhos se encostam.

É como se eu estivesse diante de uma corrida de obstáculos. Como se meus membros fossem preenchidos de molas e precisassem se *mover*. Mas afasto essa sensação. Chega de fugir. Ethan merece minha imobilidade.

Ele começa:

— Me desculpa por mais cedo. Eu não devia ter gritado com você daquele jeito.

— Devia, sim.

Ele ri. Meu coração volta ao ritmo normal com o som.

— Me desculpa também. Por hoje, pelo verão. Pela forma como eu fugi. Pela forma como eu… fujo.

— Pois é. Sacramento.

Expiro pela boca.

— Pois é.

— Por que você vai embora? De *verdade*.

Não faz mais sentido não falar, então conto tudo. Como ando confusa. O alívio que seria ir para uma nova escola e parar de me esforçar tanto, porque a cada dia que passa estou colapsando com as pressões da Liberty. Como tenho medo de fazer merda. Como sinto falta de pintar.

Ethan me ouve. Ele realmente me ouve, como sempre fez — sem me interromper ou se intrometer. Como se *quisesse* entender.

Assim como todas as vezes que não nos tocamos, mas permanecemos juntos durante o pior.

Até que eu enfim mergulho no fundo da questão:

— Quero pintar e… meu pai não me deixa nem fazer aula de arte. Ele quer que eu faça *estatística*. Se eu for com a minha mãe, vou poder fazer o que quiser. Do meu jeito, sabe?

Ele fecha as mãos e depois as abre.

— Tá… certo. Mas o que vai acontecer se ele não gostar do curso ou da universidade que você escolher? Você vai continuar fugindo? As coisas podem mudar se você falar. Uma hora vai ter que decidir as coisas sozinha.

— É isso o que estou fazendo.

Ele balança a cabeça.

— É mesmo? Você guardou segredo sobre a mudança. Escondeu de mim. De *mim*. — Ele enfatiza a fala batendo no peito com tanta força que quase sinto a pancada. — Por quê?

— Não sei.

Ele ergue as sobrancelhas.

— Você sabia que eu ia te criticar.

Exalo alto.

— Talvez.

— Você passa tanto tempo se fechando pra ninguém te ver de verdade que está se tornando infeliz. Acha mesmo que isso vai mudar se você for morar em outra cidade?

Explodo:

— Eu… Talvez sim! Você não tem como saber. Eu poderia pintar e relaxar…

— E se esconder.

Sinto um nó na garganta.

— É isso mesmo o que *você* quer? Não seus pais, eu, nem ninguém mais… mas você? — insiste ele.

Passo as mãos pelo cabelo e jogo para um lado, agitada.

— Sabia que você reagiria assim, me fazendo um milhão de perguntas que não sei responder.

A voz dele fica mais tranquila.

— É só uma pergunta. Só uma.

Mas é a pergunta mais difícil. Que faz brotar mais mil.

O que é que eu quero?

Posso querer algo, se for egoísta? E se o que eu quiser magoar todos à minha volta? E pior: e se eu quiser a coisa errada?

Fecho os olhos, procurando a tela na minha mente. Ela está lá, mas está vazia. Um espaço em branco cheio de nada. Não consigo encontrar a cor. Não consigo... *não consigo*... minha respiração acelera.

Sinto mãos quentes nas minhas bochechas.

— Ei, volta aqui.

Quando ergo o olhar, me deparo com os olhos profundos de Ethan a centímetros dos meus, me encarando fixamente.

— Natalia, do *que* você tem tanto medo?

O ar da barraca fica pesado. Ele afasta as mãos, mas a força invisível que volta e meia nos une envolve meu coração, e a resposta verdadeira surge:

— *Disso* — solto.

Ele descansa os dedos no colo.

— Por quê?

O vento sopra, fazendo as paredes da barraca vibrarem. Nenhum de nós se move. Fico congelada sob o olhar penetrante de Ethan. Enterrei meus sentimentos caóticos por ele tão fundo que não sei nem como acessá-los mais.

— O que está acontecendo com a gente... o que aconteceu na noite do baile foi... é... tão confuso — respondo com sinceridade.

Ele respira fundo e espera que eu olhe para ele. Quando faço isso, fala:

— Pra mim também é.

— Sério?

Ele assente. Estamos tão perto. Tão perto.

Engulo o nó na garganta. Preciso de várias tentativas.

— Aquela noite, não parecia que você queria.

— Eu queria — diz ele depressa. — Mas não depois que você disse que aquilo não mudaria nada.

— Eu só falei isso porque não sabia o que você sentia. Não queria que você pensasse que eu estava forçando as coisas.

Ethan solta um som como se tivesse perdido o fôlego. As bochechas dele estão coradas. Depois, ele fala baixinho:

— Então... aquilo mudaria as coisas pra você?

Sim.

Vou me obrigar a sentir o que for preciso para mantê-lo na minha vida.

— Se não foi nada pra você, também pode ser pra mim — digo, finalmente.

O espaço da barraca se encolhe diante da profunda firmeza do olhar dele, da voz.

— Foi importante pra mim.

Com o queixo tremendo, falo:

— Então por que você disse que era idiota?

Ele afasta a cabeça de uma vez, compreensão e horror estampados no rosto.

— Ah, meu Deus, eu estava falando do nosso *pacto*. Eu não podia ficar com você daquele jeito por causa de uma brincadeira... — Ele balança a cabeça. — Eu não estava falando de você nem da gente...

Falo a coisa mais assustadora. A pior coisa.

— Não existe "a gente".

Ele estica os braços e envolve minha cintura com as mãos, as pontas dos seus dedos encontrando a pele macia dos meus quadris sob a bainha do meu suéter. Não quero olhar para ele tão de perto. Tão perto, mas nunca perto o suficiente. Mas olho.

Ethan me encara e fala:

— Sempre existiu "a gente".

Por um segundo incerto e confuso, ficamos em silêncio. Seu gosto é de pasta de dente de hortelã e sal marinho, e eu me derreto nele. Para onde quer que eu vá, ele vai atrás. Forte, seguro e sólido.

Eu tive que enterrar todos os meus sentimentos por Ethan nos cantos mais sombrios do meu coração para sobreviver. Mas e agora? Agora, estou tocando o cabelo dele e meu coração está suspirando. É assim que deveria ser.

Quando a saudade encontra a matéria.

Está acontecendo. De verdade. A ternura vira calor. Aquela familiar dor dentro de mim rapidamente é engolida pelas chamas do desejo. Ele estremece sob o meu toque e me puxa para mais perto. Faminto. Ávido. Seus braços fortes me envolvem e seu desejo silencioso e obscuro envia uma onda de choque pelo meu corpo. Abro sua boca com a língua, e ele emite um *som*. É como se cada estrela do céu e cada célula do meu corpo ardesse diante da inegável perfeição de nós dois juntos.

— Espera — diz Ethan, a boca na minha, um pouco ofegante.

Ele recua para me encarar, e seus olhos castanhos são como uma respiração profunda. Depois, me observa atentamente. Intimamente. Ele se afasta e enfia as mãos nos bolsos.

— Acho que tem mais um motivo pra você não ter me contado — diz ele.

Ele saca um papel amarelo e amassado com tinta azul, e eu quase dou risada, mas a risada fica presa na garganta. É lógico que ele encontrou minha carta.

— Você leu? — pergunto para ganhar tempo. Ele deve ter lido.

Ele assente.

— Por favor, chega de segredos, Talia. O que meu pai fez?

Minha voz sai um pouco estrangulada:

— Não importa…

— Importa, sim. — Ele entrelaça os dedos nos meus e espera.

No fim, acabo contando tudo.

— Ele me disse pra ficar longe de você. Ele meio que me encurralou quando fui pra sua casa no Ano-Novo. A gente estava olhando aquele quadro, daí ele começou a falar várias coisas, tipo que eu era uma provocação e não era a garota certa pra você, basicamente me chamando de lixo…

A fúria inflama as feições de Ethan. Suas mãos ficam trêmulas sob as minhas.

— *Ele* é um lixo. Você é... — Ele fecha os olhos. — Brilhante e maravilhosa e...

Aperto a mão dele gentilmente.

— E bolsista.

Ele pisca.

— O que é que isso tem a ver...?

— Seus pais são os maiores doadores do programa de bolsas, Ethan. Se seu pai quisesse, poderia acabar com a minha. Mesmo se eu não me mudasse, ainda correria o risco de ter que sair da Liberty. Ainda poderia perder... você.

Falar em voz alta me faz perceber o quanto acreditei nisso. O sr. Forrester tem poder sobre mim. Poder demais.

— Eu acabaria com ele de centenas de jeitos diferentes se ele *tentasse* fazer isso. Meu Deus, por que você não me contou?

— Porque ele é seu pai.

Embora haja uma parte de mim que se sente melhor por estar sendo honesta com Ethan, queria poupá-lo da dor de saber que o pai dele é péssimo assim. Nunca quis atrapalhar o relacionamento dos dois.

Os olhos de Ethan estão arregalados e maníacos de raiva.

— Não ligo, não vou deixar que ele faça isso com você. Não vou deixar que tire você de mim.

Meu coração fica quentinho. Afasto os cachos da sua testa e arrisco uma brincadeira:

— Aff, já entendi, você não quer que eu vá.

Ethan não ri, mas pressiona a testa na minha. Seu hálito roça meus lábios quando ele admite com uma voz rouca e atormentada:

— É óbvio que não quero que você vá.

Meus dedos se afundam mais no seu cabelo enquanto o beijo de novo. E de novo.

Quando nos afastamos, finalmente expresso o temor mais difícil de identificar:

— Acho que estava com medo de te contar tudo isso porque... não sou o tipo de garota que pode pensar em ficar por causa de um cara.

Ele me aperta mais, como se temesse que eu fosse desaparecer a qualquer segundo. Então toca meu rosto com gentileza e sussurra:

— Eu sei.

Seu olhar dança no espaço entre o pavor e a esperança. Há um silêncio carregado que deixa minha pulsação frenética.

— Mas não sou o tipo de cara que pode te ver ir embora de novo sem te falar que estou apaixonado por você.

CAPÍTULO TRINTA E CINCO

Ethan

Senior Sunrise, 22h42

Meu Deus, nunca tive tanto medo e tanta certeza ao mesmo tempo. Mas preciso falar. Chega de ficar guardando coisas.

Corro os dedos devagar até a nuca de Natalia, pela pele macia em que não parei de pensar desde a noite do baile. De certa forma, não importa o que vai acontecer depois. Vou esperar por ela o tempo que for preciso.

Começo a duvidar de mim mesmo quando Natalia não diz nada. Em vez disso, ela se desvencilha dos meus braços.

Ela engatinha até suas coisas. Ajusta a lanterna na luz baixa, e uma fraca luz amarela preenche a barraca. Tomara que os professores estejam dormindo e não percebam. Ela mexe na mala e pega o caderno. Mordendo o lábio, Natalia folheia as páginas até encontrar o que está procurando. Ela passa os dedos pela folha e, com um suspiro trêmulo, entrega-o para mim.

É um desenho. Vejo dedos compridos e um mindinho torto segurando uma caneta. Minha mão. Me lembro dele porque ela me fez ficar parado para sempre enquanto tentava acertar o rascunho. Ela ficou xingando e apagando, enquanto eu tive até cãibra.

Ela vira a página. Mais um desenho. Sou eu jogando basquete; o movimento que vejo ali me faz querer jogar agora mesmo.

Outra página. É meu perfil olhando para a Golden Gate Bridge, com o cabelo bagunçado pelo vento. Ela deve ter feito esse durante a excursão do ano passado. Nossa, foi tão legal. Estávamos sem dormir havia tanto tempo que rimos mais naquele ônibus do que em qualquer outro momento que me lembre.

Outra página. Estou inclinado sobre a escrivaninha do meu quarto estudando, com o queixo apoiado na mão. Eram as provas finais. Ela pegou no sono e tomou "bomba" em economia — tirou B, mas ficou puta por isso.

Em outro desenho, meu rosto está enterrado nas mãos, os dedos entrelaçados no cabelo. Estou estressado. Com raiva de algo. Eu pensava que conseguia manter esse meu lado escondido dela. Mas ela viu. Ela me vê. Ela vê tudo.

Meus olhos começam a arder a cada página. Sei por que ela está me mostrando isso.

— Natalia, esses desenhos são maravilhosos.

Vários são esboços rápidos a lápis ou tinta; outros são vibrantes, feitos com aquarela ou lápis de cor. Faz anos que ela não me mostra sua arte. Eu pedi, mas já faz muito, muito tempo que ela aceitou em me mostrar. Ela ficou tão boa. Ficou incrível.

Os desenhos não são todos de mim. Há dezenas de páginas com suas mãos e seu lindo rosto, seus olhos arregalados, suas pernas compridas. As intrincadas tranças de Sienna. Rainn surfando em ondas altas. Várias pessoas da Liberty de salas diferentes. O quarto dela, o quintal. É o seu mundo. Mas não há como negar que sou o ponto central. São muitos momentos da nossa amizade.

Ela vira a página mais uma vez.

Meus olhos dançam pela imagem e meu coração bate mais forte contra as costelas.

No desenho, há duas pessoas na praia — *esta* praia. Os eucaliptos emolduram ambos os lados. Elas estão se abraçando como se finalmente pudessem respirar. Como se estivessem em casa.

Todos os outros desenhos do caderno são de coisas que estão acontecendo em torno dela. Mas esse é diferente. Veio de dentro. Não sei como sei disso, mas está nítido que ela o desenhou com... carinho. Com emoção.

Não consigo tirar os olhos da página nem evitar o espanto na voz quando digo:

— Somos nós.

— É minha Carta do Leão. Minha carta de verdade.

Meu olhar enfim encontra o dela, e ela está me observando atentamente.

— Espero que esteja óbvio por que... — Ela para de falar.

Está óbvio. Mas sou um babaca que vai fazê-la falar. Quanto mais fico em silêncio, mais ela contorce as mãos.

— Estou tão apaixonada por você que é como se... eu não fizesse nada além de te amar.

Sorrio.

Abaixo o caderno, desligo a lanterna e a puxo para mim, encontrando seus lábios no escuro. Natalia é a única que me entende — que enxerga o nerd inseguro dentro de mim. Só sou eu mesmo quando estou com ela.

De alguma forma, ela *ama* esse cara.

Quando seus lábios macios se abrem para os meus, meus pensamentos se esvaem. Logo estamos frenéticos. Ofegantes. Nossa, eu amo ela. É diferente de qualquer sentimento que já tive. É perfeito, e finalmente está acontecendo. De verdade. Estou aqui. Ela está aqui. Sentada no meu colo, montada nas minhas pernas. Ela agarra meu cabelo, eu agarro seu quadril.

Natalia segura meu moletom, que eu arranco junto com a camiseta. Está congelando lá fora, mas quase não percebo, porque minha pele está ardendo. Ela também tira o suéter, e seu longo cabelo se espalha sobre seus ombros nus. Os olhos dela parecem dançar.

A última vez que ficamos assim foi na noite do baile. Nada mudou em relação ao sentimento, mas tudo mudou. Corro os dedos pelas costas de Natalia, e ela fica arrepiada a cada toque. Adoro poder fazer seus olhos se fecharem.

— Você é tão linda. Eu não...

Não consigo terminar a frase porque sua boca está na minha de novo. Dou risada contra seus lábios e, pela primeira vez na vida, sinto que estou exatamente onde deveria estar. Nós nos beijamos como se estivéssemos sem tempo. Acho que estamos.

Seguro-a com mais força, beijo-a com mais intensidade. Ela responde arqueando o corpo para mim, arranhando minhas costas de leve.

Ah, meu… *Deus*.

Não sei direito quanto tempo se passa, porque me entrego. Sou levado pelas sensações. Mergulho profundamente. Estamos em nosso globo de neve preenchido pelo seu xampu de jasmim, pelo ar denso do oceano e pelos sons das nossas respirações rápidas e vacilantes.

Depois de um momento, ela se afasta gentilmente. Estamos ofegantes.

Ela fecha os olhos como sempre faz quando está pensando.

— Tá, eu sei que é estranho, mas… só porque você não é mais virgem, não significa que eu vou topar perder a virgindade durante um *evento escolar*. Não importa o quanto eu queira e o quanto você seja gostoso.

Preciso piscar várias vezes, porque meu cérebro não está funcionando muito bem. O sangue definitivamente foi para… outro lugar. Eu me sento.

— Não é estranho. Se não podemos falar sobre isso, provavelmente não devíamos nem fazer.

Ela concorda e ajeita o cabelo, que está bastante bagunçado — por minha causa. Não vou mentir, me sinto ótimo por isso.

Mas então entendo o que ela acabou de falar e pergunto:

— Como assim não sou mais virgem?

Ela morde o lábio.

— É que… você e Claire… né?

O quê? Espero que o espanto esteja evidente no meu rosto.

— Meu Deus, não. Não chegamos nem perto. Ainda sou virgem — digo, sentindo o pescoço esquentar.

Ela fica em silêncio por um longo instante.

— É sério?

— Acho que eu saberia.

Suas narinas dilatam.

— Tomara que o carma dê uma rasteira nela, senão vou ter que cuidar disso.

Sorrio, passando a mão no seu cabelo, absorvendo a deliciosa sensação de tê-la encostada em meu corpo. Ela nota minha cara de bobo.

— O que foi? — pergunta.

Dou de ombros.

— Você me acha gostoso.

Ela revira os olhos.

— Não acho, não.

— Você me desenhou, tipo, um milhão de vezes — provoco.

Ela enterra o rosto no meu pescoço, como se estivesse se escondendo.

— Não desenhei, não.

— Você está vermelha.

— Você nem consegue me ver — murmura ela.

— Não preciso ver.

Ela solta uma risadinha aguda e coloca a mão sobre a boca, porque saiu alta demais e o acampamento está silencioso. Ela nunca me pareceu tão leve. Tão feliz. O fato de eu ter alguma coisa a ver com isso me preenche tanto que estou transbordando.

— Te odeio — diz ela baixinho.

— Você me ama.

E então, sob a penumbra do luar, nossos olhares se encontram e nossos lábios estão prestes a se tocar de novo, até que ouvimos uma barraca próxima se abrindo. Congelamos.

— É melhor não ter ninguém fora da barraca — o sr. Beckett fala com uma voz sonolenta. — Ou em alguma barraca que não seja a sua.

— *Merda* — sussurra Natalia. Sinto seu hálito quente no meu peito.

Escutamos o sr. Beckett saindo da barraca e acho que ele tropeça em alguma coisa, porque xinga baixinho.

Se nos mexermos para nos vestir, o barulho na barraca deixaria tudo óbvio demais, então ficamos ali deitados, imóveis feito presas.

Cadê o Rainn? Era para ele estar de vigia. Não sei quanto tempo Natalia e eu ficamos conversando… e depois *não* conversando. Acho que passamos da hora. Provavelmente deveríamos ter trocado de lugar com Sienna e Rainn há um tempão.

Ficamos nos encarando de olhos arregalados enquanto a lanterna do sr. Beckett e seus passos pesados se aproximam como se ele estivesse vindo direto na nossa direção. Como se ele *soubesse*.

Meu coração está acelerado, meus braços estão ao redor dela, minhas mãos tocam a pele nua e úmida das suas costas. Não há mais espaço entre nós, mas eu a puxo para mais perto mesmo assim.

Se formos pegos, Sacramento será o menor dos nossos problemas. O pai dela nos enfiaria em alguma merda shakespeariana.

Mas nem isso seria capaz de estragar esse momento. Finalmente tenho Natalia em meus braços e isso valeria até uma expulsão.

Os passos param bem na nossa barraca. Natalia fica rígida, eu prendo a respiração.

Ouvimos um zíper furioso do outro lado do acampamento.

— Ei, sr. Beckett! — O sussurro de Rainn ecoa pela noite escura.

— Rainn? O que foi? — pergunta o sr. Beckett.

— Eu, hum, cortei meu dedo.

Ele suspira.

— Com o quê? Está feio? — A voz e os passos desaparecem enquanto ele atravessa o acampamento até a barraca de Rainn.

Natalia exala exageradamente e seus músculos relaxam. Tomara que ele não tenha se cortado para nos salvar, mas estamos lhe devendo uma. Nossos amigos arrasaram esta noite.

Não estou tão sozinho quanto pensei.

Natalia e eu ficamos imóveis enquanto esperamos o sr. Beckett voltar para a barraca. Faço carinho nas suas costas e ela solta um barulhinho satisfeito na minha clavícula. Juntinhos assim, como braço dela no meu peito, me mantendo perto de si, sinto uma profunda paz se instalar dentro de mim. Beijo-a de leve, maravilhado por poder fazer isso. Maravilhado com o sorriso bobo dela.

Nem ligo para as mudanças que surgirão com a manhã, porque pelo menos vamos ter esta noite para sempre.

CAPÍTULO TRINTA E SEIS

Natalia

Senior Sunrise, 0h23

Acho que acabamos pegando no sono.

Abro os olhos. Está escuro e estou ouvindo vozes, então ainda não amanheceu. Qualquer que seja o milagre que Rainn e Sienna fizeram, estamos devendo uma a eles.

Estou enroscada em Ethan. O rosto dele está relaxado e tranquilo. Ele não se mexeu um centímetro, e seus braços estão me envolvendo, me segurando contra seu peito nu. Sinto nossas peles grudadas e fico tímida. Já acordei na casa dele inúmeras vezes ao longo dos anos, depois de sessões de estudos noturnas e festas do pijama. Mas nunca em seus braços. É tão perfeito que eu realmente poderia me acostumar com isso.

Mas esse pensamento vai ficando sombrio quando percebo o que fiz. O que desencadeei ao escrever aquela mensagem para a minha mãe falando que quero morar com ela. Não cheguei a olhar a resposta e não faço ideia do que ela está pensando ou planejando. Tudo que sei é que *preciso* falar com ela e com meu pai. Preciso decidir se isso é mesmo o melhor para mim. Não para eles ou para Ethan ou para quem quer que seja. Só para mim.

Tento me desvencilhar sem acordá-lo, mas ele se mexe na mesma hora. Coloco a blusa e o suéter e observo-o abrindo os olhos com um frio na barriga. E se ele se arrepender de como nos abrimos um para o outro? Sempre fomos tão cuidadosos com a nossa amizade e agora nunca mais vamos poder voltar atrás.

Ele pisca algumas vezes, se adaptando ao escuro, e quando seus olhos param nos meus, ele abre um sorriso tão grande que um calor e cores douradas se espalham pelo meu peito, meus membros, e é como se eu pudesse voar.

— Oi — diz Ethan.

É minha voz favorita dele. Rouca e sonolenta. Fico com vontade de enchê-lo de beijos, mas resisto. Não sei como.

— Que horas são?

Procuro o celular no escuro, já que não o devolvi.

— Meia-noite e meia — sussurro.

Dou uma olhada nas notificações perdidas, e meu coração acelera quando leio a mensagem mais recente.

— Ethan, sua mãe acabou de me escrever.

Entrego o aparelho para ele e pressiono os lábios no seu ombro nu enquanto ele lê.

Oi, Natalia. Sei que vocês estão no acampamento, mas, caso você veja isso antes do Ethan, fala pra ele me ligar, por favor? A hora que for. Preciso saber se ele tá bem. Obrigada, querida.

Ethan esfrega a mão no queixo coberto por uma barba rala.

— Acho que eu devia... — Ele para de falar.

— Sim. Quer que eu saia pra te dar privacidade?

Ouço sussurros nas outras barracas ao longe. Ainda tem gente acordada.

Ele ergue as sobrancelhas, brincalhão.

— E deixar você com hipotermia? Sem chance.

Eu me aproximo porque entendo o que Ethan realmente quer dizer: ele precisa de apoio moral.

A mãe dele atende no primeiro toque.

— Ethan?

O acampamento está tão silencioso que ouço a voz dela nitidamente pelo celular pressionado no ouvido de Ethan. Ela parece cansada, como se estivesse acordada até agora sem pegar no sono.

— Oi, mãe.

— Você viu?

Ele fala que sim.

A voz dela fica embargada devido às lágrimas.

— Sinto muito. Como você está?

Ele aperta minha mão, e eu faço carinho nas suas costas com a outra.

— Não se preocupa comigo. Sinto muito por você ficar sabendo desse jeito.

Ela fica em silêncio por um longo tempo, depois diz:

— Querido, eu já sabia.

Ele me olha por cima do ombro com os olhos arregalados. Tenho certeza de que os meus também estão.

— O quê? — pergunta ele.

O suspiro dela preenche a barraca.

— Seu pai não é um ator tão bom assim, não importa o que os outros digam.

Ethan passa a mão pelo cabelo.

— Nossa… eu… também sabia.

Então ele conta tudo para a mãe, sobre as mensagens e os meses de segredo. A cada palavra verbalizada, vejo as correntes invisíveis em torno dele se soltando. Ela o conforta e o tranquiliza, me lembrando de novo o quanto ele permaneceu tão… *Ethan*, apesar da montanha-russa da fama.

— E Adam? Você acha que isso vai fazer com que ele tenha uma recaída?

— Ah, não, meu amor. Ele também sabia. Seu pai está longe de ser discreto. A gente não te contou porque queríamos te proteger.

— Pensei que eu estava *te* protegendo — fala ele baixinho, provocando novas lágrimas do outro lado da linha e algumas em mim.

— Acho que a gente devia se proteger um pouquinho menos e falar um pouquinho mais — responde ela.

Ethan fica ouvindo, atordoado, enquanto sua mãe lhe conta os detalhes do dia. Parece… significativo estar ao lado dele durante uma conversa tão íntima. Mas Ethan nunca me faz sentir como se eu estivesse invadindo seu espaço. Enquanto ele fala com a mãe, fica sempre me tocando de algum jeito. Como se ele não fosse apenas a minha âncora, mas eu fosse a âncora *dele*.

Quando eles desligam, Ethan parece mais livre.

— Eu me estressei tanto com essa história... — Ele solta uma risadinha. — E eles sabiam de tudo.

Eu o abraço. Adoro ver suas preocupações diminuindo um pouco. E fico feliz por poder ajudá-lo a lidar com que for preciso.

Conversamos um pouco sobre a visita que seu irmão vai fazer em breve e sobre o plano da sua mãe para garantir o máximo de privacidade para a família. Sobre a traição, a raiva e a humilhação que Ethan sente por seu pai ser um babaca tão decepcionante.

— Nunca vou perdoá-lo por nada disso. Principalmente pelo que ele fez com você — diz ele, cheio de raiva.

Estamos deitados lado a lado, de frente um para o outro, com minha perna sobre a dele.

— "Nunca" é bastante tempo — murmuro.

— Não é o suficiente. Ele errou pra caralho. — Ele me encara e seu olhar se suaviza imediatamente. — Sinto muito por você ter passado por aquilo sozinha, Talia.

Lágrimas fazem pressão nos meus olhos. Por mais doloroso que seja, é bom poder falar sobre isso.

Seus braços fortes me envolvem completamente e ele enterra o nariz no meu cabelo.

— Acho que a gente devia descobrir como fazer a troca das barracas.

Faço que sim com o rosto enterrado no pescoço dele.

— Ou... — Ethan para de falar, me puxando para um beijo.

Ficamos enroscados por um tempo, e só conseguimos nos afastar depois de algumas tentativas.

— Na verdade, preciso da sua ajuda com uma coisa — falo antes de nos perdermos um no outro de novo. — Tenho uma ideia.

Ele levanta as sobrancelhas.

— Mas, só pra deixar claro, vamos ter que quebrar mais algumas regras.

— Você já perdeu as cartas, roubou um celular e recebeu um cara na barraca, sendo que "confraternizar indevidamente em uma excursão escolar pode resultar em penalidades proporcionais às ofensas, incluindo, mas não se limitando a expulsão". Quem *é* você? — pergunta ele, rindo.

Encaro-o por um instante.

— Você não memorizou o manual de conduta do aluno da Liberty.

Ele tenta manter o rosto impassível, mas mesmo no escuro sei que está corando.

— Talvez eu tenha estudado aquela seção em particular antes dessa viagem. Tive... meus motivos.

Dou um tapinha nele. Amo tanto esse nerd.

— Qual é a sua ideia?

Eu digo que vamos precisar ser muito discretos e que poderíamos ter sérios problemas por ir embora sem avisar, mas ele abre mais um sorriso. Não me lembro de Ethan sorrindo tanto assim.

Calço os sapatos e muito lentamente abro o zíper da barraca. Depois, saímos na ponta dos pés, ouvindo dúzias de conversas sussurradas. Quase todo mundo está acordado, exceto os professores. Dá para ouvir o sr. Beckett roncando na barraca.

Ethan e eu vamos até o estacionamento e subimos no carro dele. A vantagem dessa máquina ridícula é que ela é *silenciosa mesmo*. Ele segue devagarzinho até sairmos do camping e entrarmos na rodovia.

Observo-o dirigindo. Deixar nossa bolha na praia, a barraca e toda aquela magia é desorientador.

Mas, enquanto folheava meu caderno com Ethan, entendi o que eu poderia fazer pela turma. Depois de tudo que passamos, acho que vale a pena arriscar.

Chegamos em casa e não precisamos mais ficar em silêncio. Minha mãe está no apartamento dela e meu pai só deve voltar da conferência de trabalho amanhã. Ele também não queria vê-la encaixotando as coisas que já compartilhamos um dia.

Abro a porta da casa sombria e Ethan entra comigo. Precisamos ser rápidos. Sei exatamente do que preciso e onde ir. Temos que estar de volta no carro e no acampamento em no máximo vinte minutos.

Ethan me segue até o quarto. Acendo as luzinhas em vez da lâmpada do teto. Ele se joga na minha cama enquanto eu pego a enorme caixa com meus cadernos velhos embaixo dela. Folheio alguns e separo os mais relevantes, empilhando-os ao meu lado. Depois de vários longos minutos vasculhando e selecionando vários cadernos, tenho o que preciso.

— Beleza, pronto! — digo.

Mas Ethan não se move. Ele está observando as artes que pendurei nas paredes.

Há várias pinturas abstratas, o estilo que sempre me chama quando estou de *mau humor*. Geralmente é assim que as visualizo na minha mente: fluxos de cores que não assumem uma forma definida, mas evocam alguma emoção ou algum lugar.

Ele fica olhando para elas antes de se voltar para os retratos. Sei que ele já os viu antes, porque uma vez me perguntou brincando por que eu nunca o desenhei. Bem, agora ele sabe a resposta.

Depois, ele observa as poucas aquarelas que pintei. Adoro trabalhar com aquarela, mas só a uso quando estou bem. Quando me sinto segura, amada ou feliz. O que é bem raro. Especialmente nos últimos anos.

— Você é tão talentosa, Talia. — Noto uma tristeza que não entendo na voz dele. — Se você não se sente mais confortável na Liberty por causa de… tudo o que aconteceu, você devia ir pra algum lugar onde possa continuar fazendo isso. Porque você *precisa* fazer isso.

Tento olhar para a minha arte com a perspectiva dele. Tento ser menos crítica e... ele tem razão. *Sou* boa. Eu não deveria ficar tão surpresa por ele me entender; ele sempre me entendeu, mas é diferente saber que está disposto a enxergar isso, mesmo que signifique que talvez eu vá embora.

Envolvo a cintura dele por trás e pressiono a bochecha em suas escápulas.

— Obrigada. Mas tenho pensado que talvez isso seja maior que a Liberty.

Acho que estou tentando me convencer a desistir da Liberty da mesma forma que me convenci a desistir de Ethan — porque tenho medo de querer algo que vai ser tirado de mim. É muito mais fácil rejeitar do que ser rejeitada. Mas fácil não quer dizer melhor.

Não importa o que homens patéticos com o sr. Forrester digam, sei que mereço estar na Liberty. Eu mereço ter aula de arte com uma artista renomada como a sra. Aucoin. Mereço cada oportunidade que meus pais conseguiram com tanto sacrifício. Conquistei o direito de investir em mim mesma.

Ele se desvencilha do meu abraço para se virar para mim.

— Como assim?

Eu me sento na ponta da cama e ele se senta ao meu lado.

— Sei lá, acho que andei pensando no que você disse... que uma hora vou ter que tomar uma decisão sozinha. Porque... quero estudar em uma escola de arte! — exclamo. Em voz alta.

Ele não fica nem um pouco surpreso.

Continuo:

— Faz anos que quero isso. Vivem falando que precisamos confiar nos nossos instintos, né? Confiar na nossa intuição. Só que eu nunca soube fazer isso, porque minha ansiedade está sempre me alimentando com informações falsas, me dizendo que estou constantemente em perigo. Como vou confiar em mim mesma assim?

Observo minhas artes na parede. Nenhuma delas é perfeita. Muito menos eu.

— Meu pai vai *surtar* quando eu disser que quero estudar arte. Então acho que pensei que se eu fosse com minha mãe pra Sacramento e ela me visse indo bem no programa de arte de lá, talvez ela me ajudasse a convencê-lo e isso não fosse um problema tão grande.

Olho para as minhas mãos.

— Mas acho que andei tentando me convencer que seria melhor assim porque não quero enfrentar as consequências da decisão de ficar: sentir saudade da minha mãe, morar com meu pai, lidar com meus erros.

Faço uma pausa e depois acrescento:

— Mas será que vale mesmo a pena perder o último ano na minha cidade natal, na minha escola, com as pessoas que eu gosto, só porque tenho medo de ter uma conversa com meus pais que provavelmente vou ter que ter um dia? Tipo, eu tenho ansiedade... se eu continuar fugindo toda vez que fico com medo, vou acabar fugindo pra sempre. Preciso tentar. Preciso confiar em mim mesma.

Ethan me abraça, radiante.

— Sabia que se uma onda não for obstruída, ela tem o potencial de percorrer toda uma bacia oceânica? — pergunta ele.

Entendo o que ele está me dizendo, e meu coração fica quentinho.

— Qualquer que seja sua decisão, confio em você. A gente vai ficar bem — diz ele.

Meus olhos se enchem de lágrimas.

— Sério?

Ele franze as sobrancelhas de um jeito gentil e compreensivo.

— Três horas não são nada. Sabe quantos audiolivros posso ouvir nesse tempo?

Três horas é *muito*, mas eu o adoro por dizer isso.

— E se a gente não conseguir? — sussurro.

Ele passa o dedo no meu queixo.

— E se a gente conseguir?

Eu o encaro com o coração batendo tão forte que parece que vai sair do meu peito. O amigo que me vê além das minhas sombras. Que sabe que meus pensamentos rodopiam num turbilhão vertiginoso que me impede de confiar no que realmente sinto, no que realmente penso. Mas ele continua aqui. Ele me encoraja. Ele me incentiva a confiar em mim mesma.

Sou minha melhor e mais verdadeira versão com ele.

Em um só dia, lutamos para encontrarmos o caminho de volta um para o outro em meio ao caos das nossas mágoas e rompemos os muros dos nossos segredos. Podemos fazer qualquer coisa.

Estico os braços para ele, puxo-o para mim e o beijo. Com força. Daí fica fácil deitar na minha cama, sentindo o alívio da maciez depois daquele chão frio. Sei que temos que voltar para o acampamento, mas, pela primeira vez na vida, não ligo se vou arranjar problemas ou decepcionar alguém. Isso é mais importante. É a minha *vida*.

Sob o brilho das luzinhas, enquanto conversamos, nos enroscamos, nos beijamos e damos risada, nossas roupas caem no chão. Sou tão grata por ele ter nos parado na noite do baile. O pacto teria nos empurrado para um lugar que não estávamos preparados, e arruinaria a nossa amizade. Quase arruinou.

E agora não preciso controlar nem conter meus sentimentos, porque não existe vergonha, questionamento ou medo. O toque suave de Ethan segue a curva dos meus quadris, sua respiração vacila debaixo da minha mandíbula. Meu cabelo está espalhado no travesseiro e seus dedos grandes se entrelaçam nos meus contra o colchão. Nossos olhos permanecem fixos um no outro, e eu digo a ele que tenho certeza. E tenho mesmo.

Tenho certeza de que nunca me senti tão segura. De que nunca estive tão feliz. De que meu coração selvagem é dele. Sempre foi.

Porque, juntos, somos aquarela.

CAPÍTULO TRINTA E SETE

Ethan

Senior Sunrise, 5h44

De alguma maneira — por sorte, pelos nossos amigos ou pela luz guia de Waluigi —, Natalia e eu conseguimos voltar para o acampamento em uma hora sem sermos descobertos.

Meu cérebro está demorando para se atualizar sobre tudo o que aconteceu. No espaço, objetos astronômicos já estão em rota de colisão muito antes do impacto em si. O mesmo vale para nós. Passamos de pairar em lados opostos da porcaria do universo para colidirmos um com o outro exatamente na hora certa. Assim como no desenho dela. Todo mundo diz que o Senior Sunrise é poderoso, mas caramba.

Ainda está escuro quando seguimos para nossas respectivas barracas para fingir que passamos a noite toda lá. Sienna nos encara com as mãos na cintura.

— Meus cálculos estavam corretos? — pergunta ela para Natalia, que me olha, cúmplice, e fica corada.

— Definitivamente vou pra Vegas com você quando tivermos idade pra apostar — responde Natalia para a amiga.

Sienna abre um sorriso presunçoso. Vejo Rainn de lado, observando Natalia. Vou até ele.

Ele tem sido tão leal quanto aqueles companheiros que encontramos nos livros. Aquele tipo de amigo que todo mundo gostaria de ter — altruísta, generoso e compreensivo. Depois que entendeu a situação, ele não fez eu me sentir mal com nada disso, sendo que ainda ontem ele estava com o braço em volta dela.

— Você está bem? — pergunto.

Ele assente com firmeza.

— Estou sim.

— Você pode me dar uma surra de novo se quiser — ofereço.

— Não, tudo bem. Mas não esquece que eu posso mesmo.

Levo a mão à costela e me encolho dramaticamente.

— Como se eu pudesse esquecer.

Ele dá uma risadinha.

— Sério, cara, você tem permissão pra me odiar. Eu mereço totalmente.

Ele faz uma careta, como se estivesse pensando, então estala a língua.

— Não posso ficar bravo com o mar por produzir ondas, cara. Sou surfista.

Puxo-o para um abraço que lhe diz que sei o que ele fez por mim. Cheguei a odiar Rainn ontem. Eu não conseguia olhar para ele e Natalia e ficar feliz por eles. Não poderia fazer o que ele está fazendo. Ele é muito melhor que eu. E sou grato pra caralho por ele ser meu amigo.

Há uma mesa enorme com itens de café da manhã. Felizmente, essa função era trabalho de outra pessoa do conselho discente. Natalia não se aguenta e fica inspecionando a mesa e, depois de discretamente dar uma olhada ao redor — coisa que só eu noto —, reorganiza as xícaras de café. Ela não consegue se conter.

Estou tão ligado que é como se Natalia tivesse sido injetada em minha corrente sanguínea, não preciso nem de café. Mas devoro dois pãezinhos de canela quase sem nem respirar. Depois do terceiro, solto um bocejo.

— Noite longa? — pergunta ela, me lançando um olhar brincalhão por cima do copo.

Sorrio. Estou sorrindo tanto esta manhã que minhas bochechas estão até doendo. Passo um dedo na bochecha dela enquanto coloco uma mecha de cabelo atrás da sua orelha.

— A melhor noite — digo.

A lembrança cintila entre nós. O brilho das luzinhas, o rugido dos nossos corações. Mãos por todos os lados. Um mar de peles. Meu Deus, foi perfeito.

Os professores anunciam que só temos vinte minutos até o nascer do sol, e Natalia faz uma expressão determinada.

Ainda temos a surpresa dela.

Ela entrelaça os dedos nos meus e saímos com o grupo na direção da praia. Sinto o olhar de Claire perfurando nossas costas, mas ela não parece surpresa. Rainn estava certo: Natalia e eu éramos inevitáveis, todo mundo sabia. Felizmente, a gente também entendeu.

Descemos para a praia e todos se reúnem pela última vez. A névoa da manhã já está se dissipando, prometendo um céu limpo para o nascer do sol. Neste momento, ele tem aquele azul profundo e brumoso que precede o amanhecer.

A caixa ainda está onde a colocamos poucos antes de voltarmos para as barracas. Nós a deixamos perto da fogueira para usar isso como desculpa se fôssemos pegos do lado de fora. A sra. Mercer olha em volta e percebe que esqueceu a garrafa com as Cartas do Leão. Tenho que disfarçar a risada com uma tosse ao ver a expressão no rosto de Natalia.

Nós nos amontoamos depressa ao redor do fogo que a professora acendeu enquanto a esperamos voltar.

Natalia se levanta.

— Gente, estava querendo falar com vocês.

Olhares de raiva de voltam para Natalia. Todos ainda estão visivelmente bravos e ficam encarando o fogo ou o mar atrás dela. O silêncio é tenso.

Ela endireita os ombros e faz o que faz de melhor: lidera.

— Só queria que soubessem que tem sido uma honra servir vocês como presidenta nos últimos anos. Tudo que eu sempre quis foi que todas as experiências escolares fossem perfeitas.

Ela faz uma pausa e continua:

— Mas a perfeição é impossível. E ser uma boa líder é mais do que oferecer rosquinhas e preparar cartazes. É ser confiável.

Eu falhei nisso. Por minha causa, vários de vocês tiveram suas cartas confidenciais roubadas ou lidas.

Ela me olha, enfiando as mechas soltas da trança atrás da orelha. Meu coração para.

Ela encara um por um.

— Me desculpem. Por ser tão descuidada com as cartas, com os seus segredos. *Juro* que não li. E vou aceitar o que quer que aconteça, mesmo que isso signifique que eu não seja mais a presidenta do corpo discente da Liberty. Sei que isso não muda nada, mas quero compartilhar a minha verdadeira Carta do Leão com todos vocês. Porque se eu fosse mais corajosa, eu nunca mais esconderia minha arte.

Algumas pessoas trocam olhares curiosos. Ela pega os cadernos na caixa e encontra as páginas que arrancou ontem à noite. E começa a entregar as folhas para pessoas específicas. Nossas mãos se tocam quando ela me oferece o meu desenho — o nosso desenho —, e trocamos um sorriso secreto.

Todos parecem um pouco confusos até que Janelle grita:

— Ah, meu Deus, sou eu!

Ela vira o papel para que a turma possa ver o desenho que Natalia fez de Janelle na excursão para a Golden Gate Bridge do ano passado. A ponte está atrás dela e ela está rindo de olhos fechados. É só um esboço, mas é inegável que é Janelle.

— Está lindo. *Você* que desenhou?

Natalia assente.

— Percebi que desenhei todos vocês ao longo dos anos, em um momento ou outro. Sei que parece meio... bizarro, mas não foi a intenção. Foi assim que aprendi a desenhar. Alguns são definitivamente melhores que outros. Ainda estou aprendendo. Mas queria que vocês ficassem com eles. Pra saber que... não há problema em ser visto. Eu vejo vocês.

O fogo estala entre nós bem quando o vento sopra pelos eucaliptos, fazendo as folhas farfalharem e soarem como chuva. Todos ficam em silêncio, olhando para seus desenhos.

De repente, Rainn se levanta e diz:

— Também quero falar uma coisa. Ou melhor, ler. — Ele pigarreia e pega um pedacinho de papel. — "Se eu fosse mais corajoso, eu pegaria ondas maiores."

Espere, será que ele vai... ler a Carta do Leão também?

— "As ondas que me assustam. Às vezes, tenho medo de levar um caldo e até me afogar. Mas nunca vou melhorar se não me esforçar. Acho que é tipo que nem a vida. No meu último ano na Liberty, quero me jogar. Quero surfar melhor as ondas e a vida. E principalmente, quero ser melhor em dizer aos meus amigos que amo eles."

Ele amassa o papel e o joga no fogo. Todo mundo bate palmas. Quando ele finalmente me olha nos olhos, não sei qual é a minha cara. Mas devo estar à beira das lágrimas, porque ele bate o punho no peito duas vezes.

— Agora sou eu! — Sienna dá um passo à frente, piscando para mim.

Então a ficha cai. Eles planejaram isso. Esses maravilhosos e diabólicos planejaram tudo. Agora acho que vou chorar mesmo.

Ela pega um papel amarelo.

— Só pra constar, a gente reescreveu as cartas, porque é óbvio que não íamos mexer na garrafa como *certas* pessoas — diz ela, lançando um olhar brincalhão para Natalia.

Os olhos de Natalia estão marejados, mas ela dá uma risadinha, assim como algumas pessoas. Meu coração fica quentinho. A maré pode realmente virar a nosso favor por causa do que Sienna e Rainn estão fazendo.

Ela pigarreia e começa a ler:

— "Se eu fosse mais corajosa, viveria minha verdade na Liberty. Quero criar um espaço mais seguro e mais inclusivo pra qualquer pessoa *queer* ou que esteja se questionando. Então finalmente vou fazer uma petição para o diretor Cooper pra começar um clube LGBTQIAPN+ *pra valer*, financiado pela escola, como todos os outros clubes, em vez de depender de arrecadações organizadas pelos estudantes. Não vou descansar até que nosso orçamento rivalize com o já falecido Clube dos Admiradores de Waluigi." — Ela sorri para mim, e eu sorrio de volta, cobrindo a boca com as mãos. — "Também vou conduzir os Variáveis pra uma vitória impressionante sobre Havenport Prep!"

Grito junto com os outros, incentivando-a. Ela amassa o papel e o joga na fogueira.

Natalia se levanta para abraçá-la e depois faz o mesmo com Rainn.

— Obrigada — agradece Natalia, com a voz carregada.

Está explícito que ela não fazia ideia de que eles iam preparar isso.

Sienna faz um gesto para a turma.

— Como falamos pra vocês ontem à noite, quem quiser, pode falar.

Ela se senta ao meu lado. Jogo um braço sobre seus ombros, grato, e lhe dou um apertão.

Então esperamos. E esperamos.

E esperamos.

Além das ondas ao longe e do ocasional estalo da lenha no fogo, há um silêncio *total*.

— Eita, isso é mais doloroso que *Dwarf Fortress* — sussurra Sienna.

Solto uma risada abafada, apesar de tudo. Andei tão concentrado no drama dos últimos dias com as cartas, com Natalia e com a minha família que esqueci quem está e vai estar ao meu lado este ano, mesmo se todo o resto estiver uma merda: meus *amigos*.

— Beleza, eu vou.

O grupo todo olha. É Prashant.

Ele está mordendo o lábio e, quando ergue o papel para ler, suas mãos estão trêmulas. Ele ajeita os óculos e sua testa está visivelmente brilhante, realçada pelo fogo. Ele fica em silêncio por um instante, olhando para o papel, até que enfim o abaixa.

— Na verdade, acho que faria mais sentido se eu... eu... — Ele olha para Claire, nervoso, e depois fecha os olhos. — "Por fora, sempre olhando pra dentro..."

Ele está *cantando*. Prashant Shukla, o cara do tipo camisa de botão e matematleta, está cantando na frente de toda a turma e a voz dele é... incrível!

— Ah, meu Deus, ele canta? — dispara Sienna. — Que música é essa?

— É do musical *Querido Evan Hansen* — fala Sara Lui, com os olhos embotados.

Então ela e alguns outros começam a harmonizar com ele.

Com isso e os incentivos do grupo, Prashant ganha vida e começa até a fazer uma dancinha. Olho para Natalia, que está tão perplexa quanto eu.

Quando ele termina, a turma irrompe em aplausos explosivos. Prashant abre o sorriso mais largo que já vi. Ele lança um olhar esperançoso para Claire, que está mais surpresa que qualquer um. Depois que as pessoas se acalmam, ele fala:

— Se eu fosse mais corajoso, eu faria um teste para o musical da primavera.

A galera do teatro grita:

— Arrasa!

Ele abaixa a cabeça e sorri mais ainda.

Então atira a carta no fogo e todo mundo comemora.

A performance de Prashant liberta algo e as pessoas começam a se levantar uma atrás da outra. Umas leem textos, outras falam livremente. Desculpas sinceras, esperanças, arrependimentos. Algumas são leves, outras tão pesadas que levam todos às lágrimas. Fica óbvio que cada uma, não importa qual seja seu grupo, esporte ou sei lá o quê, está passando por algo. A sra. Mercer, que voltou há um tempo, está parada ao lado do pessoal com o sr. Beckett. Ela tem um sorriso largo no rosto, e vejo os dois enxugando as lágrimas.

O céu ganha vida sobre nós e o sol do nosso último ano juntos surge.

Então Mason se levanta para falar e quase o apaga. O fogo produz uma sombra comprida da sua figura corpulenta na areia. Ele tem um papel nas mãos, que ele amassa, endireitando os ombros. E diz, olhando para as chamas:

— Se eu fosse mais corajoso, entraria no clube da Sienna.

E fica em silêncio por um... dois... três longos segundos. Todos o encaram boquiabertos. Ele olha para Rainn antes de desviar os olhos.

Ah.

Quando fica óbvio que ele não vai falar mais nada, Sienna e Leti se levantam de uma vez para abraçá-lo. O rosto dele passa por uns quatro tons de vermelho. O de Rainn também. Mas ele se junta a nós ferozmente enquanto celebramos Mason. Bem, a maioria de nós. Alguns jogadores definitivamente trocam olhares desconfortáveis, mas que se danem.

Antes dessa viagem, pensei que Mason fosse um apenas estúpido. Só que, depois de hoje, está nítido que ele, na verdade, é uma das pessoas mais legais e verdadeiras da nossa turma.

Estou todo confuso e contente. Então Claire se levanta.

Ela espera até todos os olhos estarem sobre si — um movimento treinado durante os anos em cima do palco para prender a atenção das pessoas.

— Bom dia, gente. Só quero avisar que Natalia está obviamente tentando nos manipular e eu não vou cair nessa. Vou assistir ao nascer do sol agora. Venha, Janelle.

Janelle também se levanta. Mas, em vez de seguir Claire, ela se vira para o grupo e morde o lábio.

— Vamos, Janelle — repete Claire, irritada.

De repente, Janelle solta:

— Eu sou uma *catfish* e estou me passando por outra pessoa com Tanner Brown. É isso o que escrevi na minha Carta do Leão, está bem?

Arregalo os olhos. Então *ela* que escreveu a carta que Tanner encontrou. A que foi destruída durante a briga.

— Toda vez que ele pede *nudes*, eu mando fotos de gatos sem pelo. Ele está ficando bem bravo — conclui ela.

Ela se senta de novo e fica olhando para o desenho que Natalia fez.

É então que entendo que este é o seu jeito de pedir desculpas. Não consigo abafar a risada e acabo caindo na gargalhada. Natalia também. Depois, o resto da turma. Claire sai batendo os pés.

A sra. Mercer dá um passo à frente e anuncia:

— Está na hora.

Cumprimos o ritual do nascer do sol e despejamos as cartas no fogo. É bom vê-las queimando, especialmente depois que a gente se abriu.

Enquanto o horizonte acorda bocejando, o pessoal se espalha para olhar o mar. Natalia encosta os ombros no meu peito. Envolvo-a com os braços e ficamos observando o céu cor-de-rosa.

— Sabia que os poemas escritos sobre o amanhecer são chamados de aubades? Serenatas são escritas pra alguém que você ama à noite, e aubades são pra esse mesmo sentimento, só que de manhã — digo.

Janelle acaba ouvindo e balança a cabeça.

— Chega, Ethanpédia. — Mas o tom dela não é hostil, é meio que… íntimo.

Nitidamente não somos amigos, mas não parece mais que ela está tentando me provocar. Já é alguma coisa.

Claire caminha até nós com meu casaco nas mãos. Solto Natalia por um segundo.

— Aqui — diz ela, me entregando.

— Você está… bem? — pergunto.

Não estou pronto para perdoá-la por todas as mentiras e merdas que ela fez nesta viagem. Mas ela não é a única que cometeu erros e não consigo evitar me sentir mal por ela.

Ela envolve os braços no próprio corpo.

— Passei por umas coisas esse ano e… sei que não vai acreditar em mim nem nada, mas me desculpa.

— Obrigado — digo.

Seus olhos marejam.

— Quero ficar com alguém que me olhe do jeito que você olha pra ela.

Observo Natalia, que está fazendo um trabalho terrível fingindo não nos escutar.

— Tenho certeza de que você vai encontrar.

Claire dá um aceno breve e depois vai assistir ao nascer do sol sozinha.

Volto para Natalia e coloco o casaco em seus ombros. Ela enfia os braços nas mangas, grata.

— Você é muito mais legal que eu — diz ela, olhando para Claire.

— Eu sei.

Ela ri.

Conforme o céu vai se tingindo de rosa e lavanda, me lembro da arte de Natalia, da forma como ela usa as cores, como se qualquer tela fosse seu céu.

Abraço-a com mais força, sem saber por quanto tempo vou poder abraçá-la assim. Ela disse que vai conversar com os pais e acredito que vai tomar a decisão certa para si. Sei que vamos dar um jeito. Mas quero sorver cada gota do seu perfume de jasmim e da sua risada rouca e dos seus olhares sarcásticos enquanto posso. Ela aperta minhas mãos, como se quisesse ler meus pensamentos.

— Vou pintar um aubade pra você — diz ela baixinho.

— Ah, é? — digo, sorrindo.

Ela assente, e seu cabelo faz cócegas no meu pescoço.

— Vou pensar num jeito. Preciso fazer *algo* pra capturar isso.

— Que parte?

— Tudo. Você. Eu. Esse céu. — Ela se vira para mim. — Nosso começo.

CAPÍTULO TRINTA E OITO

Casa, 9h35

No caminho de casa, espero receber uma enxurrada de mensagens dos meus pais. Da minha mãe me contando todas as coisas que ela está ansiosa para fazer comigo em Sacramento. Que ela vai começar a encaixotar as minhas coisas. E espero mensagens frias e raivosas do meu pai.

Em vez disso, ele manda no nosso grupo:

Conversamos quando você chegar. Sua mãe já está aqui.

Ethan para na frente de casa. Estamos sozinhos, de mãos dadas.

Fico olhando para o imóvel castigado pelo tempo que eu tanto amo, e meu coração acelera. Ela está mesmo indo embora. Vou mesmo ficar.

— Quer que eu entre com você? — pergunta ele.

Com certeza ele percebeu que eu estou nervosa.

As olheiras de Ethan são profundas. Deve estar tão exausto quanto eu pela noite insone. Devia deixá-lo ir para casa descansar, mas adoraria tê-lo ao meu lado nesse momento.

— Sério?

Ele dá um beijo na parte de dentro do meu pulso.

— Sério.

Entramos em casa e vejo meu pai e minha mãe sentados na mesa da cozinha me esperando. Eles nos cumprimentam calorosamente. E percebem na mesma hora nossas mãos unidas. Minhas bochechas esquentam.

Minha mãe alivia a tensão ao se levantar e puxar Ethan para um abraço.

— Que bom te ver, Ethan. Por que vocês não se sentam?

Nós nos acomodamos na mesa. A presença de Ethan poderia ser estranha, mas não é. Ele é essencial. Até meus pais entendem. Os olhares deles são gentis e preocupados. Acho que minha mensagem chamou a atenção deles. Finalmente.

— O que está acontecendo, *mi hija*? — pergunta minha mãe.

Faz um século que não converso sobre minha vida com eles. Somos três ilhas separadas sem acesso uma para a outra. Mas acho que a falta de conversa foi exatamente a maneira como chegamos aqui.

— Quando te escrevi aquela mensagem, as coisas no Senior Sunrise estavam... intensas — começo.

Eles erguem as sobrancelhas de um jeito bem parecido e meu pai assente, com cara de quem entende.

— O negócio é poderoso — diz ele.

Ethan e eu trocamos um olhar. *Ô se é.*

— Eu só... queria ir pra um lugar novo. Longe daqui. Longe de mim — continuo.

Minha mãe franze a testa.

— Você sabe que eu quero que vá comigo. Só de pensar em ficar longe... — Ela para de falar enquanto seus olhos lacrimejam. — Mas se mudar desse jeito não vai ser a fuga que espera. Você vai continuar sendo você aonde quer que vá. Não importa o quanto eu a queira comigo, você não devia usar isso como uma desculpa pra esconder a jovem magnífica que você é.

— Eu sei, mas...

Ethan aperta minha mão debaixo da mesa e acena a cabeça encorajadoramente. Então desabafo. Falo tudo o que segurei este verão. Sobre o estresse e a pressão. Meus ataques de pânico. Que não quero ter que escolher entre eles dois, como se estivesse decidindo de qual lado estou. Ou que parte de mim é mais importante.

— E quero voltar a pintar. Não quero mais esconder minha arte.

— Não entendo por que você achou que tinha que esconder — comenta meu pai, genuinamente confuso.

Vejo uma mágoa em seus olhos. Sinto uma pontada de culpa.

— Tipo... você me fez desistir da aula de arte. Você sempre chama meus quadros de meu "pequeno hobby".

Ele se recosta na cadeira.

— É, mas porque isso *é* um hobby, Natalia. Você nunca fez mais que algumas aulas. Não posso ler sua mente. Não sabia que você tinha interesse profissional nisso.

— Porque eu não sabia nem que era uma *opção*.

Lembro de Ethan falando que eu *me* faço infeliz tentando viver de acordo com padrões que não se alinham com quem eu sou nem com o que eu quero. Mas como é que meus pais podem saber o que quero se eu mesma acabei de descobrir?

Ethan fala pela primeira vez:

— Já viu os trabalhos recentes dela? Ela é incrível.

Encaro-o enquanto a tela na minha mente se transforma em rosa-dourado. Eu o amo tanto que quase dói.

— Ela é mesmo — concorda minha mãe, com os olhos cheios de lágrimas.

— Talia, a vida é sua. Você é quase adulta — diz meu pai, desviando os olhos um pouco cautelosos para Ethan. — Se quiser estudar arte, nunca vou te impedir. Se eu entendo ou acho que é uma decisão sábia de carreira? Não. Você sabe que minha infância foi caótica, sempre esperando seu avô "dar certo" na arte. Foi só na Liberty que experimentei a estabilidade. Mas te amo, independentemente disso. Quero que você seja feliz.

Um nó se forma na minha garganta.

— Sério?

Ele fica com os olhos marejados.

— Claro, querida. Você é minha filha.

É a primeira vez que me sinto tão filha dele quanto da minha mãe. Talvez seja a primeira vez que me sinto *eu*.

Respiro fundo. Sei que vai doer ficar longe dela. Sei que vai ser difícil lidar com as consequências deste dia. Também sei que vai valer a pena.

— Quero ficar.

Ethan aperta minha mão com mais força. Minha mãe assente, como se isso fosse exatamente o que ela esperava. Ela estica o braço na mesa para segurar minha outra mão. E caímos no choro.

Sinto uma fissura no meu coração. Como se fosse a rachadura final na divisão da nossa família. Ainda assim, parece que nossas ilhas estão mais próximas. Ontem, essa escolha me parecia impossível porque eu estava tentando agradar todo mundo. Agora, sei que ficar é a melhor escolha para mim, assim como ir é a melhor escolha para a minha mãe.

Enquanto guarda as caixas no carro, ela me pergunta como as coisas com Ethan se desenrolaram.

Conto quase tudo. Ela dá risada, dizendo que meu pai vai ficar todo ocupado comigo este ano. Então paramos para chorar. Falar para ela que estou me apaixonando não é como imaginei que seria. Não estamos sentadas na minha cama. Nem aninhadas na casa que compartilhamos. Mesmo assim, é meio que perfeito. Porque o amor é seu próprio lar — lar que estou finalmente construindo para mim mesma.

Muito depois dela ter ido embora e minhas lágrimas terem secado, Ethan e eu nos sentamos nos degraus da varanda, à sombra dos cedros.

— Você vai ficar — diz ele baixinho, maravilhado.

Sorrio.

— Eu vou ficar.

Pela minha arte. Por mim. Por todas as primeiras vezes com Ethan e últimas na Liberty.

Ele me puxa para um abraço que tranquiliza minha alma, fazendo carinho nas minhas costas. Fecho a mão na sua camiseta e o trago para mais perto. Enquanto dou um beijo suave no seu pescoço, ele solta um longo suspiro.

O tempo passa. Uma hora, vamos dormir e resolver o resto depois.

Por enquanto, tudo o que fazemos é nos abraçar e respirar. Porque esperamos muito por isto.

Esperamos muito por nós.

CAPÍTULO TRINTA E NOVE

Dia da formatura

Eu seria capaz de matar Rainn.

— Xiiiiiu! — Tapo a boca dele com a mão.

Natalia nos olha, desconfiada.

Arrasto-o para longe com a mão ainda na sua boca, até ela não conseguir nos ouvir. Ele me bate assim que o solto.

— Cara, qual foi?

— É segredo — sibilo.

— Ah, é, esqueci — diz ele, arrumando o capelo. A borla verde e dourada está pendendo na sua cara, e ele a segura. — Ela odeia segredos.

Eu o encaro, sério.

— Acha que não sei disso?

Eu sei muito bem. Mas pensei que essa ideia fosse ótima.

Só que agora, enquanto ela arruma as cadeiras e as flores do palco, sem parar de se mexer e de latir ordens para Prashant, que deveria estar se concentrando no seu discurso de orador e não nos ângulos do púlpito, lembro que minha namorada detesta qualquer coisa que saia do seu controle quando está estressada. E hoje, com toda a sua atenção voltada para a Liberty, ela está *muito* estressada. Eu me pergunto se ela vai se estressar com a Liberty até o fim da vida.

Eu me aproximo dela e massageio seus ombros.

— Ei, vai dar tudo certo.

Ela semicerra seus grandes olhos azuis, e preciso me segurar para não arrancar aquele batom vermelho com um beijo. Mesmo assim, faço uma tentativa, e ela se inclina para trás, erguendo uma sobrancelha.

— Você sabe que eu odeio segredos, Ethan.

Suspiro e abaixo a cabeça.

— Não é um segredo, é uma surpresa. Prometo que você vai gostar.

— Mas e se for constrangedor? E se eu tiver um ataque de pânico? Vai ter holofotes? Vou terminar com você se tiver holofotes. Você tem que me contar.

Está parecendo que a cabeça dela vai se soltar espontaneamente do corpo. Massageio seus ombros de novo.

— Beleza, tem certeza de que quer que eu te conte? — pergunto.

Ela cruza os braços por cima da beca — sendo uma das poucas que passaram a roupa de verdade — e assente.

— Você pode *por favor* fingir surpresa na hora? — imploro.

— Sim! Prometo. Me conta logo antes que eu tenha um aneurisma.

— Eles vão te homenagear com uma Bolsa do Leão que você está oferecendo através do conselho discente. Ela vai ser concedida especificamente a estudantes que querem estudar artes plásticas.

Ela fica boquiaberta.

— Droga, era *exatamente* essa cara que eu queria projetada naquela tela gigante ali — digo, fazendo um gesto para a parede atrás dela.

Sorrio, porque é impagável vê-la assim tão de perto.

— Ethan… — começa ela, mas para.

Levanto as mãos.

— Foi ideia *minha* — falo com orgulho —, mas foi Prashant e os outros membros do conselho que fizeram pressão. Rolou até uma reunião com a diretoria e tudo mais. Você merece, Talia. É o seu legado.

E é mesmo. Ela passou o ano todo arrecadando fundos incansavelmente para garantir que as bolsas não dependessem de doadores privados. E conseguiu o suficiente para que, se o conselho seguir a estrutura financeira projetada por Sienna, elas sejam financiadas de forma sustentável por anos.

Natalia abre um sorriso tão largo que sinto nosso nascer do sol no meu peito.

Corro os dedos pelo braço dela debaixo da manga larga da beca, e é assim que acabo com a cara toda suja de batom vermelho no dia da nossa formatura. Minha mãe não fica feliz com as fotos, mas Adam dá risada.

Meu pai não veio.

Tivemos uma briga explosiva quando o confrontei sobre o que ele fez com Natalia. Ele negou tudo, chamando-a de paranoica e louca. O clássico *gaslighting*. E depois a acusou de flertar com *ele*. Foi aí que perdi a cabeça. Adam teve que me segurar.

Então ele desabou. Seu lábio ficou inchado e sangrento onde eu o acertei.

— Sei que sou um bosta — soltou ele, entre soluços.

— Melhore — respondi. Foi um apelo. Um apelo desesperado.

Pouco tempo depois, ele foi para um centro de tratamento terapêutico intensivo.

— Queria poder ir na sua formatura, mas não quero piorar as coisas pra você — disse ele durante a ligação que minha mãe está me obrigando a fazer mensalmente.

Acho que ele é só um covarde. Não quer ver minha mãe. Não quer lidar com os olhares e os sussurros que o seguem aonde quer que ele vá, agora que sua carreira ruiu. Sofía Sanchez relevou tudo, dizendo que se sentiu coagida por ele durante as filmagens. Depois do que Natalia me contou, acredito em cada palavra.

Estou aliviado por ele não ter vindo. Não queria que ela tivesse que enfrentá-lo, e não estou nem um pouco perto de perdoá-lo. Não sei se um dia vou conseguir. Quero acreditar que ele pode voltar para nós. Que ele pode ser o pai do qual eu me lembro. Mas, se isso nunca acontecer, é ele quem está perdendo. É responsabilidade dele consertar o que quebrou.

Tenho minha mãe, Adam e Natalia, que surtou de novo quando a bolsa foi anunciada oficialmente na cerimônia. Não sei se já ouvi tantos aplausos nesse auditório. Bem, talvez quando meu time de basquete ganhou o jogo do Showdown pelo segundo ano consecutivo, mas ainda assim.

— Que orgulho de você, E. Mas ainda queria que você fosse pra U Dub no ano que vem — diz Adam.

Adam está sóbrio há um ano e voltou a estudar. Até pensei em ir para a Universidade de Washington para ficar de olho nele, mas percebi que não é minha função fazer isso. Eu o amo muito e a gente se fala todos os dias, mas não posso protegê-lo de si mesmo. Tenho que viver a minha vida.

Além disso, me apaixonei fortemente pelo programa de ciência da computação da UC Berkeley e não olhei mais para trás. E Natalia também vai ficar na área, porque vai para a CCA — California College of the Arts, em San Francisco. Ela vai arrasar. Uma luz se acendeu dentro dela, agora que ela voltou a pintar. Natalia nunca se atrapalha com as palavras quando fala sobre sua arte.

Depois de centenas de fotos e despedidas com todos os familiares, Natalia e eu subimos no ônibus para a festa de formatura com todos os outros formandos. É o último evento que ela organizou como nossa ex-presidenta. Ela renunciou oficialmente no começo do ano letivo, antes mesmo da votação do conselho. Achou que era a coisa certa a fazer tanto pela confiança da turma quanto por si mesma. Está conseguindo se concentrar nas aulas de arte e angariar fundos e se inscrever em faculdades e bolsas de estudos. Nos fins de semana livres, ela foi visitar a mãe, e também teve tempo para fazer terapia. Só teve alguns ataques de pânico desde o Senior Sunrise. Está se cuidando muito bem e estou muito orgulhoso.

Prashant andou tão ocupado arrasando nos torneios dos matematletas e estrelando o musical de primavera com Claire que Natalia tem discretamente atuado na gestão do conselho discente. Ela enfia os cartazes gigantes que fez debaixo do assento da frente no auditório. O primeiro é aquele cheio de fotos da primeira série que ela fez para o Senior Sunrise, em que se lê "Como tudo começou". O segundo tem um monte de Polaroids dos vários eventos deste ano, em que se lê "Como está indo".

— Quais as chances de hoje ser melhor que o Senior Sunrise? — pergunto para Sienna enquanto ela e Leti se sentam na nossa frente.

— Hum, zero? — arrisca Mason.

Ele está atrás de nós, ao lado de Rainn. Assim como Leti, agora ele é um membro irrevogável do nosso grupo. Rainn ainda nem desconfia que Mason é a fim dele.

— Nada pode superar o Senior Sunrise. Cara, você, entre todas as pessoas, sabe bem disso — diz Mason, dando um tapão no meu ombro. Algumas coisas nunca mudam.

— Verdade — falo, abrindo um sorriso malandro.

O rosto de Natalia assume meu tom favorito de rosa.

— Como você definiria "melhor"? — pergunta Prashant para nós.

Ele está com a mesma jaqueta do time de matematletas que Sienna está usando, só que com o emblema do campeonato.

Sienna aponta para ele.

— Exatamente. Precisamos de definições mais específicas.

Rainn reflete e fala:

— Menos drama?

Sienna faz sua cara de matemática.

— As chances são de sessenta e oito por cento.

Prashant dá de ombros.

— Eu diria setenta.

Rainn dá um empurrãozinho em Mason com o ombro e revira os olhos. Mason dá uma risada, e ambos ficam corados. Hum. Talvez ele desconfie, sim.

— Mais dança? — sugere Leti.

— Cem por cento de chance — responde Sienna.

Elus trocam um olhar *tão* fofo que até eu preciso desviar os olhos.

— Menos reclamação? — continua Natalia.

Sienna fecha um olho.

— Você não vai querer saber.

— Menos estresse da Natalia? — pergunto, e recebo uma cotovelada nas costelas.

— Zero — falam Sienna e Prashant em uníssono.

Natalia semicerra os olhos, brincalhona, e não sei como é possível amá-la ainda mais que naquele dia, mas é o que acontece. Não existe ninguém como ela nesse mundo. Disso tenho certeza.

As pessoas são bem cínicas, dizendo que relacionamentos do ensino médio terminam na universidade. Elas ficam nos lembrando de que somos jovens e ingênuos e que a maioria não encontra amor eterno na nossa idade. E beleza, isso pode até ser verdade para muita gente. Pode até ser verdade para nós. Mas duvido.

Porque sei o que passamos. O que tivemos que superar para chegar aqui. Toda vez que ouvimos algo assim, Natalia e eu apertamos as mãos com mais força e trocamos um dos nossos sorrisos secretos. Porque sabemos que o que quer que o futuro nos reserve, vamos enfrentá-lo como fizemos com tudo o mais na nossa amizade: transformando cada risco numa oportunidade. Cada beijo em uma promessa.

Cada final em um começo.

AGRADECIMENTOS

Então, você está segurando o sonho da minha vida nas mãos. Não há palavras suficientes para transmitir os oceanos de gratidão que sinto por todos que me trouxeram até aqui.

Em primeiro lugar, meus eternos agradecimentos à minha poderosa agente, a incomparável campeã das campeãs, Chelsea Eberly. As palavras me falham. Obrigada de todas as maneiras por me fazer escrever meu *Rent*.

Obrigada aos meus brilhantes editores, Brian Geffen e Carina Licon. Desde aquela primeira ligação, pareceu que eu estava falando comigo mesma. Vocês entenderam a espinha dorsal dessa história de amor. Obrigada por seu entusiasmo inabalável e por me tornar uma escritora melhor.

Toda a minha gratidão a todos da Henry Holt, incluindo Jean Feiwel, Ann Marie Wong, Mallory Grigg, Lelia Mander, Erica Ferguson e Claire Maby. Um agradecimento especial à designer Abby Granata e ao artista Fevik pela deslumbrante capa dos meus sonhos.

Eu não poderia ter pedido uma equipe editorial melhor do que a Macmillan e Henry Holt, e me sinto muito honrada em trabalhar com todos vocês.

À Ruth Bennett e toda a equipe da Hot Key e Bonnier Books, por trazer esta história aos leitores do Reino Unido com tanta devoção e entusiasmo. Sou muito feliz por trabalhar com todos vocês.

Um agradecimento multilíngue à equipe da Rights People, por colocar este livro nas mãos de leitores de todo o mundo!

Muito obrigada aos meus agentes de cinema/TV Mary Pender e Orly Greenberg da UTA, por acreditarem neste livro desde o início.

Sou infinitamente abençoada pela minha trindade incisiva e entusiasmada: Tierney Anderson, Katryn Bury e Kara Trella. Aprecio muito sabedoria, os insights e a amizade de vocês.

Tierney, meu leitor alfa, o melhor dos melhores. Você esteve presente em cada ligação, cada rascunho, cada lágrima, desde a primeira palavra. Eu não estaria aqui sem você. Disso, "tenho tanta certeza quanto a lua influenciando o mar". Obrigada. Amo você.

Kate, minha alma gêmea escritora e companheira de guerra: obrigada (e ao seu fantasma vitoriano) por me trazer até aqui. E por sempre resolver todos os meus problemas de enredo. Kara, obrigada por me entender e entender as minhas palavras de um jeito que parece até que nos conhecemos há décadas. Eu amo vocês e literalmente não poderia fazer nada disso sem vocês.

Tamar, obrigada por ser uma amiga tão maravilhosa e por ser a ponte que Kate e eu precisávamos!

Sra. Rousseau, minha professora de inglês do ensino médio, obrigada por ser a primeira professora a ver algo em minhas palavras.

Quando escritores são estimulados, sua escrita também é. Nada foi mais estimulante do que fazer parte da comunidade Writing With the Soul. Um agradecimento especial à minha equipe de 2022 na Escócia e ao Grupo Verde. Vocês sabem quem são e eu AMO VOCÊS.

À minha heroína pessoal, Adrienne Young. Sua paixão pelas histórias é uma luz constante que acende a minha. O que você faz pelos escritores e o que fez por mim — não tenho outras palavras além dessas: você simplesmente mudou minha vida. Obrigada para sempre. (Agora você sabe por que eu sempre choro quando te vejo.)

Helen Chance, minha MELHOR AMIGA, foi você quem primeiro sussurrou o que na época me pareciam palavras proibidas: *Acho que você quer ser escritora*. Você me viu, me vê, como ninguém. Maggie Hofmann, obrigada por ler meus textos iniciais, por torcer por mim e me ajudar desde Oakenshield. Chelsea Cook, obrigada por me deixar ficar sob o seu guarda-chuva. Eu amo vocês para todo o sempre.

Sou eternamente grata, porque a escrita me levou à rede de apoio mais amorosa e agressiva que existe. Obrigada à Alexa Lach, minha alma gêmea. À minha amada vovó ARMY, que nunca me deixa esquecer do meu valor — eu também queimaria aldeias por você. ESTOU MORTA. Joseline Diaz: Natalia ter o seu sobrenome é um sinal de que éramos amigas de alma predestinadas a sermos um EXÉRCITO juntas desde bebezinhas. Sua amizade é um tremendo presente e sua crítica me fez chorar. À Megan Puhl, minha mulher número um na moda. À Leigh Ashford, você me deixa orgulhosa de ser geminiana. Todas vocês entraram na minha vida no exato momento em que precisei e nunca vou me esquecer disso.

Um agradecimento muito especial, capaz de me fazer verter lágrimas enquanto escrevo, à Kristin Dwyer. Sua orientação, seu entusiasmo contagiante, sua genialidade e generosidade (principalmente com Jin) são incomparáveis. O dia que você me disse que tinha gostado deste livro foi o dia em que eu soube que era esse. Sou muito insistente quando falo que tenho a sorte de ser sua amiga.

À Rachel Lynn Solomon por transformar toda a minha vida com uma crítica que guardarei para sempre. Sou eternamente grata a você.

Aos ouvintes de *Write Where It Hurts*: vocês sabem o que isso custou. Obrigada por estar comigo nesta jornada.

A minha família é uma família vibrante e amorosa de contadores de histórias, e nada disso teria sido possível sem eles. Mãe, minha amorosa, pioneira e brilhante modelo Chicana, sou ambiciosa e apaixonada porque você veio antes. Obrigada por amar os livros e por me guiar e me apoiar em cada etapa desta jornada. *Conseguimos!*

Pai, obrigada pela educação cinematográfica e musical ao longo da vida e por sempre ser um lugar tranquilo para pousar. Falar sobre arte (e Paul Simon) com você ou sobre qualquer outro assunto é uma das minhas coisas favoritas de todos os tempos.

Obrigada a Jim por sempre me perguntar como me apoiar e apoiar minha escrita. Obrigada a Mary pelo seu constante apoio e incentivo

A todos os meus amigos e familiares (os Fernández e Des Laurierses e Doanes) que estiveram comigo nesta jornada, OBRIGADA!!!

A Mame, tesouro da família, aprendi com você o poder de contar histórias. E a todos os meus avós já falecidos, Pete, vó Dolores e, mais recentemente, vô Al, obrigada por acreditarem na arte e em mim. Com gratidão e humildade, estou sobre seus ombros.

Às Deusas Agentes Secretas, minhas irmãs, Dolores, Carmen e Nora, vocês estiveram comigo *todos os dias*. Eu poderia escrever romances (e escrevi) (e provavelmente ainda escreverei) sobre o que cada uma de vocês significa para mim. Vocês são minha fortaleza. Obrigada por me fazerem rir, por sempre me deixarem chorar e por serem meu espaço seguro. Graças a Deus (e à mamãe e ao papai, acho) por nos presentearem uma com a outra. Eu amo vocês. *Paciencia y fe*.

Aos meus filhos, minhas Estrelas do Norte, que compartilham sua mãe com tantos mundos. Vocês me mantêm sonhando, me inspiram e são minha base. Eu amo vocês com todo o meu coração.

Ao amor da minha vida, minha pessoa favorita, Justin. É claro que este livro — o nosso livro — é para você, a pessoa que tem feito eu me sentir corajosa, bonita e capaz desde que éramos adolescentes. Seu amor me ensinou a me amar. Você nunca, *jamais*, me deixa desistir. Parei de odiar o fato de querer te beijar sem parar.

Finalmente, a você, cara pessoa leitora. Obrigada. Espero que este livro tenha feito você se sentir um pouco mais tranquila e corajosa. Pelo menos, foi o que aconteceu comigo.